逆井卓馬 Author: TAKUMA SAKAI

[插畫] 遠坂あさぎ illustrator: ASAGI TOHSAKA

Heat the pig liver (第6次)

the story of a man turned into a pig.

豬肝記得煮熟再吃

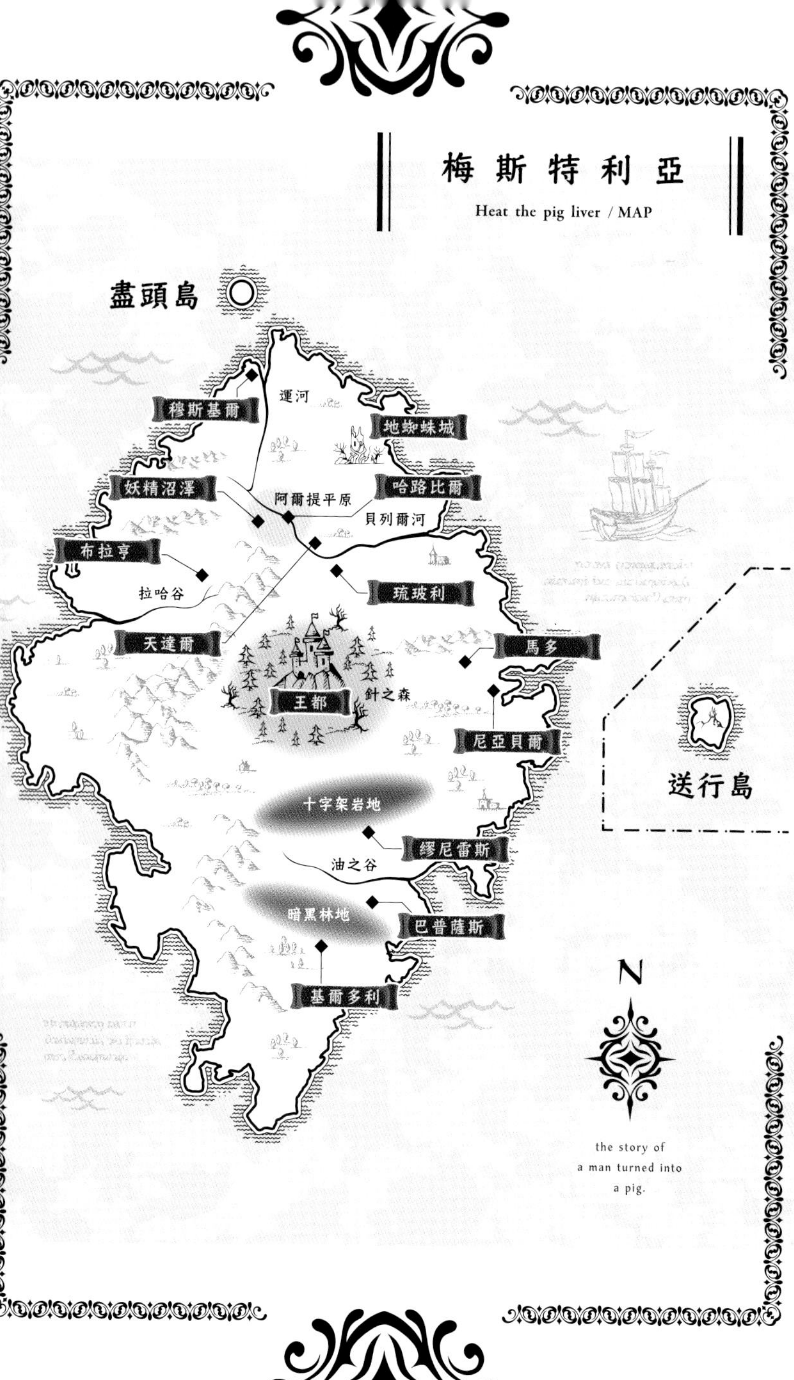

梅斯特利亞
Heat the pig liver / MAP
盡頭島
運河
穆斯基爾
地蜘蛛城
妖精沼澤
哈路比爾
阿爾提平原
貝列爾河
布拉亨
拉哈谷
琉玻利
天達爾
馬多
王都
針之森
尼亞貝爾
送行島
十字架岩地
繆尼雷斯
油之谷
暗黑林地
巴普薩斯
基爾多利
N
the story of
a man turned into
a pig.

「我一定會解決這個事件……
賭上伊維斯大人的名聲！」

Heat the pig liver

the story of a man turned into a pig.

豬肝記得煮熟再吃

（第6次）

逆 井 卓 馬
Author: TAKUMA SAKAI

[插畫] 遠坂あさぎ
illustrator: ASAGI TOHSAKA

Kadokawa Fantastic Novels

目錄

Contents

Heat the pig liver

生鏽的鎖鏈　一直通往到　遙遠的地方
離開牢房後　到墳場為止　鎖鏈的道路　沒有盡頭
　第一個　箍裂開　老鼠逃走了
逃走的老鼠　在鍋子裡面　被熱水煮熟　死掉了
　第二個　箍裂開　狐狸逃走了
逃走的狐狸　掉進煙囪裡　被火焰焚燒　死掉了
　第三個　箍裂開　棕熊逃走了
逃走的棕熊　爬上了樹木　被天空劈打　死掉了
　第四個　箍裂開　　　逃走了
逃走的　　就近在身旁　混入人群中　生活著

——梅斯特利亞流傳的童謠

王曆一三〇年 二之月九日 清晨

被朝陽照亮成淡紅色的水蒸氣，裊裊上升到淺綠色的寒冬天空。

布拉亨的大聖堂有個外號，叫做水霧之魔物。這是因為來自溫泉的蒸氣會源源不絕地從讓人聯想到利刺的好幾座尖塔縫隙間大量噴發出來。巨大建築鋪設著黃金屋頂。被水蒸氣籠罩的那身影，簡直就宛如一個生物。

年幼的少女追逐著不停狂吠的家犬，衝進聖堂前的廣場。

「不行喲！快點回來！」

少女的訴求毫無作用，精瘦的大型犬一邊發出低吼，一邊在廣場上奔馳。圓形廣場的中央設置著噴水池，宛如間歇泉般噴出彷彿血液的紅黑色熱水。

溫熱的水蒸氣籠罩著周圍。像是蒙上一層霧似的，能見度相當差。

家犬在噴水池附近停下腳步。牠倒豎背部的毛，擺出前傾的姿勢，對著掉落在地上的某樣東西開始不停狂吠。

少女加快奔跑的速度。從噴水池飄散出來的刺鼻味中摻雜著詭異的鐵鏽味，彷彿真的在噴出血液。狗是發現了什麼呢？一抹不安閃過少女的胸口。

少女靠近一看——不禁啞口無言。

在薄霧當中，有大量雕像整齊地躺在石板上。看起來是這樣。有著雪白肌膚的真人尺寸人體，彷彿在市場上販售的水果並列成一排。頭部跟雙腳被對齊，陳列在地上的數十具白色裸體看來就像是睡著似的。

每一具裸體的胸口都刻印著宛如熔岩般閃耀著紅光的大型十字。雖然少女無從得知，但這是一種叫做「血之十字」的魔法，用來烙印在暗黑時代以前的罪人身上。

狗的吠叫聲在不知不覺間停止了。少女就那樣呆站在原地，發現有個奇怪的地方。

如果是用石膏或大理石製成的，全身應該是純白的才對。然而並排在眼前的雕像，體毛的部分卻帶有顏色。少女稍微靠近，發現那是真正的毛。理應是純白的肌膚也彷彿被燒爛，四處呈現著紅色。

這時響起「嘎哩」的聲音，少女轉頭看向家犬。

尖銳的吶喊聲撕裂毫無人煙的廣場氣氛。

狗咬掉了「雕像」的手臂。照理說不會動的手腕被叼在狗的大嘴裡，彷彿在招手似的上下擺動。

從手臂的斷面露出白色骨頭與鮮明的紅色肌肉。

並列在廣場上的並非雕像——全都是變色成白色的人類遺骸。

第一章　被美少女逼婚的話千萬別拒絕

「仔細一想，成天喊著想要妹妹的男人連二流都不如。究竟有沒有妹妹這件事，實際上並非多重要的問題。本質在於自己是否身為哥哥。」

「呃……您在說什麼呢……」

年紀比我小的金髮美少女感到困惑，我滔滔不絕地向她說明自己堅定的主張。

「『有妹妹』終究是一種被動的狀態，並不是自己主動做了些什麼。這種事情就連豬都能辦到。」

我弓起含有豬背脂肪的大里肌向後仰。

「不過，『身為哥哥』這種狀態就不同了。主動自覺到自己是哥哥，永遠當個愛護妹妹的存在──這是只有具備高度知性與愛情的存在才被容許、至高無上的行為。」

「那個，豬先生……？」

「所以說，如果有人問我是否想要妹妹，我會回答ＮＯ。沒錯，當然不是那樣！因為我是能認清現實的。不管怎麼掙扎，我都沒有妹妹，我很清楚這點。但我擁有身為哥哥的自覺。縱使沒有妹妹，我也能夠成為妹妹的哥哥。」

潔絲一邊走在熱鬧的王都大街上，同時讓雙手在胸前不知所措地擺動著。

「不好意思……如果讓您有哪裡不開心了，我向您道歉。原來您這麼在意沒有妹妹這件事呢。我不會再問您是否想要妹妹了……」

看到潔絲困惑的表情，我察覺到我們之間產生了什麼誤會。

「不，我並沒有生氣。」

「是這樣嗎……？」

「當然是了。我用自己的方式針對我沒有妹妹這個現實極為合理地找到了妥協點。就只是這樣罷了。」

「如果是那樣就好了……」

儘管潔絲看來無法理解我高尚的兄妹論，卻仍以傷腦筋的表情露出了微笑。

倘若是諸位，照理說應該能夠理解才對。根本沒有姊姊或妹妹的姊妹控是存在的。一直深信著兄妹愛、在內心抱有理想的妹妹並感到嚮往、不斷夢想著被稱為「哥哥」的那個瞬間的男人們確實是存在的！

潔絲俯視這邊，像是鬆了口氣似的露出笑容。

「哎呀，如果是這麼回事，您有什麼要求我都能奉陪呀。無論是哥哥、哥、哥哥大人、大哥還是葛格，都請您儘管吩咐喔，哥哥。」

嘍嘍。

被惹人憐愛的少女稱呼哥哥果然讓人心曠神怡。

早晨。我跟潔絲沿著建造在岩山斜坡上的街道前進，前往王宮圖書館。

擊斃暗中活躍的術師、從深世界歸來之後，經過了大約一個月。我恢復成豬的肉體，跟清純的金髮美少女天使潔絲一起在王都過著嚄嚄生活。

梅斯特利亞開始恢復到原本的和平——如果不去正視好幾個致命性問題的話。

之前被最凶殘的國王支配的這座王都，如今也恢復到平常的熱鬧景象。在變得像是露天座位的飲食店外頭，體格健壯的大叔從一大清早就喝著啤酒。

潔絲津津有味似的吸著從麵包店飄散出來的小麥香氣，開口詢問我：

「……可是，豬先生為什麼這麼拘泥於妹妹呢？」

我不懂她這個問題的意圖，於是反問道：

「妳問為什麼……這話是什麼意思？」

「因為就算不是妹妹也無妨，不是嗎？情侶之間的互動我也非常樂意奉陪。為什麼豬先生這麼鍾情於妹妹呢？」

哼——我從豬鼻子發出哼聲，這麼回答：

「這還用說嗎？因為哥哥與妹妹，無論發生什麼事情都是兄妹。」

「呃……」

真希望她別用那種好像在看外星人的眼神看我。

「所謂的兄妹情誼是一種**事實**。無論是血緣或在同一個屋簷下長大的履歷，其中都具備著難以撼動的事實。說得直接一點，就類似一種詛咒的束縛。另一方面，所謂的戀人不過是一種關係。比喻成總有一天會解除的魔法，應該就比較好懂了吧。戀人關係這種存在，會因為一點小誤會，或是對未來的想像不一致就輕易地解除。」

「會解除嗎……？」

潔絲看似不安地將手輕輕貼在胸前。

「這終究是一般常見的論點啦。無論何時都會宛如鎖鏈將兩人連結起來的情誼，那就是兄妹。」

「的確……聽您這麼一說，感覺似乎也有些不錯。」

妳能明白就好。

「畢竟如果有絕對不會讓豬先生逃掉的鎖鏈，我也很想要呢。」

燦爛地露出笑容的潔絲臉上沒有絲毫陰影，反倒讓人感覺十分可怕。

「我哪裡都不會去的，妳放心吧。」

潔絲身旁的低角度這個位置，是我在沒有女友的十九年經歷中找到的最為舒適的場所，早已經有種彷彿待在老家的安心感。只要稍微抬頭仰望，就能觀賞到祕境的絕景。

「我們約好嘍。」

潔絲一邊透過離心力讓藏青色裙子輕飄飄地展開，同時邁步前進。

王宮圖書館悄悄佇立在跟熱鬧的中心區有些距離的岩地上，是棟堅固的建築物。只要經由地下通道，也能從我們生活的王宮直接到圖書館，但最近繞遠路前往成了我們的日課，一方面也當作是散步。

沒錯，我們這陣子幾乎每天都會去這間圖書館報到。

由白色系岩石細膩組成的圖書館正面，入口那扇沉重的門扉上裝飾著用古老記號點綴的時鐘。原本黃銅製的時針與分針理應顯示出早晨的時段，現在卻是由被砍斷的人類右手與左手指著亂七八糟的時刻。

我跟潔絲避開從文字盤上滴答滴答滴落下來的血，進入了圖書館。

高大的書架、淡紅色的魔法光芒、飄散出來的紙張與墨水氣味，讓人有種鬆了口氣的安心感。

這個空間被王朝之祖拜提絲的魔法嚴密地守護著，並沒有受到深世界侵蝕的影響。

但要守護梅斯特利亞整體，就沒那麼簡單了。

我們從深世界歸來的那個晚上，因為某些理由，深世界滲透到了現實當中。在那個詭異世界發生的現象，也開始會在這邊不定時地發生。天空顏色會變化成斑點的現象還只是開端而已。現實中的物體也是──舉例來說，像是圖書館正面的時鐘──說得直接一點，就是正在「深世界化」。

現實正逐漸靠近那個藉由願望而形成的詭異世界。

王都裡面被拜提絲的魔法保護著，還沒有受到嚴重的影響。但聽說在圍繞著王都的峭壁外頭正發生著離奇現象，怪異的程度可不是無論將時針的指針更換幾次都會變成人類手臂這種等級而已。

順帶一提，雖然我依舊是豬的模樣，但已經變得能用豬舌說人話了，也可以從用來區別內心獨白與發言的（括號）可喜可賀地畢業。儘管不曉得聲帶究竟變成什麼樣子，但大致上能以跟我還是人類時同樣充滿磁性的聲音來說話。

這間圖書館是智慧的密林。塞滿了老舊書本的書架是主角，通道感到過意不去似的填補著縫隙間。我跟在潔絲身後，抵達圖書館的最深處——用鐵柵欄區隔開來的場所。

這是只有王族的相關人士才被允許進入的區域。潔絲將手貼上去，通過魔法的生物辨識後，推開鐵柵欄的門扉。

書架被厚重的玻璃門保護著。因為收藏在裡面的每本書都記載著重要的情報——危險的魔法、類似靈術的禁忌，以及沒有加油添醋，最原始的歷史……別說一般民眾了，就連生活在王都的居民都無法得知的情報在這裡沉睡著。

書架被擺設得宛如圍牆，我們前進至書架的深處，只見那裡有用來閱讀的桌子，從周圍來看是徹底的死角。倘若是薄本的內容，在這種地方一定會發展出不可告人的劇情。

「圖書館是用來讀書的地方唷。」

「當然了。」

儘管被看透了內心獨白，我仍用堅決的態度這麼回應。

潔絲露出微笑，俯視著我。

「如果要做不可告人的事情，就到別的地方吧。」

「我沒要做喔……」

雖然不知道潔絲說的不可告人是設想了什麼內容，但她一定是在說把不能混合的藥品一起攪拌的話會有什麼後果之類的行為。

當然，因為我們很正經，在這裡會認真地繼續調查情報。一一確認過內容然後進行分類的書本，細心地被排放在桌上。

潔絲跟我在這裡嘗試解釋正在梅斯特利亞發生的現象。

為何在現實的梅斯特利亞當中，會發生像是深世界那種願望世界的異常變化呢？

為何會在我們從深世界歸來的時間點發生這種事情呢？

該怎麼做才能讓這個開始瘋狂的世界恢復原狀呢？

儘管有好幾次走進死胡同，我們仍逐漸接近一個假說。

「……所謂的魔法即是將藉由願望創造出來的『心理世界』接續到我們生活的『真理世界』的行為。」

潔絲背誦著內容，打開名叫亞里士多斯的古代魔法使著作的厚重書本。這是比王朝創始還要更早之前、從暗黑時代以前就存在的古老書籍。封面上只有用金文字刻印著《魔法學》。因為夾著書籤，潔絲很快就找到想確認的那一頁。

上面描繪著有著銳利三角錐形狀的透明結晶圖。

「錐體被刺進能夠同時知覺到心理與真理的人，將兩個世界連繫起來。兩個世界以被刺進錐體者的血液為誓約，讓關係變得牢固。因此就把這種結晶命名為『契約之楔』吧。」

朗讀著內容的潔絲看向這邊，於是我爬上椅子，點了點頭。

「所謂的楔子是將兩個物體牢牢連繫起來的東西。契約之楔是把真理世界——也就是我們目前所在的現實，與心理世界連繫起來的東西。書上寫的就是這麼回事吧。」

將契約之楔刺進胸口的話，那個人就會獲得魔力——這點是從以前就知道的事情。要是刺進已經擁有魔力的人體內，就會強制引發讓魔力加倍，類似提升等級的現象——脫魔法（ecdyssa）。脫魔法就類似蛻皮，副作用是會讓寄宿在那個身體上的各種魔法暫且清空。我們利用這種特性擊斃了不死身的魔法使。

《魔法學》裡面詳細說明了這個原理。在這邊登場的就是被認為是魔法源頭的「心理世界」。

「那麼，那個所謂的心理世界，如果是在深世界會變得怎樣呢？」

魔法的原動力是深世界——把亞里士多斯的記述像這樣解釋的話，就能看出一個道理。

將契約之楔刺入體內，得以從深世界獲取力量的人就是魔法使的原始模樣。他們獲得了能夠扭曲現實、反映出自己願望的能力。他們的能力因血統不同而受到分配，如今也傳承了下來。

傳承給王族、王都居民，還有耶穌瑪們。

遠超出一般常識的物理現象的能力，就像這樣寄宿在人類的身體上。

「亞里士多斯大人更加深入分析，提出令人擔憂的一點。」

潔絲用她白皙纖細的手指指著老舊書頁的其中一段內容。

> 因此我們愈是使用契約之楔，就會讓真理世界與心理世界的連結變得更加堅固、更加緊密。會出現龍族（拉契爾提）這樣的異類，應該也是使用契約之楔造成的影響吧。如果照這樣繼續使用楔子，無人能保證世界可以保持原本的形態。

圖書館裡面除了我們，似乎沒有其他人在。我跟潔絲注視著內頁並緊閉上嘴，靜寂便輕飄飄地包覆住周圍。

有一種古老的書籍擔憂的內容，與我們至今所做的事情恰好重疊起來的感覺。

「我們**在這幾個月裡將最後三個契約之楔全部用掉了**。」

據說王朝之祖拜提絲靠她丈夫路塔之眼的能力，把殘留在梅斯特利亞的契約之楔一個不剩地收集起來。她利用那些契約之楔獲得異常強大的魔力，以及打破其他魔法使的不死特性，平息了魔法使們一直在爭鬥的暗黑時代。

但她在這個梅斯特利亞留下了三個契約之楔。

一個維持原本的形狀。

一個加工成破滅之矛。

一個加工成救濟之盃。

然而我們在對抗暗中活躍的術師的戰鬥中，把那些楔子全部用掉了。

最初獲得的契約之楔，刺入瑟蕾絲的胸口消失了。這是為了解除瑟蕾絲透過接吻，從諾特身上吸收的必殺詛咒。

接著拿到的破滅之矛被解放軍搶走，他們企圖用來暗殺馬奎斯。矛刺進保護了馬奎斯的荷堤斯手臂，契約之楔殺掉荷堤斯後消失無蹤了。

最後入手的救濟之盃被修拉維斯破壞，從中取出來的契約之楔被用來對付暗中活躍的術師。

結果暗中活躍的術師被解除不死魔法，我們成功葬送了一直阻擋著去路的最凶殘之國王。

我們追求和平的代價是失去了許多東西。

在這個過程中，我們甚至用光了給這個世界帶來魔法的太古祕寶。

使用最後一個契約之楔擊斃了暗中活躍的術師的隔天，世界發出聲響，開始崩壞。

我一邊看著描繪在《魔法學》裡的契約之楔，同時思考起來。

「因為用掉了所有把深世界與這邊的世界連結起來的契約之楔，發生了兩個世界開始融合的現象——儘管這個假說很有說服力，但光憑亞里士多斯的記述，還無法說有確切的證據。如果能找到什麼可以證明這個假說的東西就好了。」

「是呀……關於契約之楔，從古代就有各式各樣的研究。只要去追尋那些成果，說不定會發現什麼線索。假如能夠找到，一定也能知道該做些什麼世界才會恢復原狀……」

潔絲看向堆在桌子左半邊、有十本以上的學術書籍。這個世界沒有魔法老師也沒有GOOGLE老師。我們接下來必須展開地毯式搜索，去翻遍這座書山。

喀嚓——響起了鐵柵欄門扉打開的聲響。

我跟潔絲一起轉頭看向後方。似乎有誰來了。是王家的人嗎？還是——

「這或許能當成參考呢。」

突然有一本書從書架陰影處的昏暗空間冒出來。

正當我們兩人大吃一驚時，只見身穿黑色長袍的高個子老嫗走了過來。柔順筆直的銀色長髮。她用戴著金戒指、滿是皺紋的手指拿著書本。

是圖書館員比比絲。她是管理這間王宮圖書館的王都居民，也相當熟悉王家的內情。以前在尋找荷堤斯藏起來的史書時，她曾給了我們重要的提示。

潔絲像要掩飾驚訝似的將手貼在胸前，開口說道：

「比比絲女士……原來您能夠進入這邊呢。」

照理說只有王族的相關人士才能夠進入這個地方。

「當然了。為了管理這間圖書館，我被賜予這項光榮的特權。」

比比絲一聲不響地走了過來，溫柔地將一本書放在桌上。

《魔法哲學的數學原理》——封面上刻印著這樣的文字。

「這是名叫牛特尼斯的魔法使，在暗黑時代記錄下來的卓越學術書籍。他是位優秀的魔法使，同時也是位優秀的研究者。他藉由計算數值，巧妙地解析了在亞里士多斯後常會以定性分析為優先的魔法原理唷。」

儘管這本書已經只剩下幾本就是了——比比絲看來很遺憾似的這麼補充。

「謝謝您……這說不定正是我想找的東西。」

潔絲露出一半驚訝一半開心的表情，將手放在書上。她的手蠢蠢欲動，看起來像是想盡快翻開書閱讀。

不過，比比絲為何會正好在我們想要的時候，拿了這本書來呢——比比絲用她刻劃著深邃皺紋的臉龐，對感到疑惑的我露出微笑。

「我最近總有一種很不祥的預感呢。」

比比絲以穩重沉著的聲音這麼說了。

「不祥的預感……」

她笑咪咪地對這麼低喃的潔絲點了點頭。

「暴風雨天的毒蛇——在比暗黑時代更早以前，就有這麼一句話喲。」

比比絲述說的內容彷彿占卜師的預言吸引了我們。

「很久很久以前，某個男人有件非辦不可的重要事情。但那天來了一場很大的暴風雨。無奈地在暴風雨中出門的男人，因為被毒蛇咬而死掉了。他的注意力完全放在天空的暴風雨上面，沒有察覺到被大雨趕出巢穴的毒蛇就在腳邊呢。」

比比絲呼出稍微摻雜著聲音的鼻息後，繼續說道：

「所謂的偶然跟不幸，有時會讓人感到厭煩地重疊起來，朝最糟糕的方向前進。你們應該也對這種情況有深刻的體驗吧？」

我點了點頭，打從心底表示同意。所謂的不幸就是會屋漏偏逢連夜雨。

雖然運氣是平等的，但絕非均等。

命運女神並不會慈悲為懷地在一個人遭遇不幸時，留下同等的幸運給他。無論幸運或不幸，都會公平公正地降臨在一個人身上。正因如此，人總有一天會碰到所謂禍不單行的瞬間。

「現在世界變得非常奇怪對吧？假如這時又發生更糟糕的事情……我不禁有這樣的預感。是不是在某個我不知道的地方屋漏偏逢連夜雨，有毒蛇出現了呢？這種不安充斥在我內心，所以我才想稍微學習關於暴風雨——關於現在這個世界的事情。」

我心想為了消除不安而閱讀學術書籍這樣的行為，實在很像圖書館員的作風啊。能夠感受到她對於書本和知識的深深信賴——反倒可說很接近信仰。

潔絲朝比比絲那邊踏出一步。

「請問……那您知道了什麼嗎？」

比比絲沒有點頭，只是更加深了微笑。

「畢竟我只是靠閱讀來安慰自己。我想我的意見應該幫不上忙。我的職責就是保護書本、將必要的書交給王族的人物。之後就請兩位自己努力，不可告人的事情也記得適可而止唷。」

她似乎從很早之前就聽到我們說的話了。看到僵住的我們，即便在皺紋當中也殘留著年輕光輝的眼睛，宛如惡作劇般犀利地發亮。

「荷堤斯少爺也經常把女人帶到這裡來呢……那麼，晚點再見。」

比比絲離開了。門扉發出開關的聲響後，微弱的衣服摩擦聲逐漸遠離。

潔絲一臉尷尬似的低頭看向下方。

她在最後告訴了我們多餘的情報。

「……我們不會做不可告人的事情喔。」

潔絲染紅著臉確認多餘的事情，立刻翻開收到的書本。

用整齊的西洋書法書寫的細小文字填滿頁面，並未留下太多被反覆閱讀的痕跡，儘管寫在老舊的紙張上，但沒什麼折痕或髒汙。

「啊，這裡……是關於契約之楔的項目。」

潔絲停下了手，就那樣凝視著書本，向我這麼傳達。

我將前腳搭在桌上，窺探著書本。考察的文章伴隨著疑似算式的字串密密麻麻地排列在書上。潔絲以驚人的速度不停閱讀下去。

「妳看得懂算式嗎？」

我不知道該怎麼解讀梅斯特利亞的艱深算式。潔絲也露出苦笑，搖了搖頭。

「不……我閱讀的是寫在算式以外部分的解說。」

我告訴潔絲可以不用在意我後，她便以彷彿呼吸般的速度不停翻動著內頁。那是塞滿了細小文字的大張頁面。我完全跟不上她的速度。如果她這樣能確實讀懂內容，實在是很驚人的速讀力。

「即使您稱讚我，也沒有任何好處喔……啊。」

潔絲的手停了下來。她露出甚至忘了呼吸般的表情，只是迅速地移動褐色眼眸，仔細閱讀書頁的一部分。我也試著閱讀那個部分。

超越臨界（Spellclicca）。

用附帶裝飾的粗體字強調的詞彙首先映入眼簾。

「據說牛特尼斯大人用新的手法解析了他拿到的一個契約之楔，於是推論出了楔子原本有一二八個的結果——上面這麼寫著。」

可以從分析一個楔子推論出整體數量這點，實在令人吃驚。

話說回來，那種擁有可以把人變成魔法使的可怕力量的物體，在梅斯特利亞居然有一二八個嗎？

潔絲緊張地嚥下口水，繼續說道：

「而且他還一邊引用亞里士多斯先生的《魔法學》，一邊進行計算。萬一有人用某種方法發現所有楔子，且一個不剩地使用掉的話，他預測真理世界與心理世界將會發生過剩的接近……」

纖細的手指滑到「超越臨界」的文字上。

「那就是這個叫做超越臨界的東西嗎？」

「是的。魔法現象的強化、世界的不穩定化、混濁願望的實現……上面舉例的現象，就彷彿將梅斯特利亞現在的混亂照實描寫出來一般。」

「但這個研究者是暗黑時代的人物對吧。」

「對……我記得他應該是大約兩百年前左右的人物……您看，這裡有寫……」

潔絲立刻翻開別本書，確認牛特尼斯的卒年。

「既然他能在那麼久以前預知到現在的狀況，應該挺能信賴的吧。書上有沒有寫後續？例如該怎麼做才能解除超越臨界之類的。」

潔絲來回翻動了書頁一陣子後，面向這邊搖了搖頭。

「不，沒提到這麼多。」

潔絲一臉遺憾的模樣，繼續翻動著書頁。

我暫時茫然地眺望著她迫切的側臉，然後向她搭話：

「哎，光是能找到感覺很合理的原因，也是相當大的收穫。不是很好嗎？」

「……也是呢。」

「接下來就是調查該怎麼解除這個超越臨界什麼的。」

潔絲一邊點頭，同時像是忽然注意到似的看向座鐘。

「時間好像差不多了。今天先回房間吧。」

大約再一時刻就要逼近正午了。今天是重要的典禮之日。

潔絲闔上書本並整理收拾後，我們離開圖書館。

回程路上，潔絲告訴我似乎是她剛才讀到的關於牛特尼斯臨終時的事。

據說他並不打算把契約之楔用在自己身上，一直為了研究不斷保管著。然後遭到想要楔子的友人殺害，楔子就這樣輕易地被搶走了。

潔絲在自己房間換上了禮服。我請她用刷子幫我把毛梳理整齊。我們兩人都換上正式的裝扮，前往的地方是金之聖堂。從王宮通往金之聖堂的路上，鋪設著以美麗的白色大理石打造而成的道路，這是王族專用的通道。我們一起沿著以薔薇灌木和雕刻裝飾的平緩坡道往下走。

潔絲的禮服是施加了複雜的刺繡、感覺大方穩重的奶油色布料。在腰部一帶往內縮，然後輕飄飄且優雅地擴展開來的裙子，裙襬長到可以遮住鞋子。該說不愧是公主嗎？高雅到難以想像她才十六歲。

今天是二之月八日。

是在上個月初的戰鬥中失去了父親的王子修拉維斯的生日。

而且預定從正午開始舉行他的登基典禮。

從修拉維斯的祖父——伊維斯之死算起，今天正好滿四個月。繼承王位的暴君馬奎斯，在位期間只有持續兩個月。他被沒能徹底殺死的黑暗魔法使奪走身體，且那副肉體在一個月後連同黑暗魔法使一起被兒子給毀滅。

然後那個兒子，今天即將登上那一落千丈似的傳承下來的王位。

今天是彷彿要祝賀年輕國王登基般晴朗的晴天，因此也能清楚地看見染上深綠色斑點的詭異藍天。

「修拉維斯先生居然已經要變成國王了……總覺得沒什麼真實感呢。」

我點頭同意潔絲的低喃。

「是啊，王家發生太多悲劇了。那傢伙也很辛苦吧。畢竟他得在祖父、叔父、父親接連過世後，統治這個混亂的國家。」

「對……我很擔心他。」

這麼擔心的潔絲也是已故的王弟——荷堤斯之女。她接連失去了祖父、父親與伯父。當然，因為她本人是最近才知道這份血緣關係的，看來也沒有悲痛欲絕的樣子就是了。

走下優雅的石階後，金之聖堂便出現在眼底下。那是使用漆黑石材建造的厚重建築，鑲邊的金裝飾看似在誇耀王家的威嚴。

那是歷代國王的墳場，也是執行王家典禮的地方，可說是王政的中心地。因荷堤斯之死而劃上句點的兄弟打架，以及與暗中活躍的術師的最終決戰，讓它在這幾個月裡兩度遭到破壞。但每次都靠魔法恢復原狀。

「我還以為會聚集很多人，但好像也不是那麼回事啊。」

我看著空蕩無人的聖堂周圍這麼低喃，潔絲點了點頭。

「登基典禮是幾乎不公開的儀式。王家的內情對大半王都居民都是祕密喔。」

「是這樣嗎……這又是為什麼？」

「梅斯特利亞王政的原則是祕密主義。就連居住在王都的這些被選上的民眾，也不會被告知沒必要知道的事情。」

確實，在王都外頭，關於王都的所有情況都被隱藏起來了。即使在王都裡面設有限制，不讓情報過度擴散出去，也沒什麼奇怪的吧。

這次是我跟潔絲首次參加登基典禮。根據潔絲所言，除了登基典禮以外，似乎沒什麼重要人物齊聚一堂的機會，所以國王在登基典禮上的宣言與部下對此做出的發言，在政治上也肩負重要的職責。

除了深世界造成的侵蝕以外，今後的王政也有許多嚴重的問題堆積如山，像是耶穌瑪的待遇和恢復治安等。這次的登基典禮理應會成為王政重要的轉捩點。

在彷彿長了青黴菌的天空底下，我們兩人朝著被靜寂籠罩的巨大聖堂，沿著悠閒的道路一起往下走。修拉維斯應該早就在聖堂裡面進行準備了吧。我們的周圍沒有任何人。

潔絲好幾次讓裙襬隨風舞動，以意味深長的視線看向我這邊。但我就像一隻豬一樣始終面無表情，不曉得潔絲希望我做出什麼反應，只是回望著她。

是感到不耐煩了嗎？潔絲不滿地嘛起嘴唇，目不轉睛地注視著我。

「這可是我第一次穿上的禮服唷。您明明可以說些感想給我聽的。」

原來如此，那個視線是這麼一回事嗎？

「我在內心獨白描述過嘍。我說了感覺很高雅。」

「您能夠親自開口說話了，所以我希望您可以直接告訴我。」

「……很高雅喔。」

「只有這樣嗎？」

看到她滿懷期待的視線，我思考起來。歸根究柢來說，只能用「潔絲妹咩真可愛」一句話來表達，但對方可是潔絲，這麼說會立刻被否認吧。

「因為我並不可愛呀……」

她看了我的內心獨白。我知道回嘴也沒用，因此刻意不反駁。很難搞這點是彼此彼此。

「這件禮服呀，是為了在莊嚴的典禮上也能穿著，請維絲小姐仔細確認過後，我自己親手製作的喔。關於絲線的色彩和刺繡的技法，也是維絲小姐在百忙之中教導了我許多知識。」

的確，深夜我打算睡覺之際，潔絲有時還在熬夜做些什麼。王太后維絲在失去丈夫後，好像忙著處理王政的工作，儘管如此，她似乎依舊會擠出時間指導潔絲魔法。

稱讚女孩子服裝的詞彙幾乎是零的我，稍微思考起來。

「刺繡的確相當細緻呢。是用具備神奇光澤的絲線……圖案是薔薇嗎？」

潔絲有些高興似的露出微笑。

「謝謝您的讚美！為了讓衣服透過可見光領域整體地反射出現銀色光澤，我將繡線改成了厚度會略微不同的多層膜構造。雖然圖案是康乃馨……」

像個十幾歲少女般雀躍不已的潔絲果然很惹人憐愛。不過是像到誰呢？她的詞彙變得像是噁到爆表的理科阿宅一樣……但這樣依舊別有一番風情。

「妳這麼熱中於刺繡是件好事。」

「維絲小姐非常熟悉關於服飾的知識，只要開口詢問，她會回答任何問題喔！啊，不過，多層膜構造是我應用金龜子的鞘翅，自己想出來的，」

「真厲害啊，這是妳自己想到的點子嗎？」

「對。是豬先生讓我察覺到可以把生物當成提示這件事。」

想不到我以前告訴她的仿生學居然會在這種地方派上用場。果然那時讓她角色扮演成兔女郎是正確的。

「角色扮演？」

我瞥了一眼以純真眼眸注視我的潔絲，轉移話題。

「潔絲真的很喜歡念書呢。」

於是潔絲看似開心地點了點頭。

「是呀，喜歡的程度或許僅次於豬先生。」

就跟潔絲不習慣被人說可愛一樣，我也不習慣承受別人直接的好感。我的豬嘴不禁說出言不由衷的話。

「妳說僅次於我，排名這麼低沒關係嗎？」

聽到我這番話，潔絲盯著我看了一會兒後，忽然將臉撇向了前方。

潔絲的腳步加快起來，我差點被丟下。我咕噔咯噔地跑著追上去。

「說到服裝，我全裸出席沒關係嗎？」

溫柔的潔絲轉頭面向了我。她的雙眼看向我圓滾滾的身體。

豬隻身體被粉紅色剛毛覆蓋。潔絲每天都在洗澡時幫我刷毛，所以散發著宛如布偶的清潔感。然而就算很乾淨，全裸依舊是全裸。

「……您很惹人憐愛，我覺得沒關係。」

我並不可愛耶……

就在我們閒聊著這些事情時，已經抵達了金之聖堂。潔絲以王族方的立場從後門進入裡面，裡面是個寬敞且莊嚴的空間。展示權威的高聳天花板、將各種顏色的大理石組合起來的幾何學圖案地板。牆邊並列著收納歷代國王遺骸的石棺。

我們穿過供奉著王朝之祖拜提絲的祭壇旁邊，通過石棺前面，站在可以從側面窺探寶座的地方。

黃金寶座上還沒有任何人在。隔著寶座的另一邊站著新國王之母維絲，她穿著優雅的白絲禮服，十分年輕且美麗動人。只不過，是遭到暗中活躍的術師監禁時留下的影響嗎？她的身體消瘦了不少。但這樣反倒讓她豐滿的胸部格外醒目——即使如此，對我而言仍是無關緊要的事。所以說潔絲，拜託妳別用那種眼神看我。

維絲朝著抵達的潔絲微微點頭致意，潔絲也點頭回應。扣除國王，這些人就是所有王家的相關人士了。我大概是被當成潔絲的寵物看待，因此包括新國王修拉維斯在內，總共只有三人而已。

從拜提絲那邊繼承的神之血的權威，以及嚴格的祕密主義——依靠這兩項統治一個國家至今的王家末路，就是目前這種狀況。即使這麼說也不為過吧。

金之聖堂裡面的廣大空間，籠罩在甚至讓人感到沉悶的無聲之中。

寶座朝向正面入口，可以看到另外有六個人影面對著寶座。

跟其他五個人保持距離站著的一個人，無論怎樣都不會認錯。高挑的金髮型男，是解放軍的首領——諾特。他將體重壓在一隻腳上站著，露出皺眉的表情，手扠著腰等待典禮開始。即使不是魔法使，我也能明白他在想什麼。八成是「麻煩死了，快點結束吧」。

剩下五個人是誰呢？所有人都穿著相同的白色長袍，以單膝跪地的敬禮姿勢等待著。仔細觀察的話，其中一個人很眼熟。

筆直的銀色長髮——是圖書館員比比絲。這麼說來，剛才在圖書館碰面時，她好像打過「那麼晚點見」這樣的招呼。為何圖書館員會在這個地方呢？

——我想那邊的五位是五長老……是在特權階級裡也位於頂點的人物們。

潔絲沒有出聲，這麼向我傳達了。

（特權階級？）

我用內心的聲音這麼反問，於是潔絲稍微收起下顎，點了點頭。

——對，那是在王都居民中被賦予特權，得以免除一部分義務——例如魔法限制較為寬鬆、不用將男嬰墮胎或交出女嬰等的人們。指的是從事司令官、培育員、高階圖書館員、魔法工、諜報員這五種需要高度專業的工作的人們。這五種工作分別有擔任首長的人物，那五人被稱為五長老喔。

十分流暢的說明。比比絲應該就是高階圖書館員的首長吧。

在到正午之前的等待時間中，潔絲仔細地向我說明了。

大半的王都居民是由跨越了「靠自己的力量進入王都」這個試煉的耶穌瑪和其同行者（夏彼隆）構成的。他們不被允許親自養育孩子，家族僅限一代。不過據說從事一部分職務的人，是維持王政所必須的存在，所以例外地被允許在王都內將職責傳遞給子孫，或是收養子女。

那便是潔絲剛才向我說明的五種特權階級。

其中之一的「司令官」，就是王朝軍的高官們。他們處於服從國王的意圖，在實質上被委任管理王朝軍的立場，是與王朝的「戰力」相關的重要職務。

所謂的「培育員」，就是被委任管理耶穌瑪的人們。在王都出生的女孩，除了極少數的例外，都會在呱呱墜地沒多久後就交給培育員管理，然後在位於王都地下的封閉空間被培育成耶穌瑪。由於「耶穌瑪」也可說是這個國家的制度基礎，因此與其相關的培育員肯定是十分重要的職務。

所謂的「高階圖書館員」，就是處理王朝的文書和法律制度的人們。在實行嚴格祕密主義的現梅斯特利亞王朝中，不能輕視與正確的歷史和法律這些「情報」相關的職務。

所謂的「魔法工」，就是繼承王朝的魔法技術的人們。例如在國內流通的立斯塔、耶穌瑪的項圈、王朝軍使用的魔法武器等，這是與生產這些東西的「技術」相關，不可或缺的職務。

然後所謂的「諜報員」，就是專門處理威脅到王朝體制和祕密主義的問題的人們。從消除記憶到暗殺，這是無所不包的工作，也是守護王朝「祕密」的最重要職務。

這五種職務的首長聚集在這裡，等待著新國王的登基。在特權階級當中，他們身為國王的心腹，也受到更加特別的待遇。就是沒有魔法的限制。

在王都生活的魔法使沒有配戴項圈，相對地，會在向全身傳送血液的大動脈——而且是非常靠近心臟的地方被套上人稱「血環」的銀環。

耶穌瑪的項圈是用來封住魔力與自我中心主義的東西，但血環則是只針對魔力設下一部分的限制。換言之，王都居民無法行使超出規定的魔法，可說是半魔法使。就是這一點維持著王族與王都居民不對稱的權力平衡。這是為了防止叛亂的保險，縱使是特權階級，也一樣會被套上血環。

只不過，在這裡的五長老是例外。考慮到他們的職務必須將力量發揮到最大限度，以及作為信賴的證明，在馬奎斯死後，修拉維斯似乎親自卸除了他們的血環。雖說魔力略遜一籌，但他們五人也跟王家的人一樣，魔法沒有受到任何限制。這是十分特別的待遇吧。

反過來看，便是目前的王家已經衰弱到不做到這種地步的話，就沒有足夠的實行力——

潔絲的說明結束後，我依舊安分地坐著，乖巧地等候新國王到達。

諾特偶爾會換個姿勢。但五長老彷彿在展示忠誠，一動也不動。

時間來到正午，響起清澈的鐘聲。

修拉維斯終於從裡面緩緩走了出來。

從暗中活躍的術師手上收復王都後，經過一個月。修拉維斯似乎一直忙於戰後處理、王朝的祕密業務，以及鍛鍊魔法等事情，幾乎沒什麼機會跟我們碰面。

這次是久違的面對面，他的身影看起來好像散發出跟記憶中不同的氛圍。是因為那件充滿威嚴的紫色法衣嗎——不，不只是那樣而已。

他捲翹的金髮不知是否好一陣子沒剪，留得稍微偏長。濃密的眉毛彷彿在強調他認真的個性般筆直且文風不動。原本就結實的肉體，也更進一步鍛鍊到連從寬鬆的衣服上都顯而易見的壯碩。是鍛鍊魔法的成果嗎？纏繞在他身上的氛圍也截然不同。可以強烈感受到像他父親馬奎斯和祖父伊維斯那種甚至會刺痛這邊肌膚般的強大。

修拉維斯已經散發出國王的威嚴。瞬間，一種自己跟潔絲好像走錯地方的擔憂湧現上來。可以看到潔絲在我身旁緊張地嚥下口水。

修拉維斯王子從容不迫地走到寶座前方後，面向並排在入口那邊的六個人，直挺挺地站著。五個王都居民以跪著的姿勢將頭低得更深。諾特則是維持站著的姿勢，將手背在背後。他姑且是在表示敬意吧。

聽不見低吼的鐘響後，修拉維斯緩緩地坐到寶座上。

「我從此刻起繼承父親的寶座，成為第六代國王。」

比無聲更沉重的沉默。我甚至擔心起自己的豬胃是否會緊張到發出咕嚕咕嚕的蠕動聲。

冷靜穩重的低沉聲音嚴肅地這麼宣告了。拜提絲開啟王朝後經過一三〇年。不允許旁系繼位，一直是由父母傳承給孩子的國王寶座，在第四代伊維斯死後不到半年，就成了最後一個繼承者的東西——成了今天才剛滿十九歲的少年的東西。

修拉維斯堂堂正正地挺直了背，環顧著為數不多的出席者。

「由於情況特殊，無須任何賀詞。儘管成了為時過早的繼承，依舊希望諸位能一如往常，繼續支持我國的王政。」

五個王都居民把頭低到額頭都能摩擦地板了。

「趁登基之際，我想在這邊徹底確認我國王政的方針。」

修拉維斯神經質地用手指撫摸著寶座的扶手，同時咳了幾次清喉嚨。

要怎麼處理這個世界的混亂呢？該如何恢復被暗中活躍的術師擾亂的治安呢？還有要怎麼解放耶穌瑪？他即將在這裡決定這些重要的目標。

「各位請放輕鬆點。」

修拉維斯這番話讓五長老維持跪著的姿勢抬起頭來。雖然各自有著截然不同的容貌，但所有人都同樣露出嚴肅認真的表情。

「就如同諸位也早已知道的一樣，梅斯特利亞正陷入前所未有的危機。」

修拉維斯平淡地發出話語。

「這個王朝被從暗黑時代苟活下來的魔法使逼入了即將面臨瓦解的絕境。祖父在四個月前因詛咒而身亡，繼承王位的父親大人也被奪走身體。我不得不逃離王都。我們幾乎要失去王政。」

修拉維斯的綠色眼睛看向眼前的六個人。

「首先我必須道謝才行。向儘管被最惡劣的魔法使奪走國王寶座，仍對那傢伙貫徹陽奉陰違，守護了我國王朝的秩序與祕密的五人道謝。還有向對我伸出援手、為了收復王都與我一起奮戰的解放軍成員道謝。」

六個人低頭回應。

「只不過，困難仍未結束。有奇妙的現象在梅斯特利亞全境內頻繁發生。現實被扭曲、魔法變得不穩定、秩序陷入混亂。我們該做的是二選一。其一是將世界恢復成以前的狀態；假如無法復原——就是在這種狀態下恢復秩序。」

國王停頓下來後，現場陷入一片沉默。一直挺直脊背的修拉維斯將臉面向五長老那邊。

「比比絲，身為高階圖書館員首長，妳有何看法？這個難關是能夠突破的嗎？」

對於年輕國王的提問，銀髮老嫗露出溫和的表情，抬起頭來。

「關於這個奇怪現象的真面目，潔絲大人正在進行調查。我雖不諳這個領域，但也在背後盡力支持。我認為在不久的將來，應該就能查明是否有解決方案。」

「是嗎，麻煩你們繼續努力。」

修拉維斯看向比比絲，然後也朝這邊投以確認的視線。

王朝因為實行祕密主義，經常處於人手不足的狀態。即使是重要的調查，如果關係到與魔法相關的祕密，大概也只有以比比絲為首的一部分高階圖書館員能夠介入吧。唯有讓維絲借助他們的力量，在業務之餘進行調查，否則就只能由潔絲來扛下這個任務了。我們點頭表示肯定後，修拉維斯稍微露出了微笑。他咳了兩聲清喉嚨，接著說道：

「……無論如何，都必須由我們王朝來掌握這個國家的主導權，而且必須讓國民知道掌握這國家主導權的是我們這件事實。為此，有三個步驟很重要吧。首先要殲滅對我們表現出敵意的北部（Northern）勢力的餘黨。接著是重整混亂的秩序。然後是恢復國民的支持。」

修拉維斯在這麼說明的同時依序豎起三根手指，最後又變回一根手指。

「席特，你身為司令官首長，對第一點有何看法？你認為要徹底殲滅北部勢力是可能的嗎？希望你可以在這邊直言不諱地正式表明你的見解。」

將黑髮整齊地剪短的男人抬起頭來，是個在下巴前端稍微蓄著黑色鬍鬚、看來很嚴格的中年男人。光是看到他的脖子和手臂，就能知道他的肉體鍛鍊得宛如鋼鐵。他應該不是只負責指揮軍隊，自己也一直投身於戰場吧。

「失去了主將兼最大王牌的北部勢力已經稱不上是敵人了，只是一群不法之徒和無賴，就連要稱為勢力都過於狂妄。不過問題在於那些傢伙的所在處。他們開始混進一般國民中生活，要加以根絕肯定得花上不少時間。」

從聲調中流露出他似乎很正經的性格與誠實的人品。另一方面，從他把敵人當成應該驅除的害獸來看待的態度，也能窺見他長年沉浸在戰爭世界中一事。

「我知道了。儘管我也很想幫忙，但身為國王的職責一旦增加，要親上前線或許也會相對變得困難。希望軍隊能夠繼續致力於殲滅那些傢伙。」

「遵旨。」

修拉維斯的視線從黑髮男人轉移到旁邊的女性身上。

「那麼關於第二點的重整秩序——我等正打算停止以往的做法，關於這一點，莉戴絲，妳身為培育員首長，理應有什麼想法才對。」

被點名的纖瘦女性在束成一團的粗糙金髮中摻雜著白髮，看起來大約五十幾歲。雖然有著五官立體的理性容貌，但表情肌彷彿面具般動也不動，從外表絲毫感受不到她的感情。

肩負著耶穌瑪這種制度的基礎的人，會發表怎樣的言論呢？我對這點很感興趣。諾特似乎也跟我一樣。儘管他面不改色，但也稍微歪了歪頭，將耳朵朝向那邊。

「您是說關於停止分配耶穌瑪這件事嗎？」

對於點頭肯定的修拉維斯，莉戴絲稍微低頭看向下方。

「我不打算對國王的方針提出異議。不過坦白說，我認為就憑目前這種曖昧的狀態，是無法維持太久的。」

修拉維斯跟歷代國王最大的不同，便是接受解放軍的主張，打算停止耶穌瑪這種制度這點。之前因為暗中活躍的術師的支配，暫時停止了耶穌瑪的「出貨」，目前修拉維斯也沒有讓他們恢復出貨。

莉戴絲的語調裡面摻雜著像在勸告似的嚴厲聲色。

「這是很簡單的計算。原本每年會販售一百人以上的耶穌瑪，卻突然決定不出貨了。照這樣下去，王都會剩餘許多隱藏著魔力的少女。然後在禁止殺害，但也不允許他們回歸王都的現狀下，王都外面大略會有一千個耶穌瑪遭到放置。修拉維斯大人打算如何處置她們呢？」

對於她這種宛如在數羊似的發言，諾特明顯地露出不快的表情。但他什麼也沒說，努力忍耐著。

被詢問的修拉維斯將手貼在下顎。他似乎無法立刻回答。

王家決定停止對耶穌瑪的殘酷待遇，這是個英明的決定吧。不過，在王都地下被培育，從零歲到八歲為止的「出貨前」耶穌瑪們，以及在梅斯特利亞擔任侍女，八歲到十六歲的「僱用中」耶穌瑪們分別有一千人，合計起來大約有兩千人左右。該如何處置她們呢？

一旦迎接十六歲生日，就必須在可能遭人殺害的狀況下靠自己的力量抵達王都才行——至今是藉由讓她們在這趟殘酷的旅途中遭到淘汰一事，來維持魔法使數量的均衡。倘若決定讓她們活下來，就必須安排她們的歸宿。

修拉維斯思考了一陣子後，慎重地開口說道：

「……關於耶穌瑪的待遇，包括技術上的問題在內，必須盡快但慎重地考慮才行。抱歉無法回答妳的疑問，但感謝妳的忠告。」

莉戴絲深深低頭一鞠躬後，又抬起頭來。

「恕我冒昧，是否能讓我再提出一件事呢？」

「好吧。儘管說。」

修拉維斯這麼催促，於是莉戴絲將戴著金戒指的右手貼在嘴上，咳了兩聲清喉嚨後，端正姿勢開口說道：

「身為培育幼童的人，我對修拉維斯大人以和為貴的態度深有同感。不過，我想先提醒您一聲，請您千萬別忘記那位明君伊維斯大人一直堅持繼續耶穌瑪這種制度的理由。」

薄嘴唇在理性的容貌中抿緊。

「所謂的耶穌瑪，是為了終結暗黑時代被創造出來的必要之惡。不僅可以維持高貴卻危險的魔法使血統不會斷絕，同時也能讓人把不講理的事情都強加在不會抱怨的奴隸身上，是一種劃時代的結構。倘若停止耶穌瑪這種制度，危險魔法使的數量將會暴增。失去發洩對象的民眾，想必會互相推卸不講理的事情吧。」

只要有人類存在，必定會有人受到迫害——記得伊維斯也說過這樣的話。無論我們有什麼感覺，那都是這個國家的歷史至今學到的事實。

「懇請修拉維斯大人千萬要避免重蹈暗黑時代的覆轍。」

修拉維斯稍微瞄了諾特一眼。解放軍的英雄現在豈止沒有表現出怒氣，甚還徹底消除了表情。這反倒更雄辯地述說著他的憤怒。

「那是當然的。關於這件事，我希望能毫不鬆懈地繼續議論下去。」

修拉維斯結束這個話題，將視線移到莉戴絲身旁。

「……那麼，關於耶穌瑪的待遇，在技術上有一個很大的問題。葛內斯，希望你以魔法工首長的身分說明一下。」

抬起頭的是散發光澤的光頭老人。他將嘴歪成ㄟ字形，飄散出工匠的拗脾氣。儘管全身脂肪很多，但粗壯的手臂也讓人感受到確實有肌肉存在。畢竟他肩負著製作武器、立斯塔和項圈等魔法製品的權責，或許也有很接近鐵匠的力氣活。

「由於伊維斯大人與馬奎斯大人相繼過世，我們失去了卸下耶穌瑪項圈的方法。要解除項圈，需要王家流傳的特殊鑰匙魔法。」

馬奎斯是知道卸下項圈方法的最後一人，但他還沒有傳授那個方法，就在深世界死亡了。照這樣下去，即使決定要解放耶穌瑪，也不可能付諸實行。

就憑修拉維斯、維絲和魔法工的技術，無法卸下目前存在的項圈。無法讓少女們從封住魔力與自我中心主義的奴隸項圈中獲得解放。

「即便是我們這些魔法工，也能夠利用拜提絲大人遺留下來的鑄型來生產項圈；倘若有王家的人物協助，也能夠替人戴上項圈。不過，要用砍頭以外的方法來卸下那個項圈，我想在技術上已經是不可能的吧。」

修拉維斯深深點了點頭。

「換言之，目前我們就算能增加耶穌瑪，也無法減少其數量。這當中有一個難題。」

修拉維斯的綠色眼眸看向諾特。諾特筆直地回看修拉維斯。

「怎樣，我可以說話嗎？」

「沒錯，諾特。希望你以解放軍首領的身分，在這邊清楚地述說你們的主張。」

諾特蹙起眉頭，用低沉的聲音說道：

「我們想說的事情不會改變。就是立刻停止耶穌瑪這種東西，卸下她們的項圈。」

十分明確的單一論點。五長老的視線目不轉睛地看向諾特。畢竟剛剛才在討論目前無法辦到這件事，但解放軍的英雄天不怕地不怕。

「我們是為了解放受到不合理待遇的耶穌瑪而挺身而出，集結起來的。這點從最初到最後都絕對不會改變。」

寄宿著堅定決心的藍色眼眸看向修拉維斯。

「在跟北部勢力的戰鬥中，我們選擇與王朝締結同盟。但那是因為我們判斷在北部勢力的支配下，情況會變得更糟糕。還有能看出你——看出修拉維斯想盡量妥協的態度。如果你們不打算實現我們的初衷，這個同盟就會解除。」

他嚴厲的話語，讓人感覺聖堂的溫度彷彿降低了。

「希望能當成惡魔的低喃來聽就是了……」

冰冷的聲音讓所有人都轉頭看向那邊。將一絲不亂的筆直金髮留長到肩膀的男人——是還沒有發言的諜報員首長。儘管他露出冷靜沉著的表情，仍纏繞著如刀刃般銳利的氣場。他微微舉起了一隻手。那隻手的中指戴著金戒指。

這時我察覺到了。高階圖書館員的比比絲同樣戴著金戒指，培育員莉戴絲也一樣。這五個人都在右手中指戴著同樣的金戒指。那是給予五長老的東西嗎？

「梅密尼斯，希望你務必說來聽聽。」

修拉維斯這麼催促，於是男人宛如冰似的水色眼眸散發出冷淡的光芒。

「最大的敵人已經不在了。以戰力來說，王朝軍就足夠了吧。跟提出不合理要求的庶民團體維持對等同盟的意義……我實在難以理解……」

在平緩的語調背後，能夠窺見他好比岩石般冰冷無比的內心。

修拉維斯微微擺動頭部，表示理解。

「或許我沒有好好地說明過締結同盟的理由。首先最重要的是，雖說解放軍也有自己的盤算，他們仍對瀕臨國難的我們伸出了援手。他們有恩於我，對我而言是很重要的朋友——這也是一個很大的理由，但當然不是只因為這樣就決定締結同盟。還有一個不可或缺的理由。」

梅密尼斯安分地等待著修拉維斯說下去。

「解放軍在這場混亂當中，在梅斯特利亞全境內構築了緊密的聯絡網，那本領實在漂亮。為了終結蔓延在這世上的不講理——在這樣的目標之下，心地善良的有權勢者在全國各地表明了會支持解放軍。」

我聽說這是跟我同樣的轉移者——黑豬薩農的計畫。他借用英雄諾特的名聲在各地展開草根運動，針對王朝培養了在戰力以上的影響力。

「解放軍在跟北部勢力的戰鬥中也盡力奮戰，國民的支持度極高。相反地，儘管我們王朝有支配力，卻不受民眾支持——這就是現狀。因此就是剛才提到的第三步驟的第三點——一方面也是為了恢復國民的支持，我們需要這個同盟。」

「原來如此……既然您有所考量，我沒有異議……」

梅密尼斯只說了這些，便低頭看向下方。諾特瞥了他一眼後，看來毫不介意似的開口說道：

「死掉的馬奎斯好像曾說過『還有其他卸下項圈的方法』。我要求王朝調查具體的方法……這件事已經可以在這邊說了嗎？」

修拉維斯一邊點頭，同時稍微舉起手打斷諾特。

「由我來向眾人傳達這件事吧。」

然後他重新面向五長老。

「我回應解放軍的要求，請母親大人最優先調查解除項圈的方法。然後**有了一定的成果**。」

是這樣嗎……？

我跟潔絲面面相覷。潔絲似乎也毫無頭緒。

修拉維斯看向在他旁邊待命的母親。

「母親大人，能麻煩您向大家說明嗎？」

維絲緩緩地稍微走上前。

「這一個月左右，我一直在整理已故丈夫的遺物。大半遺物都被隱藏起來，沒有被暗中活躍的術師發現，依舊完好如初。裡面也有只會傳承給歷代國王的物品。其中之一有著令人頗感興趣的記述——就是『最初的項圈』。」

這個詞我是第一次聽說。不過諾特看來沒有特別驚訝。他好像從一開始就知道了。

「耶穌瑪的項圈是拜提絲大人親手開發的物品。第一個被製造出來的項圈，就如同字面是『最初的項圈』。這個項圈被隱藏在梅斯特利亞的某處，上面記載著『會藉由王家之血**破壞所有**

項圈』。」

「破壞所有項圈？」

培育員首長莉戴絲發出抗議的聲音。

「……失禮了。不過，如果突然那麼做，就等於是在這混亂無比的狀況當中，解放超過一千人的魔法使。」

維絲與修拉維斯安靜地聆聽著。跪在旁邊的魔法工首長葛內斯也開口說道：

「那樣很危險吧。魔法的法則正陷入混亂，就連經過嚴密調整的立斯塔都在各處出狀況喔。我們王都居民也十分小心謹慎地避免魔法失控。要在這時解放多達一千人的年輕魔法使……我想這終究是不可能的事情。即使想製作項圈再次重新戴上，要一個不漏地監視已經脫離管理的少女，近乎不可能。」

修拉維斯始終以溫和的態度承受這些話。

「我當然知道這些問題。這並非在討論要立刻使用『最初的項圈』。就算想卸下項圈，必須先確立才行的事情仍堆積如山，例如修正世界扭曲的方法、避免魔法使過度增加的措施、替不適合者再次戴上項圈的計畫等。但無論如何，能先將卸下項圈的方法納入囊中是最好不過的吧。」

我心想的確有一番道理。雖然我們被排除在外這點讓人很傷心，但以國王的身分來說，那是正確的判斷吧。沒有通知必定會反彈的階層，私下調查卸下項圈的方法，然後迅速地報告調查結果——以王朝的立場來說，這是他們向解放軍表現無論如何都想繼續同盟的方式。

「那麼……已經找到隱藏地點了嗎？」

諜報員首長梅密尼斯用冷淡的聲音這麼詢問。

修拉維斯緩緩搖了搖頭。

「很遺憾地，上面沒有明確寫出項圈在哪裡。」

這是第幾次啦？儘管我這麼心想，但這大概就是王朝之祖拜提絲的癖好吧，那也沒辦法。一定又會有像謎題一樣的訊息被當成線索提示出來吧。

「……不過，解放軍已經以些微的線索為基礎，開始靠人海戰術在進行搜索。」

魔法工葛內斯露出驚訝的模樣，搓了搓自己的禿頭。

「進行搜索……所謂的線索是可以給予那種庶民也無妨的情報嗎？」

修拉維斯接著發出的話語，實在是過於出人意料。

「那是每個人都很熟悉的童謠。」

氣氛差點變激烈的金之聖堂內部，再次變得鴉雀無聲。

童謠……？

我抬頭一看，可以看出潔絲冷靜的表情當中，只有雙眼因好奇心閃閃發亮。

修拉維斯環顧所有人一圈後，再次開口說道：

「指示『最初的項圈』所在處的，是一首叫做〈鎖鏈之歌〉的童謠。」

在登基典禮後，潔絲跟我匆忙回到潔絲的房間。她脫下難得穿上的禮服丟在床上，急忙恢復成平常的打扮後，拿著一本書到我這邊來。

順帶一提，雖然我說得好像親眼看見了潔絲脫衣服的過程，但當然並非實際上看到。潔絲在寢室換衣服的期間，我是個紳士，所以待在旁邊的客廳。後來窺探寢室時，發現禮服被放置在床上。閉上眼睛豎起豬耳朵，想像潔絲換衣服的模樣來玩樂並非我熱中的事情。我也沒有認為在腦中想像反倒還比親眼目睹要有趣多了。我說真的。

「您真是個變態先生呢。」

我一邊因為被潔絲這麼說而感到愉悅，同時像平常一樣爬上沙發。潔絲也跟我一起坐在沙發上，將書本在膝上攤開。這是我們找到的豬與人類少女一起閱讀書本的最佳姿勢。我能夠不客氣地觀察潔絲的腳，而且潔絲偶爾會用空著的手撫摸我。

「找到了，您看。是〈鎖鏈之歌〉。」

潔絲讓我看的是小孩子看的圖畫書。書上有淺色插圖，被半吊子地畫成Q版的動物們看來和樂融融似的跳著舞。

跨頁的頁面上，大大的文字寫著童謠的歌詞。

生鏽的鎖鏈　一直通往到　遙遠的地方

離開牢房後　到墳場為止　鎖鏈的道路　沒有盡頭
第一個　箍裂開　老鼠逃走了
逃走的老鼠　在鍋子裡面　被熱水煮熟　死掉了
第二個　箍裂開　狐狸逃走了
逃走的狐狸　掉進煙囪裡　被火焰焚燒　死掉了
第三個　箍裂開　棕熊逃走了
逃走的棕熊　爬上了樹木　被天空劈打　死掉了
第四個　箍裂開　　逃走了
逃走的　　就近在身旁　混入人群中　生活著

「這歌詞感覺還真危險啊……居然有牢房、墳場、死掉了什麼的……」

「是嗎？我覺得童話或童謠存在著很多這種作品呢。」

「的確。或許愈殘酷的詞彙愈好懂，對小孩子來說比較容易親近吧。」

我這麼說的同時，首先指出感到在意的地方。

「最後這兩行有兩處可以塞一個詞彙的空格，是怎麼一回事啊？這樣就沒辦法唱了不是嗎？」

「可以在這邊填上任何喜歡的詞彙來唱喔。像是♪惡魔逃走了～……之類的。」

只有歌詞的部分，潔絲確實地配上節奏唱給我聽。

「怎麼，潔絲，原來妳會唱嗎？」

「嗯，當然了。因為這首歌很有名。」

「既然這樣，妳可以從頭到尾整首唱給我聽聽看嗎？」

「可以喔！」

潔絲咳了兩聲清喉嚨並吸了口氣，然後——她移開視線，就那樣吐出一口氣。

「怎麼了？」

「沒什麼，呃……要在豬先生面前唱歌……該怎麼說呢，實在很難為情。」

潔絲看似尷尬地露出微笑，臉頰稍微泛紅。

「就剛才聽到的感覺，妳並非音痴吧？我覺得沒什麼好難為情的……而且妳的聲音也很悅耳。」

「才沒有很悅耳……」

一稱讚她就會立刻否定，是潔絲的壞習慣。

「啊，對不起……可是，被說聲音很悅耳的話，反倒會更不好意思唱了不是嗎？」

的確。

「這麼說也是啊，抱歉。我只是有些在意那是怎樣的歌，妳不唱也沒關係的。畢竟只要知道歌詞就能夠考察了嘛。」

修拉維斯在登基典禮上的說明十分明確。

這首童謠指示著最初的項圈的所在處。

這似乎是比暗黑時代更早之前就在流傳的童謠，所以恐怕是拜提絲配合童謠留下了線索吧。拜提絲是在一三〇年前統一梅斯特利亞並創立王朝的。根據潔絲所言，她似乎是在那之後才開發了項圈。假如有什麼線索，理應是從開發項圈後到拜提絲過世的一一〇年前為止，大約二十年的期間內製造出來的東西。

儘管冬天的太陽比較早下山，但距離窗外的太陽西沉似乎還有一些時間。今天是修拉維斯的生日。我們被維絲邀請共進晚餐。但國王跟他的母親似乎都很忙碌，晚餐被設定在較晚的時間開始。應該可以在晚餐前仔細地思考吧。

「潔絲有何看法？看到這些歌詞，妳有察覺到什麼嗎？」

對於我的提問，潔絲發出「嗯～」的低吟。

「鎖鏈的道路從牢房連接到墳場——這個部分讓我有些在意呢。是否在指示什麼路線呢？」

「我也是這麼想。牢房是起點，沿著鎖鏈前進的話就會到達墳場，那裡就是終點，也就是隱藏著最初的項圈的地方——可以這麼解釋呢。」

潔絲的手指撫摸著跳舞的動物們的插圖。

「那麼，意思是剩餘的其他歌詞沒有關係嗎？」

我暫時陷入思考。

「不，應該不會沒關係吧。既然主張這首歌指示著線索，要是剩餘的部分毫無關係……該怎麼說呢？一點都不美麗。而且牢房和墳場什麼的，梅斯特利亞應該多得數不清吧。要在沒有任何線索的狀態下鎖定地點，實在太嚴苛了。如果有什麼跟鎖鏈強烈相關的牢房，或是『講到牢房就是這裡！』的地方，倒是另當別論。」

「唔……我沒什麼頭緒呢……」

聽到潔絲這麼說，我低頭看向圖畫書。感情很好似的在跳舞的動物們露出有些空洞的表情。

「那麼，就假設剩餘的歌詞是某些線索，來思考看看吧。因為有第一個、第二個這樣接續下去，說不定是要巡迴地點那種類型的訊息。」

我想起為了解開全裸變態老爹出的謎題，在王都走訪雕像的事情。

結了兩顆小果實——這次是否也使用了像那樣的隱喻呢？

「是位於視線前方的東西呢。」

不知為何，潔絲用冰冷的視線看向我。記得那個變態老爹給我們的訊息就是那種感覺。胸部豐滿的女性雕像注視的前方，有著胸部小巧的少女雕像，而且在那個少女背後有道路彷彿羽翼般擴展開來，沿著那條道路前進就會抵達要找的泉水——就像這樣，是那種沿著標記前進的解謎遊戲。說不定這一族的人就是喜歡這種像是解謎大賽的遊戲。

我將視線從潔絲的胸部往下移，再次注目歌詞。

「如此一來，就必須先找到最初的地點才行……老鼠逃走了……在鍋子裡面……被煮熟死掉了……要從這一點情報特定出場所，實在挺困難的啊。」

「所以修拉維斯先生才會拜託解放軍成員幫忙吧。他可能是認為只要在各種城鎮上把所有牢房都找過一遍，或許就能找到疑似線索的東西。」

「說得也是。」

這麼說道之後，我忽然想到一件事。

「不過，雖說是有名的童謠，告訴解放軍這就是尋找最初的項圈所在處的線索，真的沒問題嗎？要是被其他人先找到就麻煩了。」

潔絲有些欲言又止，然後稍微小聲地說道：

「從修拉維斯先生的立場來看，應該認為那樣也無妨吧。」

「這話是什麼意思……？」

「照維絲小姐所言來看，能夠使用最初的項圈解放耶穌瑪的是王家的血統。除了我們之外的某人是無法擅自解放耶穌瑪的。就算有其他人先發現最初的項圈，結果在使用之際，依舊需要王家的同意。」

原來如此。不過……

「如果有人先發現，然後藏到其他地方呢？那樣就無法解放耶穌瑪了。」

潔絲顯得更加欲言又止。

「……我覺得維絲小姐和修拉維斯先生，恐怕都認為萬一變成那樣也無所謂。」

她一直表現出難以啟齒的模樣，原來是因為這麼一回事嗎？

「的確，希望解放耶穌瑪的是解放軍和我們。並不是王朝。」

讓對於任何不講理的待遇都不會抱怨的奴隸流通在市面上，維持魔法使這個種族的耶穌瑪制度。為了讓社會穩定化以及讓魔法族長存，王朝一直積極地繼續這種不合理的制度。

潔絲嚴肅地點了點頭。

「……對。而且，只要先把情報告訴解放軍成員，萬一最初的項圈弄丟，也能夠怪罪在解放軍身上，而不是王朝。解放軍成員應該也明白這點，恐怕會相當謹慎地看待這個情報吧。」

原來如此。雖說要用人海戰術，但也可以不告訴基層的人那首童謠在指示什麼東西的所在處，只讓他們進行搜索而已。

「修拉維斯也變成一個策士了呢。」

我這麼說，於是潔絲緩緩搖了搖頭。

「不，我認為這應該是維絲小姐的想法。畢竟她是從伊維斯大人那時開始，就一直在背後支持著王朝的人物……而且維絲小姐非常聰明。」

我也隱約有這種感覺。那個宛如燦爛向日葵的美女媽媽，該說很精明，還是無法大意呢？有一種很接近荷堤斯和薩農的氛圍。恐怕她遠比我們要聰明許多。直覺告訴我不能與她為敵。

以前我們曾經向維絲撒謊，來問出色色洞窟的所在處，那時也差點被揭發祕密的企圖。是我連忙暗示她這麼做是為了讓修拉維斯與潔絲的關係有所進展，才總算騙過了她。

雖然也因為這樣，讓潔絲對我氣噗噗就是了……

「燦爛向日葵……真抱歉呢，我只是背陰處的紫羅蘭。」

我抬起頭一看，只見潔絲將手交叉在胸前，氣噗噗地看著這邊。

再怎麼樣我也不會對朋友的母親發情，真希望她能放心。

儘管王族的人少得可憐，但王宮的建築物實在寬敞得莫名其妙。我們一邊看著窗外被繁星以高密度填滿的異形夜空，同時沿著漫長的走廊移動。目的地是大廳。新國王修拉維斯的生日聚會馬上就要開始了。潔絲表示機會難得，所以又換上了在登基典禮時穿的禮服。

「這麼說來，潔絲的生日是什麼時候來著？」

我這麼詢問，於是潔絲露出微笑說道：

「是六之月一六日——就是我跟豬先生首次相遇的那天喔。」

身為耶穌瑪的潔絲迎接十六歲生日，必須踏上殘酷旅程的那天——我在豬圈醒來了。我因為食物中毒而倒下是現代日本十二月的事情，那邊跟梅斯特利亞似乎有半年左右的歲月偏差。

不過，總之可以把潔絲的生日當作是六月十六日吧。

「這樣啊。我會先記住的。」

「豬先生，您會幫我慶生嗎？」

「那當然。」

「咦咦咦，真的嗎？我好開心！」

潔絲在胸前握住雙手，雀躍地晃動著肩膀。

不過，即使要幫她慶生，我也很難準備什麼禮物。乾脆叼著筆畫張生日賀圖給她吧。

「生日賀圖……？」

「就是在生日蘊含著祝賀之意，畫那個人的圖。」

看到我的內心獨白，潔絲歪頭感到疑惑。

「哦！豬先生的國家有那樣的文化嗎？」

雖然主要是替動畫角色之類慶生的文化……但也不算錯吧。

「沒錯。有人畫漂亮的圖給自己，無論是誰都會很開心吧。」

「的確會很開心！那我就好好期待豬先生會把我畫成什麼樣子嘍。」

「我一定會把妳畫成美少女。」

先不提我有沒有那種技術。就憑這張豬嘴，說不定要畫微笑符號就竭盡全力了。

「儘管我不是美少女……順便請問一下，豬先生的生日是什麼時候呢？」

「以我誕生的世界來說，就是十月十六日。」

請多指教啦，諸位！

「我記住了！雖然是很久之後……但我會替豬先生大肆慶祝的。」

潔絲柔和的笑容，讓我的臉頰肉也彷彿要跟著融化。

抱歉了，諸位，我的生日已經有計畫了。

就是美少女替我慶生的計畫啦！

就在我們像這樣邊聊邊走時，有個腳步聲從後方追了上來。是修拉維斯。他脫掉了紫色法衣，換回平常黑長褲與白襯衫的裝扮。

「讓你們特地撥出時間前來，抱歉啊。」

型男王子大人一派輕鬆地將手咚一聲地搭在潔絲肩膀上。在近距離一看，可以更清楚地看出他的體格鍛鍊得比以前更加壯碩。四眼田雞瘦皮猴的混帳處男能贏過他的希望低於零。留得較長的金髮已經不只是捲翹，變得像是爆炸了似的。

是看了我的內心獨白嗎？修拉維斯在頭部附近彈了一下手指，整理頭髮。

「我剛才一直在訓練。畢竟在父親大人已故的現在，展示神之威嚴是我的任務啊。」

修拉維斯若無其事地這麼說並往前走。空氣的流動將強烈的氣味送到我的鼻子這邊。

「你噴了什麼香水嗎？」

修拉維斯彷彿想說「問得好」，用十分自豪似的笑容面向這邊。

「畢竟我當上國王了嘛。我試著用了父親大人以前噴的那種香水。」

我才在想這氣味感覺有點討厭呢，原來是這麼一回事嗎？為了蓋過大概是由於訓練造成的汗臭味，目前從他身上飄散出一種會從公司幹部的西裝散發出來、充滿野性氣息的芳香。對於豬敏銳的嗅覺而言，真要說的話，感覺有些不快。

「……這氣味不適合我嗎？」

修拉維斯看似遺憾地用低沉的聲音說道，潔絲立刻幫忙打圓場。

「不會，感覺很成熟，我認為是非常威風凜凜的香氣！」

「對吧。先不提這氣味是否令人覺得舒服，我覺得必須消除自己乳臭未乾的氣息才行。」

修拉維斯跟我同年紀，才十九歲而已，我覺得就算乳臭未乾也沒什麼關係。但既然他已經當上一國之王，大概也不能這麼說吧。

「這麼說來，一陣子沒見，你變得挺壯的呢。」

修拉維斯看似自豪地露出微笑。

「不只是肉體而已。經過實戰和訓練，脫魔法的次數也已經有十次了。潔絲妳目前——」

「我跟之前一樣是九次。因為從深世界回來後，就很少使用魔法。」

「我總算能追過妳了啊。但我比妳年長三歲，必須更加勤奮鍛鍊才行。」

並肩走著的金髮兩人，看起來簡直就像互相競爭的兄妹。當然，以血緣關係來說他們是堂兄妹，所以這麼說也不見得是錯的。不知何故，潔絲脫魔法的速度比較快，因此修拉維斯內心似乎有些焦急。

脫魔法的次數直接關係到魔力的強度。縱使不依賴契約之楔，年輕的魔法使在使用魔法把自己逼入絕境的狀況下，有時也會發生脫魔法，魔力會隨著脫魔法的次數倍增。脫魔法零次的魔力似乎相當於士兵一人份，一次就變成兩人份、兩次就變成四人份；魔力會像這樣以指數函數的方式逐漸增加。

照這種方式計算，潔絲等於是大約五百人份的戰力，修拉維斯則是大約一千人份的戰力……但老實說因為數字大得太誇張，讓人沒什麼真實感。

順帶一提，據說經歷過四十三次脫魔法的拜提絲，擁有逼近大約八兆到九兆人份的戰力，聽說她具備將梅斯特利亞所有島嶼都沉入海底的力量。要讓島嶼沉入海底，需要士兵幾人份的力量才夠呢？關於這點我完全無法想像。

「修拉維斯脫魔法的速度好像一口氣加快不少，你找到什麼祕訣了嗎？」

我這麼詢問，於是修拉維斯看似高興地點了點頭。

「我想有很大一部分是起因於這個世界的異常變化……我想讓自己變強的願望愈是強烈，試圖讓自己成長的魔法也會跟著變強。願望因為那種魔法增強，更進一步地讓自己的魔法愈來愈強。我察覺到關鍵就在於置身這種循環之中。」

「原來如此，還有這樣的方法呢……」

潔絲感到佩服似的低喃。

魔法是實現願望的力量。藉由理應是輸出的魔法，來增強等於輸入的願望。這麼做讓魔法變得更強——是發生這樣的循環吧。在調節植物荷爾蒙，使其在短期間內一口氣成長的實驗中也能看見這種現象，似乎是一種正向的回饋控制。

「但是，您的身體也很重要，不能過於勉強自己喔。」

被潔絲這麼擔心，修拉維斯露出笑容。

「我知道了。」

我們沉默地走了一陣子後，修拉維斯小聲地發出牢騷：

「……不過，所謂的國王果然很辛苦啊。我在登基典禮立刻就緊張起來了。」

唉——可以聽見他的嘆息。我看向一臉疲憊的年輕國王。

「你很認真地聆聽部下的意見，同時也確實傳達出自己的主張……我認為你做得很出色喔。」

「這樣啊。你很擅長稱讚人呢。」

你才是會在奇怪的地方稱讚人呢——正當我這麼心想時，潔絲笑咪咪地說道：

「我也這麼認為。豬先生只要一有機會，就會說我很可愛，或是美少女什麼的……儘管我覺得根本沒那回事……」

視情況而定，潔絲這番發言聽起來也像是在放閃。但修拉維斯用認真的表情回應：

「不，我認為潔絲是個美人，內在也十分出色美麗。」

真不愧是認真回覆的傢伙，絲毫不會吞吞吐吐。

另一方面，潔絲也像是感到害羞似的別過臉去。

我究竟被迫看了什麼啊……？

正當我思考著該怎麼應付這種狀況時，我們抵達了大廳。

一打開門扉，就有烤熟的肉和香草，以及些微的油香輕飄飄地充斥了鼻腔。

眼前是由魔法水晶吊燈照耀的明亮空間。過於高聳的天花板上描繪著神聖的濕壁畫，大理石製的巨大雕像並排在牆邊。雖然這房間用來擺放餐桌實在過於寬敞，不過是魔法空調在發揮作用嗎？即使是冬天仍十分溫暖，溫度適中。

這裡也是我跟潔絲首次與伊維斯和修拉維斯相遇的地方。而且是潔絲的項圈被卸下，衝擊性的真相被揭露的場所……

跟那個時候一樣，裡面擺放著精心設計的圓桌。維絲早已經坐在圓桌前面，正轉頭看向這邊。她依舊是禮服裝扮。

「快坐下吧。」

溫柔卻又威風凜凜的聲音呼喚著我們。考慮到我的體型，她在右手邊準備了座面較高的豬用椅子，我請潔絲用魔法把我抬起來，坐到那張椅子上。

身為主角的修拉維斯坐在正面——也就是維絲對面，潔絲則是坐在我旁邊。

「都到齊了呢。」

她在寬敞的圓桌上準備了三人份的豪華餐點，我的面前則是堆滿五顏六色的水果。就我能看見的範圍，人類用的餐點菜色數量已經多到令人眼花撩亂，卻仍有用銀製圓頂餐盤蓋覆蓋住、暫時無法看見內容的料理。

附帶細緻圖案的黑色瓶子緩緩地從圓桌中央往上浮起。

「這是拉哈谷生產的，王曆一一一年的葡萄酒。」

維絲輕輕揮動右手，軟木塞便當場從瓶子裡脫落，酒瓶流暢地移動到修拉維斯面前。略微帶有褐色的紅紫色液體，從謹慎地傾斜的酒瓶中倒入寬口的葡萄酒杯裡。

酒瓶彷彿被看不見的服務生拿著，接著緩緩移動到潔絲面前，然後在我眼前倒酒給潔絲。我吸了一口氣，一股如花束般複雜、如蜂蜜般芳醇的香氣，伴隨著酒精的蒸氣被傳送過來。

葡萄酒在最後也倒入了維絲的玻璃杯裡。看到被放下來的瓶子上刻印著一一一的數字，我察覺到一件事。

現在是王曆一三〇年。今天是修拉維斯的十九歲生日，所以這瓶酒的葡萄是在他誕生那年收穫的果實。維絲是在修拉維斯登基之際，訂了這瓶酒嗎？還是從這瓶酒釀成時就一直事先保管著呢？

是發現我用豬鼻子在聞著氣味嗎？維絲瞥了這邊一眼。

「沒有你的份喔。請你吃蘋果忍耐吧。」

我微微點頭表示理解。要是乙醇弄壞了豬的肝臟，我可吃不消啊。

另一方面，陳年葡萄酒似乎讓潔絲興致勃勃。她用閃閃發亮的眼神窺探著玻璃杯裡面。

「那麼，今天是修拉維斯的十九歲生日呢。然後同時也是你成為這個國家的國王之日。」

維絲用纖細的手指舉起葡萄酒杯，筆直地看著兒子。

「我原本打算在你滿二十歲的轉捩點，才打開這瓶從你還不會說話時就一直放著熟成的葡萄酒……但今天這個日子一定比較適合作為轉捩點吧。而且這個世界正處於扭曲變形的狀況，也不曉得酒是否會在放著熟成的期間變味。」

修拉維斯用遺傳自母親的翡翠色眼眸認真地回望著維絲。察覺到飄散在兩人之間的氣氛，潔絲跟我也正襟危坐。

「王曆一一一年是個常有舒適晴天的一年。」

維絲接著這麼說了。

「據說在拉哈谷收穫了自王朝創始以來最頂級的葡萄。而且這一年在我的人生當中也是最幸福的一年。」

修拉維斯的眉毛稍微抽動了一下，但他什麼也沒說。還是說不出口呢？

「但願你誕生的王曆一一一年對王朝而言，還有對梅斯特利亞而言，也會是值得祝福的一年。這是我身為母親唯一的心願。」

維絲高舉玻璃杯後，修拉維斯也跟著舉杯，潔絲在最後跟上。

「母親大人這特別的一番話讓我由衷感到欣喜。我身為國王會繃緊神經，精益求精。」

三人以視線為暗號，一同傾杯飲酒。是酒相當美味可口嗎？潔絲略微瞠大了眼，但維絲和修拉維斯彷彿都在逞強似的，依舊面帶微笑。

「生日快樂。」「謝謝媽。」其實他們應該想要像這樣坦率地交談吧？我總覺得國王與其母親這種過於沉重的立場，迫使兩人過度注重禮貌。

就在維絲放下玻璃杯，準備開始用餐之際。

周圍突然變暗了。看來似乎是水晶吊燈的光芒同時消失。我還來不及擺好架勢，放在圓桌上的燭台便亮起火光。維絲露出困惑的神情，修拉維斯則以若無其事的表情，在她面前起身離開座位。

在昏暗的蠟燭亮光中，修拉維斯緩緩地走到維絲旁邊。

「您不用起身，母親大人。我今天也有東西想要給您。」

修拉維斯這麼說，然後以流暢的動作牽起母親的左手，在她的中指戴上戒指。

「很抱歉沒有事先預告就這麼做。但我的生日不僅是母親大人祝福我的日子，同時也是我要感謝母親大人的日子。」

維絲看來暫時說不出話的樣子。

「……我才在想你最近都在做些什麼，居然準備了這種東西……」

沒有直視修拉維斯而是注視著戒指的維絲，想要冷靜地這麼說，但她失敗了。

兒子強壯的大手包覆住母親纖細的手。

「這是我在純粹的白金裡摻入拜提絲大人的金，用我能夠使出的最強魔法鍛鍊而成的戒指。請母親大人戴上這個戒指，來代替被卸下的結婚戒指。」

維絲只是顫抖著喉嚨，緊抿嘴唇。修拉維斯接著說道：

「無論是王家繁忙的職務或是父親大人的蠻橫行為，您都忍受過來，將我養育到這麼大。這是我對您由衷的感謝之情。」

看到儘管略微害羞，仍柔和地露出笑容的少年，我不禁反省自己從來沒有給母親這種驚喜過呢。

維絲總算恢復平靜，她開口說道：

「修拉維斯………你要成為出色的國王。」

「是的。」

將戒指交給了維絲的修拉維斯回到座位上，水晶吊燈也在這時恢復了亮光。

大廳變亮之後，可以看出維絲的雙眼略微變紅。

我的視線讓維絲稍微蹙起眉頭，然後她咳哼一聲清了清喉嚨。

「……好了，我們開動吧。料理有些變涼嘍。」

維絲迅速地張開雙手。隨即有複數火球湧現出來在圓桌上舞動，精準地將應該加熱的料理重新加熱。

晚餐十分豐盛。圓頂餐盤蓋被掀起後，從底下出現擺盤讓高級法式料理也自愧不如的肉料理。魚料理也十分出色。絕妙比例的香草融入以奶油為基本的調味醬裡面，甚至讓人有種光是聞到香味就很幸福的感覺——應該說身為豬的我沒辦法吃那些料理，所以只能用眼睛和鼻子來享受，並側耳傾聽潔絲的美食評論就是了……

儘管用餐時間很愉快，但一直有種不協調感夾在豬肋排的某處。

從登基典禮那時開始就這樣了。

所謂的不協調感，是指對潔絲跟我——尤其是對潔絲的態度。

只會找心腹參加的登基典禮，以及被邀請來參加替國王慶生的家族聚餐，這簡直就像是——

我這種擔憂因為維絲的一句話變成了現實。

「話說修拉維斯——」

在盤子大部分都清空之際，因為葡萄酒而變得有些饒舌的維絲，彷彿算準了時機似的這麼呼喚修拉維斯。

「關於你們結婚的事情，進展得怎麼樣了？」

雖然沒有嗆到，但修拉維斯跟潔絲都同時停下了手，並停止咀嚼。

「你十九歲，潔絲十六歲。這年紀結婚並不算早吧。」

我目瞪口呆，就那樣叼著一整顆蘋果，下巴變得一動也不動。

「……結婚生子也是國王的使命。你必須儘早努力增產報國才行喔。」

現場陷入一陣尷尬的沉默。兩名當事者總算把嘴裡的料理成功吞下肚。

維絲是把兩人的反應解釋成害羞嗎？她用餐的刀叉沒有停下來過。

「母親大人，關於這件事……其實……」

修拉維斯一邊緩緩地尋找詞彙，同時正確地說明起來。

其實潔絲是荷堤斯偷生的女兒。

也就是兩人為堂兄妹，不應該結婚。

自己是在母親被囚禁時得知此事的，返回王都後也一直開不了口。

是盡可能地裝出平靜的模樣嗎？維絲在開口之前親手將最後的葡萄酒倒入玻璃杯裡。她的手微微顫抖著，堆積在瓶底的黑色沉澱物也全都倒進了杯子裡。

「原來……是這樣嗎？」

維絲大大吐了口氣，將僅剩一點的葡萄酒連同沉澱物一飲而盡。

「優秀的魔力、纖細的技術、源源不絕的好奇心、對閱讀的熱情，以及對色情的興趣……我一直覺得常會讓我想起某人，沒想到……潔絲竟然是那男人的……」

……她剛才說了什麼？

儘管有個讓人在意的詞彙，但這種氣氛實在讓人不敢吐槽。

維絲閉上雙眼，稍微低下頭，然後又立刻抬起頭來，恢復成平常的表情。

「我明白了。」

沉默。

「我理解內情了。伊維斯大人一定早就察覺到了吧。雖然不曉得他有何意圖，但具備先見之明的那位人物，居然會不小心碰巧選上有這種血緣的人當修拉維斯的未婚妻……我實在無法想像。這一定也是一段有其意義的過程吧。」

「母親大人……」

「我也能理解你們難以啟齒的心情。這也是沒辦法的事。」

「維絲小姐，對不起，我應該更早——」

「——我——」

維絲打斷潔絲，提高音量說道：

「不認為堂兄妹結婚對這個王家而言是好事。婚約就當作沒這回事吧。我會再從頭尋找新的女性。」

維絲擦了擦嘴，從座位上站起身。

「母親大人，之前沒能說出口，真的十分抱——」

「修拉維斯，謝謝你的禮物。」

維絲的視線散發出不由分說的氛圍。

「今晚我有些累了。我就在這邊先失陪了。不過難得準備了這麼豐盛的料理，請你們兩人一起享用，別剩下了。」

維絲不帶任何感情，宛如機關槍般單方面地這麼宣告後，便離開了大廳。

被留下來的我們按照她的吩咐用完晚餐。在尷尬的氣氛中，幾乎是一言不發。

打道回府時，修拉維斯一臉過意不去似的對我們笑了笑，然後拿著空酒瓶消失在自己房間的方向。

「明明是難得的生日……不曉得他們兩位有多麼心痛呢……」

回程的路上，我們稍微繞了遠路，一邊呼吸外面的空氣一邊走著。

潔絲將手貼在胸前，露出像是在忍受疼痛般的表情。

「妳沒聽見他們內心的聲音嗎？他們是一對堅強的母子。別看他們那樣，或許他們出乎意料地覺得沒什麼。」

我刻意試著講些不著邊際的話。潔絲緩緩搖了搖頭。

「畢竟他們兩位都懂得在日常生活中保護內心的方法……」

我也真想學會這種技術。

密度異常的星空從各種角度照亮著我們，在腳邊形成模糊的小型影子。我側眼看著王宮氣派的石牆，在庭園中走著，一邊散步一邊回到內宅。

潔絲的手輕輕碰觸我的背。

「……可是，有一件好事。」

「什麼事？」

她回覆的答案實在過於單純。

「這麼一來，我要嫁入王家的事情總算正式取消了。」

我抬頭一看，只見潔絲抿緊嘴唇，面向這邊。

「要說這對我而言不值得開心……就是撒謊了。」

「是這樣嗎？」

「就是這樣呀。」

我不曉得該說什麼才好，茫然地看著前方繼續走著。

「豬先生不覺得開心嗎？」

我一邊聽著潔絲似乎很不滿的聲音，同時思考起來。當然，潔絲跟那個認真回覆國王結婚的可能性變成零這件事，要說我不覺得開心是騙人的。但我還不太能想像將來的事情。我們誕生的世界不同、身分不同，以及模樣也不同——此外還有許多要待在一起必須跨越的巨大高牆。

「只要我們一起尋找道路就行了，尋找可以讓我們共結連理的道路。」

那是內心獨白喔。

「該怎麼說呢……我還不是很懂共結連理或結婚什麼的。總之我現在只要能跟潔絲待在一起就行了。」

潔絲放在我背上的手稍微壓了壓我的背部脂肪。

「豬先生不是跟我約定好要結婚嗎？」

傳入耳中的話語讓我懷疑自己聽錯了。

「…………？我們做過那種約定嗎？」

「就是歲祭那一晚。您在裝傻嗎？」

「不，我沒在裝傻耶。」

我真的沒有記憶。

「我們確實約定好嘍。就是豬先生的……那個……處……處……」

不知何故，潔絲突然吞吞吐吐，開始支支吾吾地動著嘴巴。她的臉變紅了。

這麼說來，以北方星為目標的旅途最後，我們或許在位於梅斯特利亞最北端的穆斯基爾的旅館中聊過那種話題。

在「歲祭」這個彷彿盂蘭盆節、新年與耶誕節同時來臨的文化中，據說有關係親近的人互相贈送禮物的習俗。不過一隻豬沒有能夠送人的東西。在旅行與年底的特殊氣氛中，潔絲好像對我說過「請把處男給我」這種爆炸性發言。潔絲表示她也會給我相同的東西，讓話題進展下去，之後發生火腿三明治事件和深世界等許多事情，一忙之下我就完全忘記這回事了。

「也……也就是說，我們發誓要把貞操給對方！」

儘管潔絲變得滿臉通紅，語調卻非常認真。

「的確也不是不能那麼想啦……」

「如果不結婚，就沒辦法達成誓言。所以等於已經成立結婚的約定。」

真是精彩的三段論法。

「不用這麼著急吧。比起結婚，首先應該思考在這個不穩定的世界中，該怎麼做才能待在一起。」

潔絲用力搖了搖頭。

「我們不是豬先生說的那種兄妹喔，也沒有如鎖鏈般的緣分。為了可以一直在一起，也需要像結婚一樣堅固的『形式』不是嗎？」

「是這麼回事嗎？」

「就是這麼回事。」

潔絲在奇怪的地方很頑固。哎，雖然那樣也不錯啦。

「如果不跟我結婚，豬先生就一輩子都是混帳處男先生嘍。那樣您也無所謂嗎？」

混帳一詞應該是多餘的吧。

「……哎，畢竟那也有點像是我的個人特色嘛。」

「真是的。請您不要敷衍過去。」

潔絲就這樣看著我，氣噗噗地鼓起臉頰。

「我也不是在主張想要現在立刻結婚喔。我的意思是我們一起尋找通往結婚的道路！」

關於曾經是王子未婚妻的完美美少女積極地向我逼婚這件事。

「如果是這麼回事，我沒有異議……然而，明明沒有做好結婚的準備，卻先決定要結婚，那樣不是會變成徒具『形式』的婚姻嗎？老實說，我還沒有很懂結婚這回事。關於這一點，潔絲妳確實明白，而且準備好了嗎……？」

我明明不是修拉維斯，卻做出了嚴厲的認真回覆。潔絲看來認真地暫時陷入思考，她稍微走了幾步後，老實地點頭肯定。

「……嗯，說得也是呢，我的確還沒準備好……」

潔絲將手貼在胸前。既然有擔憂的問題，首先應該去解決那些問題。

「潔絲也會感到不安啊。」

我這番話讓潔絲用似乎很苦惱的眼神看向這邊。

「是的……儘管以年齡來說並沒有特別早……但仔細一想，我的確還無法想像所謂的結婚是怎麼回事。要說我已經準備好……或許會變成謊言。」

「對吧。我也是一樣。在考慮結婚之前，需要確實地做好準備。我們還沒有準備好。所以想結婚的話，首先必須將該準備的事情搞定才行。」

所謂以牙還牙，以眼還眼，以三段論法還三段論法。

潔絲迫切的眼神看向我。

「那麼……我該做些什麼才好呢？結婚需要準備些什麼呢？因為我是個書呆子，從來沒做過類似新娘修行的事情……」

的確，具體來說，該做些什麼才能做好準備呢？正當我陷入思考時，潔絲接著說道：

「我以前是侍女，所以雖然有些笨拙，但依舊會做某種程度的家事。我也會照顧動物。可是，因為料理是廚師的工作，我沒什麼經驗……其他還有什麼呢，例如夜晚的事情我也是一竅不通……」

夜晚的事情是什麼？？？

「不，我並非要潔絲去準備當個新娘喔。即使妳進行新娘修行，也沒辦法用來改變困難的現狀吧。」

潔絲將手指貼在嘴唇上，朝這邊歪了歪頭。

「那麼，豬先生認為我需要做怎樣的準備呢？」

真是個困難的問題。潔絲為了結婚應該做的事情……

例如學會能夠養小白臉一輩子的能力嗎？如果能過著讓溫柔的潔絲養我的生活，那一定是最棒的人生。

「說得也是。首先最重要的應該是學會能夠靠自己的力量好好活下去吧。如果沒有能夠靠自己獨立生活的自信，我覺得要結婚很困難，畢竟還關係到自己以外的人生。」

「那個。我能聽見您的內心獨白喔……」

唔喔……

「講正經的，我希望潔絲學會的不是當新娘的能力，而是先學會在不穩定的世界中也能獨當一面，以人類身分活下去的能力。」

潔絲露出有些無法理解的表情。

「可是要那麼說的話，我能夠使用魔法。只要有魔法，就不用煩惱該怎麼生活喔。」

潔絲一邊說，一邊在手上燃燒起明亮的火焰。我在產生搞不好會被燒烤這種危機感的同時，開口指點：

「魔法也開始變得不穩定了，根本不曉得是否能一直像現在這樣使用魔法吧。而且耶穌瑪被解放的話，說不定魔法就變成不是特殊技能了。」

「原來如此，的確是那樣也說不定……那樣一來，我該怎麼做……」

火焰消失了。潔絲看來很認真地煩惱起來。她只是個坦率的乖女孩，我開始討厭起老是反駁她的自己了。我也試著思考看看。

「如果要列舉一個無論在哪種世界都通用的東西，就是**頭腦**吧。」

「頭腦……是嗎？」

「如果再說得詳細一點，就是冷靜的頭腦——換言之，便是看透真相的能力。無論在何種世界的何種狀況下，所謂的真相都只有一個。只要具備可以冷靜地看透那僅僅一個真相的能力，不管到哪裡應該都通用。」

潔絲暫時咀嚼著我這番話，然後她眨了眨眼睛。

「說得也是呢，畢竟豬先生至今也是靠頭腦解決了許多問題……」

聽她這麼一說，的確是那樣沒錯。我以豬的模樣來到劍與魔法的世界，在行動受到相當多限制的狀態下，我的桃色腦細胞曾好幾次派上用場。

「勤奮好學是潔絲的優點。首先要培養看透真相的能力呢。」

處。

潔絲露出明朗的笑容。看來她似乎可以理解我的用心良苦了。

「只要具備看透真相的能力，感覺確實也能變得有自信。那就是我的『新娘修行』呢！」

潔絲這麼說，然後面向前方。看起來簡直就像立刻開始在尋找有沒有被隱藏的真相掉落在某處。

正好就在這時，我們聽見了女性的嗚咽聲。

我們停下腳步，兩人一起環顧周圍。薔薇的香氣順著冰冷的夜風飄散過來。

這前方是——維絲管理的薔薇園。

當我回過神時，潔絲已經邁步跑向薔薇園那邊。縱使沒有像伊維斯那樣的先見之明，仍能隱約知道聲音的主人是誰。儘管我心想別這麼做就好了，依舊追在潔絲後面跟了上去。

那是個用磚牆圍住三面，彷彿祕密小屋般的空間。薔薇的配置是有規劃的，明明不是盛開的季節，卻四處綻放著紅色或白色的花朵。中央有大型噴水池，圍住噴水的圓形邊緣正好適合用來坐著小憩。

維絲就坐在那裡。她雙手摀住臉，搖晃著肩膀。

發現潔絲跑過來後，維絲立刻面向另一邊。

「維絲小姐……」

潔絲站在她身邊，這麼呼喚她。我在潔絲身後盡可能地消除存在感。

傳來幾次清喉嚨的咳嗽聲後，維絲轉頭看向了這邊。

儘管她的雙眼有些紅腫，但凜然的表情堅定不移。

「未婚的少女不該在深夜四處蹓躂喔。妳快點回房間吧。」

潔絲背在腰部後方的雙手扭扭捏捏地動著。

「對不起……我……」

「如果妳是在意血緣關係那件事，別再提了。事實就是事實。這也是無可奈何的。剩下的就是看我能否接受這個事實……就只是這樣罷了。」

「那麼，我想協助維絲小姐能夠接受這件事。」

潔絲輕快地坐到維絲身旁，將手放在她的膝蓋上。

另一方面，我則是稍微往後退。因為我直覺到潔絲別這麼做會比較好。為他人著想是潔絲的優點，但這樣的善意也有讓人不覺得開心的時候。

「請您向我傾訴吧。維絲小姐對我而言……就像真正的母親，是很重要的人。」

維絲的雙眼驚訝地瞠大，跟修拉維斯如出一轍的眼眸捕捉住潔絲的身影。

「那是因為……我一直認真地相信能夠成為妳的母親吧！」

她的聲音在動搖。可以看出她的感情也在動搖。

「瞞著我的期間，你們一直在欺騙我喔！妳隱藏內心聲音的技術也愈來愈高明了呢。妳一直努力避免在我面前洩漏出自己的來歷對吧！妳一直在撒謊對吧！」

面對激動地大吼的維絲，潔絲儘管淚眼汪汪，仍然沒有退卻。

「對不起……正是因為知道您對我有所期待，才會說不出口。」

關於這件事我也是共犯。修拉維斯跟潔絲的婚約關係正方便讓潔絲留在王家。首先想到要將潔絲與荷堤斯的血緣關係當成祕密的是我。所以我刻意避開維絲以免被讀心，當潔絲向維絲求教時，我大多退到寢室打瞌睡。

維絲張大嘴吶喊：

「……說不出口？妳以為一句說不出口就能了事嗎！妳知道我是抱持著怎樣的心情嗎！我究竟是為了什麼教育妳至今的——」

維絲任憑衝動說到這邊後，猛然驚覺似的閉上了嘴。

潔絲就那樣看著維絲，彷彿被攻其不備似的僵在原地。

冬天的寒風吹來，穿過兩人之間。維絲的雙眼開始濕潤起來。

「抱歉……我沒那個意思……」

潔絲搖了搖頭。

「我明白。維絲小姐之所以會那樣設身處地教導我各種事情……是因為我曾經是修拉維斯先生的未婚妻。曾經是未來的王子之母。」

一行淚水從潔絲的眼中垂落。

「否則我根本沒有權利讓您那樣溫柔待我……」

潔絲所說的話雖然殘酷，卻是無庸置疑的事實。

自從進入王都以來，潔絲之所以會受到特別待遇，是因為潔絲曾經是未來國王的未婚妻。否則她應該會以一個王都居民的身分被戴上血環，在受到管理的狀態下，與不起眼的豬過著平凡的生活。

從前前任國王伊維斯指定潔絲作為修拉維斯未婚妻的那個瞬間開始，潔絲跟我的命運就產生了巨大的變化。

我想起晚餐時維絲曾說過的話。

伊維斯具備先見之明。他自己曾那麼說過，所以不會錯吧。既然如此，他明知道潔絲是荷堤斯偷生的女兒，仍刻意決定讓潔絲當修拉維斯的未婚妻嗎？他是預期到會有這樣的未來在等著，才那麼做的嗎？

維絲像是在尋找該說的話，過了一陣子後，她總算開口說道：

「不……我說得太過火了呢。妳是個非常優秀的學生。」

維絲牽起潔絲的手，舉到她豐滿的胸部前。

「無論動機為何，我一直很享受指導妳學習這件事。這也是事實。」

「維絲小姐……」

「這樣荷堤斯就欠我一筆人情了。王妃親自指導妳魔法這件事，妳要引以為傲。然後以國王親戚的身分盡心盡力地報恩。」

「……是的。」

潔絲點了點頭後，維絲似乎在思考些什麼，她暫時閉上雙眼，然後睜開。

「我接下來要說的話不會重複第二次。請妳也跟我約定會把這些話藏在心底，絕對不會說出去。」

或許是姑且有意識到我的存在？維絲也瞥了我一眼確認。

潔絲感受到維絲的變化，再次緩緩地點了點頭。

「我明白了。我跟您約定。」

冬天的靜寂降臨到彷彿箱庭般的薔薇園。撼動鼓膜的只有噴水池的水落下的聲響。

是下定決心了嗎？維絲深呼吸之後，開口說道：

「我希望修拉維斯……可以獲得幸福。」

她喃喃地述說起來。

「這些話對他本人絕對說不出口，我身為王太后不能這麼說。但從母親的身分來看……」

她像是在發洩似的。

「成為出色的國王這種事，我打從心底——打從心底覺得怎樣都無所謂。」

她為何要向潔絲傾訴這些事呢？

「我抵達王都，被伊維斯大人選上後，以前在王都外面很親近的人和地方，所有相關記憶都被消除了。不是封印，而是被消除。就連自己的名字也從記憶中遭到消除，被換了一個新名字。剩下的只有這副身體、不記得任何名字、長相與背景的記憶，以及枯燥無味的知識而已。」

我之前都不曉得。

這實在過於殘酷的待遇讓我毛骨悚然。但我也能理解王家想這麼做的理由。在王都外面的留戀以及赴都的悲慘經驗，對王妃豈止無用，甚至是有害的東西。只要想想記憶被半吊子地封印起來的潔絲有什麼下場，就能輕易想像到理由。

搞不好歷代王妃都經歷過這樣的事情？

大家都被消除記憶，被迫專注於處理王家的工作，以及孕育國王之子的任務嗎？

「甚至連理應發誓過絕對不會忘記的那僅僅一人的名字，我都沒辦法回想起來。這樣的我……就只有修拉維斯而已。」

我忽然想起修拉維斯以前說過的話。

——母親大人與曾經喜歡的人訣別，以耶穌瑪身分隻身到達了王都。她的堅強與聰明，以及沒有對象這點獲得很高的評價，被選中當父親大人的伴侶。

——母親大人常對我說「在這個世界上我愛的只有你」，我是聽著這句話長大的。

維絲放開潔絲的手，溫柔地將手搭在她的雙肩上。

「那孩子快要被國王的責任給壓垮了。倘若發生什麼事，他似乎隨時會壞掉……所以說潔絲，算我求妳，請妳陪伴在修拉維斯身旁。請妳救救那個孩子。」

潔絲是發不出聲音嗎？她濕潤著雙眼，緩緩點了點頭。

「既然已經知道妳的來歷，我明白自己無法以王太后的身分命令妳。這是我身為修拉維斯之母的請求。」

「維絲小姐……我……」

維絲的眼淚撲簌簌地掉落下來，她將額頭貼在潔絲的頭上。

「求求妳……我只有那個孩子而已。」

那一晚，我作了個夢。

是有某人的聲音在黑暗當中呼喚著我的夢。

儘管聲音很模糊，無法聽清楚，但十分悅耳，是彷彿祈禱般的聲音。

——到這邊……拜託……請回到……這邊來……

這麼迴盪的女性聲音宛如漣漪般，反覆傳來好幾次。

遙遠得像要消失，但的確是朝這邊發出的聲音。

我想要仔細聽清楚，於是邁步走向那邊。

好久沒這樣了。我是用兩隻腳在走路。

不斷往前走後，前方可以看見光芒。聲音的確是從那邊傳來的。

唔——我突然呼吸困難。

堅硬且冰冷的金屬壓迫著我的喉嚨，我的氣管差點被壓破。我按住脖子停下腳步。不知不覺間，有銀項圈套在我的脖子上。

項圈後面繫著生鏽的鎖鏈，延伸到跟光芒反方向的黑暗當中。

「絕對不可以。」

響起一個清晰的聲音，潔絲的身影在鎖鏈另一頭浮現而出。

「您不可以過去……」

潔絲在哭泣。

而且她的手上還握著鎖鏈。

醒來之後，只見潔絲抬起上半身，一臉擔心地窺探著我的臉。

明亮的光芒從窗簾流瀉進來。已經早上了嗎？

「豬先生，您作了什麼惡夢嗎？您的臉色很難看喔。」

我試著扭了扭脖子，但沒有套著項圈的感覺。

「不……我可是一隻豬，平常就是這種臉色嘍。」

我不是那個意思——就在潔絲想這麼回嘴之際，寢室的門響起了被人有些粗暴地敲打的聲響。我們兩人嚇得跳起來。

「我進去了。」

傳來這樣的聲音。房門接著打開，已經換上正裝的修拉維斯從門後現身。

看到穿著睡衣抱住我的潔絲，他悄悄移開視線，咳了兩聲清喉嚨後，國王開口說道：

「抱歉吵醒你們了。總之能麻煩你們過來一下嗎？」

翡翠色眼眸猶豫了一陣子後，筆直地看向我們。

「事情麻煩了。潔絲、豬，希望你們可以助我一臂之力。」

第二章 第一次事件就碰到大量殺人的負擔實在太沉重

這次抵達的小鎮有些眼熟。

彷彿噴煙般冒出熱氣的山。蓋在山麓的豪華絢爛大聖堂。被含有火山氣體臭味的溫泉霧氣籠罩的小鎮。

是位於梅斯特利亞西部的溫泉樂園——布拉亨。

也是色情小說《愛上妹妹是不是一種錯誤呢？》的聖地。

以我個人來說，潔絲突然開始脫掉學生泳裝這件事讓我印象比較深刻就是了……

「學生泳裝……？」

看了我內心獨白的修拉維斯感到不可思議似的這麼詢問，但我跟潔絲都沒有回答。

我們搭乘飛天龍從王都出發，現在還是早晨的時段。雖然天空被不祥的烏雲覆蓋著，但多虧有溫泉，鎮上十分溫暖。因為不能讓龍在街上降落，我們三人在郊外從龍上面下來，沿著街道前往小鎮中心的廣場。

根據修拉維斯所說，那裡發生了不祥的大量殺人事件。

據諜報員所言，有三十九名犧牲者。所有犧牲者都是所謂的惡棍，似乎被認為是由暗中活躍的術師指揮的北部勢力餘黨。是些在北部勢力興起前被稱為「耶穌瑪狩獵者」或「黑市商人」的傢伙們。

殺人的犯人不明。問題在於留在遺體上的「某個印記」。

國王就是為了那個印記親自採取行動的。

修拉維斯接到報告後，立刻帶著潔絲與我來調查現場。維絲似乎留在王都，為了應對這個危機，著手收集情報和指揮部下。

我們在如霧般濃密的溫泉霧氣籠罩下，沿著黑色的石造街道往前進。空氣的氣味跟記憶中有些不同。總覺得有股鐵鏽味，變得像是血液的氣味。

「明明才剛登基，就搞得這麼狼狽……突然跑去拜託你們，我實在太沒出息了。但無論如何都必須解決這個事件才行。要給你們添麻煩了。」

對於一臉過意不去似的修拉維斯，潔絲用全力搖了搖頭。

「請您別這麼說。我想幫上您的忙！」

因為潔絲講得實在太激動，讓修拉維斯反倒露出一臉疑惑的表情。

「是這樣嗎……？」

「是的！我正好想要去看透僅僅一個的真相！」

是昨晚我說的那些話造成的影響嗎？潔絲反常的發言讓修拉維斯感到更加疑惑。

「看透真相……這又是為什麼？」

「是為了新娘修行！」

現場稍微陷入了沉默。修拉維斯的頭頂浮現出大約三個問號。

但他沒有深入追究，只是一臉困惑地露出笑容。

「那真是太好了。請妳務必幫忙解決這個事件。」

「我明白了！我一定會查明真相給您看的！」

潔絲在胸前握住雙手，幹勁十足。

這是名偵探潔絲妹咩誕生的瞬間。

「名偵探……？」

讀了我內心獨白的潔絲轉過頭來，我向她說明：

「所謂的偵探是指查明真相的人，會進行推理，解開謎題。在偵探當中也特別優秀的人被賦予的稱號就是『名偵探』。」

我這番話讓潔絲的眼眸閃閃發亮起來。

「原來是這樣呀！那麼，我會成為**名偵探**！」

就目前的狀況來看，修拉維斯算是委託人，然後我是助手吧。最初的事件就是有三十九個死者的大量殺人，無論怎麼想負擔都太沉重了。但既然已經接下了委託，這也是無可奈何。

在威風凜凜的宣言後，潔絲面向我這邊，小聲地補充：

「只要我能成為**名偵探**，就離結婚更近一步了呢。」

總覺得產生了什麼誤會。不過，潔絲立志成為名偵探的氣魄值得讚賞。

「那麼，我來告訴妳成為名偵探的條件吧。首先要想個招牌台詞啊……」

潔絲認真地側耳傾聽我的講解。

儘管是這種危險的狀況，潔絲前往現場的步伐仍然強而有力。

我們在愈來愈濃的氣味中前進，到達在巨大聖堂前擴展開來的大型廣場。通往廣場的道路兩旁設置著溫泉的噴水池。在我的記憶中理應有乳白色的熱水噴出來，現在熱水的顏色卻是彷彿血一般的紅色。

從這股像是生鏽的氣味來推測，裡面應該含有鐵分吧。說不定真的摻雜了血。深世界的影響甚至也波及到布拉亨的溫泉。

冬天的寒冷空氣從空中流入廣場，升起比周圍更加濃密的熱氣。我們繼續往前進，隨即有個眼熟的人影注意到了這邊。

與其說人影，不如說她背著的大斧成了標記。

「妳已經來了嗎？還真快呢。」

對於修拉維斯的招呼，一個開朗的女性聲音這麼回答：

「因為是陛下親自召集嘛。就算是寢室，我也會用飛的前去拜謁。」

個頭很高，將黑髮綁成馬尾的女人——是解放軍的幹部，伊茲涅。即使在冬天也穿著露出肩膀和肚臍的高暴露度打扮，充滿攻擊性的銳利眼神是她的特徵。

「為何我要叫妳到寢室？」

修拉維斯回了充滿處男味的認真回覆後，伊茲涅蹙起眉頭打發過去。

「我們這邊也在進行某個作戰，諾特跟約書從昨天晚上就前往東北部了，沒辦法趕來這裡。即使只有我一個人，應該也沒什麼不滿吧？」

「當然了。很感謝妳願意前來。」

修拉維斯露出微笑後，快步地繼續向前進。伊茲涅瞥了我跟潔絲一眼後，與修拉維斯稍微保持距離，在他旁邊跟著前進。

蘿莉波先生——這時傳來少年的聲音，我發現有隻小塊頭的獸類就待在我附近，是跟我一樣變得能夠開口說話的小山豬。如果是自己倒還沒什麼感覺，但看到有動物實際在眼前開口說話，讓人不禁覺得有點詭異。山豬不知為何穿戴著緞帶和荷葉邊洋裝。身穿綠色連身裙、綁著小辮子的少女站在另一頭。

是兼人還有奴莉絲。兩人是伊茲涅的隨從吧。他們跟我們並肩走了起來。

「奴莉絲小姐，您過得好嗎？」

潔絲這麼呼喚，於是奴莉絲邊走邊緩緩地一鞠躬。她也對我露出帶著雀斑的純樸笑容。

「嗯，託您的福，也沒有發生太大的戰爭，過著和平的生活喔。」

「我放心了。話說回來，這位是……」

潔絲低頭看向山豬，他簡直就像洋娃娃一樣穿戴著可愛的裝扮，右耳戴著大大的粉紅緞帶，還穿著為四腳獸量身訂做的水色洋裝。是手工製作的嗎？縫製略嫌簡陋，但看得出十分用心。

「因為兼人先生穿得很開心，我目前正在製作洋裝喔！」

山豬用「拜託你什麼也別說」的眼神看向我這邊。

山豬的內在是†飛舞於終焉的暗黑騎士†keNto——有一點中二病的男高中生。之前都不曉得原來他的興趣是穿荷葉邊洋裝。

「哎呀，原來是手工製作的呢！非常漂亮！」

「沒有啦……謝謝您的讚美。太好了呢，兼人先生。」

奴莉絲開心地撫摸著盛裝打扮的山豬——只見她的脖子上戴著銀製項圈。

一問之下，伊茲涅他們似乎也才剛到達布拉亨，還沒有去檢視現場的樣子。我們穿過戒備中的王朝軍士兵之間，在廣場上更往前進。

可以感受到融入熱氣裡的鐵離子與硫化合物的濃度正明確地逐漸上升。

抵達目的地後——等待著我們的是遠遠超乎想像的光景。

儘管聖堂正面的門扉一直敞開著，卻沒有點燈，從裡面露出來的是一片黑暗。有一大排全裸的遺體臉朝上地並排在那扇門扉前的黑色石板上。總數為三十九。

問題在於施加在那些遺體上的魔法痕跡。

所有遺體的胸口都刻印著閃耀紅色光芒的十字，簡直就像有熔岩從裡面顯露而出似的。在昏暗的天空底下，那看起來也像是惡搞的燈飾。

靠近一看，可以知道無論是哪具遺體，肌膚都不自然地變色成白色。

「唔哇，感覺真噁心呢。」

儘管嘴上這麼說，伊茲涅依舊仔細地觀察遺體。最靠近這邊的屍體是個瘦弱的男性，全身刺著詭異的刺青。

「實在很有意思呢。這個紅色光芒是……」

名偵探潔絲妹咩也一邊用上我教她的招牌台詞，同時毫不膽怯地注視著遺體。

「對。是被稱為血之十字的東西……看來好像是真貨啊。」

修拉維斯挑了個適合的遺體，在遺體旁邊蹲下，分析了某些事情後站起身。

我還不習慣面對屍體，在潔絲身後畏畏縮縮。奴莉絲天真無邪地想觸摸屍體，山豬叼著她的裙子，試圖制止她。

修拉維斯向我們所有人再次進行說明：

「遺體是在今天日出時分被發現的，是遛狗的少女發現了這個。大致聽說了經過後，諜報員便消除了少女關於這次發現的記憶。」

要是之後有其他想進一步詢問的事情該怎麼辦啊？雖然我這麼心想，但恐怕保守王朝的機密比那種事情更優先吧。這個廣場也是除了戒備的士兵之外，就只有我們而已。

這顯示事情有多麼重大。

事情嚴重到讓國王親自前來現場，同時也是想要私下解決的事件。

「所有犧牲者都是北部勢力的餘黨。膚色會變白是高溫所造成的——恐怕是在這個布拉亨的某處，被丟進高溫的溫泉裡煮熟了吧。問題在於這個十字。」

伊茲涅疑惑地歪頭。

「好像是叫血之十字來著？這個有什麼問題嗎？」

在濃密的灰雲下，修拉維斯的臉被閃耀著赤紅光芒的十字從底下照亮著。

「這是暗黑時代刻印在罪人身上的**魔法印記**。」

我下定決心走到潔絲身旁，觀察遺體的胸部。胸口上有一道沿著正中線劃下的深深切口，然後在肋骨下方一帶有另一道切口與其垂直相交。照理說能看見紅肉的部分，彷彿熔岩從大地的裂痕中露出來，閃耀著紅色的明亮光輝。

「那麼……罪人的印記有什麼問題啊？」

聽到伊茲涅用困惑的聲音這麼詢問，修拉維斯筆直地與伊茲涅面對面。

「妳不明白嗎？**能夠刻下這個印記的只有魔法使**。犯下殺人罪的魔法使正潛藏在某處。」

沉默。

伊茲涅似乎不明白事情的重大性。

「可是，被殺掉的是北部勢力的餘黨——反倒是我們很想殺掉的傢伙不是嗎？如果有不知哪來的魔法使幫忙動手了，也沒什麼關係吧？」

「我們不知道的魔法使這種存在本身就是個大問題。」

這時伊茲涅才總算理解了的樣子。

「原來如此啊。要說沒有受到王家的各位管理，被放任在外的魔法使，目前就只有瑟蕾絲吧。話先說在前頭，那孩子目前正緊黏在諾特身旁喔。她一定沒空做這種事。」

「當然，我並非懷疑瑟蕾絲。」

修拉維斯看似苦惱地搖了搖頭。

「說到底，那個宛如小鹿般的少女根本不可能殺得了人。她甚至也不曉得暗黑時代的魔法吧。**犯人是能夠使用可以殺掉這麼多人的魔力，而且知道被王朝葬送的暗黑時代風俗的人。**」

我的背部脂肪顫抖了一下。這兩點意味的事情十分明確。

說不定在梅斯特利亞的某處還潛藏著像暗中活躍的術師那樣的魔法使。

然後他犯下大量殺人案，彷彿要留下什麼訊息似的陳列了遺體。

潔絲將手貼在下顎，考察起來。

「如果要列舉有哪些可能性……也許是除了暗中活躍的術師先生之外，還有其他暗黑時代的倖存者，或是暗中活躍的術師先生其實有孩子之類的……無論如何，都是個大問題呢……」

修拉維斯嚴肅地點頭同意。

「這兩種假設都很有可能。這表示又有未知的強大敵人出現在我們面前了。」

我在旁聆聽著，同時想起昨天比比絲對我們說的話。

——現在世界變得非常奇怪對吧？假如這時又發生更糟糕的事情……我不禁有這樣的預感。是不是在某個我不知道的地方屋漏偏逢連夜雨，有毒蛇出現了呢？

在魔法不穩定的狀況下，有未知的魔法使犯下殺人案的這種狀況，不就跟比比絲預料的一樣嗎？不安讓豬心怦咚怦咚地鼓動起來。

修拉維斯讓紅色十字照亮眼眸，同時平淡地繼續說明：

「至於犯人是誰，目前我還毫無頭緒。不過，從刻印在上面的十字的魔力來推測，似乎是個相當厲害的強者……就暫且稱他為『十字處刑人』吧。」

聽到這番話，山豬似乎有些興奮地從鼻子發出哼聲。

感覺的確是兼人會喜歡的名字。似乎由伊維斯擅自命名的「暗中活躍的術師」也是，王家取名字的品味實在有些獨特。看來我遲早也會被冠上「粉紅淫獸」之類的外號吧。

我看了看詭異的遺體，然後詢問修拉維斯：

「修拉維斯會親自前來這裡，是因為必須盡快特定出那個什麼十字處刑人吧。」

「沒錯。老是拜託你們實在很過意不去，但希望你們務必助我一臂之力。我身為國王，有義務處理這個問題。但我該做的事情在王都裡面也是堆積如山。如果不靠大家協助，或許很難儘早解決。」

伊茲涅一邊摸著背上的大斧握柄，同時露出虎牙苦笑。

「一下要我們追查童謠，一下要我們追捕殺人鬼魔法使什麼的，真是個要求很多的國王呢。謝禮記得給豐厚點啊。」

儘管伊茲涅的語調像在開玩笑，但修拉維斯誠懇地點了點頭。

「當然了。等情勢穩定下來後，我打算按照功勞來給予解放軍領土。也會考慮關於幹部的待遇。」

「待遇？意思是你會收我們當部下嗎？」

「不是的，王朝與解放軍終究還是同盟吧。我並非要把你們納入王政當成部下，而是要給予你們權力，把我一部分的部下交給你們。」

修拉維斯停頓了一會兒後，補充說道：

「只不過，王妃的座位還空著。假如妳想報名，再跟我說吧。」

對於這無厘頭的發言，伊茲涅以呆住的表情注視著修拉維斯。是因為被血之十字照亮著嗎？她的臉頰看起來也像是稍微染紅了。

在幾秒鐘的沉默後，修拉維斯微微一笑，搖了搖頭。

「……不，妳別當真啊，我開玩笑的。非魔法民是不可能嫁入王家的。」

伊茲涅大大地嘆了口氣。

「真是夠了，從你嘴巴說出來的話，聽起來一點都不像開玩笑呢。」

我懂。

「修拉維斯就暫時避免亂開玩笑……現在立刻來試著尋找有沒有什麼線索指示出那個十字處刑人的真面目吧。」

我的提議讓潔絲雙眼發亮地鼓起幹勁。

「指示出真面目的線索……由我來找出來！」

這麼說來，飾演偵探的是潔絲啊。

潔絲威風凜凜地這麼宣言，然後用同一張嘴詢問我：

「……可是，要從什麼地方開始著手才好呢？」

這邊就由我來活用推理小說的知識，教導她名偵探的規矩吧。

「首先要沿著殺人的軌跡重現經過，找出犯人不小心留下來的痕跡。包在我身上。我也會以助手身分協助妳。豬的嗅覺說不定可以派上用場喔。」

從結論來說，豬的嗅覺完全沒有派上用場。

因為火山氣體的刺鼻味與從溫泉飄散過來的血腥味，讓我根本無法區分出殘留在棄屍現場的其他氣味，因此我們決定先追查被留在遺體上，僅次於血之十字的重大線索。

就是體表的熱變性。

並排的三十九具遺體都因為高熱而不自然地變色成白色，卻沒有燒焦。應該是在高溫之下被蒸熟或煮熟了吧。

我說明到這邊後，潔絲舉起手。

「可是，有沒有可能是被魔法加熱的呢？」

說得好。

「也有那種可能性呢。遺體的頭髮是濕的，來調查看看濕氣的成分吧。」

溫泉大概是酸性的，如果有類似試紙的東西就好了——就在我這麼心想時，山豬從鼻子發出哼齁聲。

「這個濕氣肯定是酸性呢，還含有三價鐵離子。首先可以確定是這裡的溫泉吧。」

兼人的發言讓我覺得好像被搶先了。

「真厲害啊，你怎麼會知道……？」

盛裝打扮的山豬得意地挺胸。

「我使用了敏銳的生物化學感測器（味覺）喔。蘿莉波先生好像是嗅覺派，我則是舔舔派。我試著舔了一下溫泉，還有幾具遺體的頭髮。百分之九十九都是同樣的味道，幾乎完全一致。」

想不到他居然會去舔鮮血色的詭異溫泉，甚至舔了屍體的頭髮。這膽量跟中世紀的科學家有得比。

不過舔舔派是指……？這是在說跟飼主的交流方式嗎？我的確是因為靠嗅覺感到愉悅，沒舔過潔絲就是了……關於這一點，薩農好像不僅會舔也會聞，可以說更勝我和兼人吧。或許我也差不多該考慮轉換方針了。

我發現潔絲用彷彿在看變態的眼神看著我，於是拋出話題。

「那麼潔絲，在這種時候，妳認為應該去尋找哪裡比較好？」

潔絲似乎從提防變態模式轉換到偵探模式，緩緩地說了起來：

「遺體看起來好像是以相當高的溫度被煮熟的。如果只是普通地泡在溫泉裡，應該不會變成這樣吧……我想犯案現場應該是接近源泉的地方。記得溫泉是先暫時聚集到聖堂後，再分配給鎮上的。只要到街上那邊，溫度就會降到能夠泡澡的程度，所以犯案現場在小鎮裡的可能性或許很低呢。」

原來如此，這答案近乎滿分。也許她根本不需要助手。修拉維斯詢問潔絲：

「那麼，妳的意思是殺人案是在山上發生的嗎？」

「對。儘管我無法斷言，但或許是那樣沒錯。我曾經一度造訪這裡，記得山上有湧出口，剛湧出的溫泉會在那裡咕嚕咕嚕地沸騰著。」

正當我們這麼討論時，傳來了伊茲涅「喂～」的呼喚聲。

轉頭一看，只見伊茲涅從敞開的聖堂門扉窺探著裡面。

所有人一起前往那邊。伊茲涅讓大斧閃耀著蒼白光芒，巨大的圓形大廳被大斧的光芒照亮著。用金覆蓋住的牆壁與閃耀著黑光的地板反射大斧的光輝，讓我感覺好像待在詭異的萬花筒裡一樣。

「真暗啊。」

修拉維斯這麼低喃，用魔法變出無數光球。光球散發出暖色光芒，同時在天花板附近飄動起來。

整體空間變得明亮，照亮擺放在大廳中央、品味差勁的雕像。那雕像雕刻了泡溫泉的年輕人們被大量屍骨拖到熱水底部的模樣，是巧妙地加工玻璃質的黑色岩石製作而成的，逼真得讓人難以想像是雕像。

或許是因為有彷彿呻吟的聲音，從那些表情扭曲的年輕人雕像喉嚨裡響起吧。聽說在遭到深世界侵蝕的世界偶爾會發生這種事。實在很可怕，真希望別再發出呻吟聲了。

——熱水是冥界的恩惠。

用金文字寫的警語在雕像的底座發亮。領主企圖以恐懼掌握溫泉獨占權的意圖在這裡顯現

——以前造訪這裡時，好像跟潔絲聊過這樣的事。

「因為門開著，我就稍微找了一下，結果看到地坂上有痕跡喔。」

伊茲涅指著自己的腳邊，然後將指尖移動到雕像旁邊的方向。

仔細一看，那裡殘留著淡淡的水滴痕跡，**像是有某種滴落溫泉水的東西**通過了上面，許多小小的圓形痕跡呈帶狀連接著。雖然水分已經完全蒸發，卻殘留著推測是溫泉成分的紅褐色固體。

山豬立刻舔了舔地板。

「這的確也是溫泉成分。看來犯人似乎不打算隱藏犯案現場呢。」

我實在不敢去舔地面，但這邊火山氣體比較稀薄，因此我也試著在周圍到處聞聞看，說不定殘留著跟犯人相關的氣味成分。遺憾的是，我並沒有找到比較特別的氣味。

濕掉的痕跡——犯案的痕跡連接到裡面的房間。

「豬先生，我們走吧！」

潔絲幹勁十足地這麼說道，率先沿著痕跡開始前進。

「等等！潔絲，如果有犯人在該怎麼辦啊？對方可是未知的強大魔法使喔。所有人一起行動吧。」

聽到我這番話，修拉維斯走上前頭。

「交給我吧。我會保護所有人給你看。」

然後他咕噔咯噔地走了起來。

隨著我們的前進，溫泉滴落的痕跡也慢慢地愈來愈濃、愈來愈大滴。如果犯人是用魔法讓身上仍有溫泉水的遺體飄浮在空中進行搬運的，滴落的水量應該會隨著遠離犯案現場而變少。

換言之，這表示前方就是犯案現場。

我們抵達的地方有扇宛如鯨魚嘴般的巨大上掀門。看起來平常沒有在使用的昏暗房間中央，彷彿在引誘我們進入般，門大大地往上掀起。

溫泉滴落的痕跡是從上掀門裡面，也就是從地下一直連接到外面的。然後明明是冬天，卻從內部飄來炎熱潮濕的空氣，以及鐵離子與硫化合物的臭味。很明顯地，前方有熱水。

我們潛入地下，只見遠比想像中更大的空間在那裡等候著我們。

「這是……」

修拉維斯發出這樣的聲音，展開光球。

首先第一眼看見時，我還以為這裡是鬥技場。挖開岩石打造的寬敞圓形地下空間，地板是同心圓狀的階梯，愈往中央前進變得愈低，形狀就像個研磨缽。

位於中央的是巨大的浴缸。只不過填滿浴缸的並非冒出舒適熱氣的溫水，而是躍動般沸騰的紅色熱水。

我們發現有好幾個被劃分開來的狹小牢房沿著牆壁並排著。監牢是鍍金的——是為了防止火山氣體造成的腐蝕嗎？或是為了用來把魔法使關在裡面的特殊加工呢……

由於地板呈現傾斜構造，無論從哪個監牢，理應都能清楚地看見中央的浴缸。

以岩石打造的高聳天花板，應該會讓被泡在熱水裡的罪人慘叫聲鮮明地迴盪在周遭吧。

這個地方是個巨大的地牢，同時也是殘酷的處刑場——或者說是拷問室。

是象徵著些微的良心嗎？我們所在的入口對面擺放著小小的白色拜提絲像。它的作用是藉由信仰來緩和恐懼嗎？

潔絲稍微舔了一下自己的食指，然後豎起那根手指觀測風向。

「外面的空氣似乎是從拜提絲大人的雕像背後被送進來的。經常有強風從對面吹到這一邊來。」

因為站在前面的美少女氣味經常會飄到這邊來，我也察覺到了這點。

「也就是說，這是設計成有毒氣體不會堆積起來的構造嗎？真不曉得該說是親切，還是殘酷。」

比空氣重的火山氣體會堆積在低處。從拜提絲像後面不斷吹來的慈悲之風，應該會有效率地排除掉那些氣體吧。這是為了不讓罪人中毒死亡。天花板上也開了好幾個通風口，似乎是空氣會從那邊排出的構造。這個地牢是經過流體力學的計算建造而成的。

為了折磨囚犯們，卻又不殺死他們的計算。

「好像沒有任何人在啊。」

修拉維斯讓光球四處巡迴，照亮並排在牆邊的個人房裡面。儘管裡面散亂地放置著破布和人骨，但看起來似乎沒有活人的身影。

「這說不定是什麼陷阱。會不會像伊維斯那樣受到詛咒啊？」

修拉維斯隔著肩膀對我露出微笑。

「沒問題的。那個詛咒已經分析完畢，現在就連我也能探查到。」

修拉維斯一邊說，一邊將手貼在石牆上。

「而且這個空間有拜提絲大人的魔法痕跡，被強力的魔法守護著。即使是類似那個術師所拿大杖的道具，也無法貫穿這裡的地板和牆壁。」

「就算是我的斧頭也一樣？」

對於伊茲涅的提問，修拉維斯毫不猶豫地點了點頭。

「妳要試試看也行，但試完就得重新研磨刀刃嘍。」

他這麼說道後，走下階梯前往中央的浴缸。我們也跟在他身後。

從拜提絲像吹來的慈悲之風大概是來自於外面的空氣，所以十分冰冷吧。冰冷的風比重較大，會鑽入溫暖的空氣下方。在暫且往下吹到浴缸的水面後，便帶著熱度從正面吹向我們的臉龐。是挺強的風。

雖然潔絲的裙子也陷入相當不得了的狀況，但在蘊含著高溫熱氣的逆風中實在無法把眼睛睜得太大，我沒能享受到那個恩惠。

我們愈往下走，熱氣的魄力也愈來愈強。

修拉維斯的光球照亮沸騰的紅色熱水。讓人聯想到血的濃密鐵鏽味刺激著鼻子。地板的石材結露，濕成一片。要是不小心腳滑，好像會順勢摔落到浴缸裡去。

「請您不要只顧著想看內褲，結果不小心摔下去喔。」

對於潔絲感覺有些冷淡的聲音，我從鼻子發出哼聲。

「我很小心的。畢竟我可不想變成豬肉湯飯啊。」

順帶一提，我旁邊有個山豬鍋候補生。他正努力制止著天真無邪地想要窺探浴缸的飼主。

浴缸沒有邊緣，只有最下面那層階梯變得比較寬，像是泳池邊一樣。那空間正適合用來讓囚犯躺在上面。只要從容易滑倒的地板面上踢一腳，就能把囚犯丟進熱水裡。

修拉維斯看著冒泡的沸騰水面，開口說道：

「看來首先可以確定罪人是在這邊遭到殺害的啊。」

我試著想像殺人的場景，浮現疑問。

「不，嚴格來說不是這裡呢。」

我的這番話讓修拉維斯疑惑地歪頭。

「為什麼？」

「你想像看看。把活著的人丟進這裡，會有什麼後果？」

「會死。」

「呃，是那樣沒錯啦……但應該不會立刻死亡吧。希望你可以想像一下『別推我喔！絕對別推我喔！（註：日本搞笑團體「鴕鳥俱樂部」的著名搞笑哏）的場景。」

沉默。從後面傳來兼人的聲音。

「我想他們應該聽不懂日本的搞笑哏吧……」

的確——正當我這麼心想時，潔絲在旁邊猛然倒抽一口氣。

「我知道了！被丟進熱水的人，首先應該會掙扎，想要逃出來。縱使沒有要逃，應該也會因為痛楚而翻滾。可是並排在廣場上的遺體，雙手雙腳都整齊地併攏，臉朝上地被排放著！這樣太奇怪了。」

不愧是名偵探。

「沒錯。如果是在活著的狀態下被煮熟，屍體也會以符合那種狀況的姿態變得僵硬，像是拚命掙扎或痛苦翻滾的模樣。但那些遺體簡直就像睡著似的。既然這樣……潔絲，妳能看出什麼？」

名偵探潔絲妹咩連連點頭並思考了一下後，豎起一根食指。

「比方說……先用不會留下傷痕的方法奪走性命，等遺體死後僵硬後再煮熟──這個假設如何呢？」

這是連死後僵硬都納入考察，充滿說服力的推理。

修拉維斯將手貼在下顎，似乎在仔細沉思的模樣。我補充說明：

「哎，儘管也有可能是因為想要將屍體排整齊，在人還活著的狀態下，先用魔法把人變僵硬後才煮熟的……但這當中結果也只有要不要折磨犧牲者的差別。對方可是一次殺害了那麼龐大的人數。我認為與其花那麼多功夫，不如先殺掉再煮熟比較合理。」

潔絲用興致勃勃的表情提出疑問。

「那麼，他為何要這麼做呢？他特地把已經死亡的人煮熟的理由是？」

「妳在意的地方真奇怪啊。」

修拉維斯疑惑地歪頭，潔絲向他說道：

「忍不住會在意細節是我的壞習慣。」

她這番彷彿警匪劇的發言當然也是我教的。

總覺得事情變得有趣起來了。簡直就像真正的推理小說不是嗎？

並排在廣場上的三十九個惡棍遺體。

被人用魔法刻下的罪人印記。

特地把遺體煮熟的理由。

名偵探潔絲妹咩首次上陣碰到的案件，不僅犧牲者數量龐大，說不定還是相當棘手的事件。

潔絲將手貼在下顎陷入沉思的模樣，儼然是名偵探的架勢。正當我茫然地看著她的側臉時，位於裡頭的白色拜提絲像映入眼簾。

將左手貼在胸前，高舉右手的招牌姿勢。

有種強烈的突兀感。

察覺到那種突兀感的真面目時，過於震撼的衝擊讓我不禁打了個冷顫。

「豬先生……？」

「噯，潔絲，所謂的拜提絲像，大家都是擺著相同的姿勢對吧？」

「嗯，是那樣沒錯……」

「……那個也算在相同的姿勢裡嗎？」

聽到我指出的疑問，所有人都看向拜提絲像。

「啊———」直覺敏銳的潔絲率先發出近乎哀號的聲音。

高舉右手的拜提絲像——她的手上握著生鏽的鎖鏈。

一切都是連接在一起的——我有這樣的直覺。

我想起昨天看到的〈鎖鏈之歌〉這首童謠的歌詞。

——**生鏽的鎖鏈**　一直通往到　遙遠的地方

——離開牢房後　到墳場為止　鎖鏈的道路　沒有盡頭

——第一個　箍裂開　老鼠逃走了

——逃走的老鼠　在鍋子裡面　**被熱水煮熟　死掉了**

為了解放耶穌瑪，我們需要「最初的項圈」。這首童謠指示著那個項圈的所在處。

特地把殺掉的惡棍們煮熟的理由，應該就在這首童謠裡吧？

布拉亨恐怕會成為最初的地點——為了找出修拉維斯讓解放軍去尋找的最初的項圈，這個地方大概會變成線索吧。

而且挑在修拉維斯登基隔天的這個時間點。

那個犯人——十字處刑人顯然知道「最初的項圈」。

光明正大地排在廣場上的屍體，有相當高的機率是**對王朝發出的挑戰信**。

我們詳細地調查了拜提絲像。似乎是藉由強力魔法創造出來的堅硬度，讓我們得知這座雕像——包括鎖鏈在內——疑似是拜提絲遺留下來的東西。

生鏽的鎖鏈從雕像的右手延伸出去，連接到有冰冷空氣吹進來的洞穴裡面。這裡並沒有項圈。看來還沒有結束。

「如果是跟我和豬先生一起思考的那樣，鎖鏈之歌的謎題是要巡迴地點的那種類型……應該還會出現第二、第三、第四個地點呢。」

我點頭同意潔絲的分析。

「這條鎖鏈一定就是線索。必須盡快找出下一個線索才行喔。」

回過神時，我的語速已經變得相當快。

「十字處刑人在修拉維斯宣言『要追查鎖鏈之歌的歌詞來找出最初的項圈』的隔天，就搞出了這種事件。他挑在這個時間點，故意在這個地方仿照鎖鏈之歌的歌詞煮熟屍體。要認為那傢伙不知道最初的項圈實在太牽強了。假使被他先拿到項圈，事情就不妙嘍。」

兼人也彷彿機關槍般滔滔不絕地說道。

「倘若最初的項圈被搶走，我們就會失去解放耶穌瑪唯一的方法吧？那種事情絕對——絕對不能發生。」

儘管外表是身穿荷葉邊服裝的可愛山豬，內在卻是個對於解放耶穌瑪——應該說對於讓奴莉絲從奴隸項圈獲得解脫這件事，有著非比尋常熱情的少年。

兼人第一次轉移時，正是來到這個奴莉絲的身邊。北部勢力想徵召奴莉絲讓她強制勞動時，兼人挺身反抗。但他失敗了，結果慘遭殺害，回到了日本。

奴莉絲後來被消除記憶，不記得兼人的事情。即使如此，兼人仍執著於讓重逢的這個少女獲得自由一事。

奴隸項圈封印了少女們原本應該具備的魔法之力，甚至奪走她們珍惜自己的意志。為了讓少女們脫離這種奴隸項圈，獲得自由，兼人和解放軍賭上性命在戰鬥。

身為解放軍幹部的伊茲涅，將手咚一聲地搭在修拉維斯的肩膀上。

「你怎麼啦，國王大人？稍微冷靜一點吧。」

一看之下，只見修拉維斯雖然跟平常一樣面無表情，但指尖不停地顫抖著。

「我……我很冷靜！」

年輕國王用難以想像他很冷靜的語調這麼斷言。

「這雙手並非基於恐懼在顫抖，而是因憤怒在顫抖。邪惡的魔法使偷走我們的情報，企圖奪走最初的項圈……還有這件彷彿在嘲笑我們般的殺人案！他殺了三十九人，刻上暗黑時代的罪人印記！在我登基的那一晚！」

呼、呼——修拉維斯激動地喘著氣。

「不能置之不理。在這個就連小型立斯塔都會暴發的危險世界，怎麼能允許那種反叛者的存在！」

儘管語調粗暴，但他說的話很有道理。這並非單純的殺人。

而是對王朝抱持敵意的魔法使犯下的殺人案。

雖然跟馬奎斯被不死魔法使搶走身體的狀況相比，感覺現狀還好一點，但這種現狀也無庸置疑地可說是王朝——以及梅斯特利亞的危機吧。

我靠近修拉維斯，開口說道：

「我們的目的有兩個啊。就是希望能比十字處刑人更早發現最初的項圈，還有查明十字處刑人的真面目。萬一發生最糟糕的事態，也就是那傢伙先一步拿到項圈的話……無論如何都必須抓住他，把項圈拿回來才行。」

「是啊。不能放任想要違抗王家的魔法使不管……我修拉維斯必定會討伐此人給諸位看。」

你有聽到我前半說的話嗎？

是感受到什麼了嗎？潔絲站到修拉維斯面前。

「首先去尋找這條鎖鏈延伸到哪裡吧。那應該就是為了獲得項圈的下一個線索。十字處刑人先生說不定也注意到這點嘍。」

看來他似乎無法無視美少女。修拉維斯緩緩地吐了口氣，點頭同意。

「……說得也是。要沿著這個通風口進行追蹤，最好的方式應該是讓鎖鏈與干涉的光球往上升吧。為了在發生什麼萬一時，我能夠用魔法應付，可以請潔絲幫這個忙嗎？」

「好的，當然沒問題！」

潔絲在手心上變出閃耀著白色光芒的球。她讓那光球靠近拜提絲像右手拿著的鎖鏈後，光球便彷彿要纏繞住鎖鏈般，進入了通風口。

原來如此。這麼一來，只要在外面尋找發光的鎖鏈就行了啊。

「我們走吧。分秒必爭。」

修拉維斯迅速地轉過身，快步回到沿著牆壁並排的牢房前。

我跟潔絲一起追在他後面，同時思考起來。

現在知道犯人煮熟遺體的理由了。

是為了讓人聯想到鎖鏈之歌，也就是所謂的**比擬殺人**。

不過，既然如此，為何遺體沒有被熱水殺死呢？犯人只要老實地按照歌詞把人燙死就好。要挑釁王家的話，陳列在熱水中掙扎、痛苦地死亡的遺體，感覺也比較有魄力。童謠中唱到的老鼠，一定也是以掙扎著想逃離鍋子的姿勢死掉的吧。

如果是特地殺掉之後才煮熟，那又是為什麼呢？因為犯人單純只是想排列整齊？不過，都難得仿照童謠歌詞殺人了。花功夫採取跟童謠不同的殺害方法，總覺得缺乏美感。十字處刑人究竟有著怎樣的品味呢？

儘管可能性很低，但假如犯人是將被害者以立正的姿勢固定住，再燙死他們——那又是為什麼？他對那些遺體的姿勢有什麼講究嗎？在犯罪小說裡偶爾會看到拘泥於左右對稱的性格，莫非犯人有這種病態心理嗎？

「豬先生很認真地在思考十字處刑人先生的心理呢。」

沿著走廊前進時，潔絲這麼說道了。那是內心獨白耶……

「這種殺人案啊，不是只有遺留品才是線索。」

身為助手，我提出建議。

「如果妳立志成為名偵探，先記住這些不會吃虧的。從殺害方法去思考犯人是怎樣的人，能夠逼近犯人的真面目。只要明白犯人是以怎樣的心情殺了人，自然也能看出是怎樣的傢伙殺了人。」

這種手法，就是所謂的犯罪側寫。

「原來如此……？」

潔絲看來不太能理解。我向她說明：

「舉個簡單的例子吧。比方說我遭到殺害，肚子上被刻下『見異思遷的豬』好了。從這邊能看出什麼？」

「可以知道您是一隻見異思遷的豬先生呢。」

呃，不是在說我啦……

「犯人是看不慣我見異思遷的性格，才殺害了我。然後仔細調查我的行動後，得知我前一天晚上跟瑟蕾絲妹咩兩人單獨幽會了。」

「真是一隻見異思遷的豬先生呢……」

「說得沒錯。犯人是會因此而憎恨我的存在，也就是能夠推定犯人是潔絲。」

「咦咦咦！我不會殺害豬先生喔！雖然我應該會懲罰您就是了……」

她願意懲罰我嗎？

「這只是打個比方而已。就跟這個例子一樣，仔細地去思考十字處刑人為何會採取這種殺人方式，可以變成鎖定犯人的線索。」

「哦……」

潔絲似乎產生了興趣，眼神改變了。她像在思考什麼似的將手貼在下顎。

「照我的見解來看……」

「怎麼樣？」

「我認為十字處刑人先生其實並非一位殘酷的人。」

這種根本沒想像過的犯罪側寫反倒讓我大吃一驚。

「……妳為什麼會這麼認為？」

「因為是**安樂死**。」

聽她這麼一說，我心想也有這種可能性啊。

「那傢伙不想給予犧牲者們無謂的痛苦，所以才先用比較溫和的方法殺掉他們，再放進熱水裡。是這個意思嗎？」

「是的。說不定他並不習慣殺人這回事。與其說不想給予犧牲者痛苦，不如說他不想看到犧牲者痛苦的模樣——也有這種可能性。」

走在前面的修拉維斯蹙起眉頭，轉過頭來。

「是嗎？他可是殺了三十九人喔。這不叫殘酷，要叫什麼？」

他用力握緊著拳頭。看起來也像是想要可以毆打的對象。

「好啦好啦，放心吧。」

伊茲涅從旁向我們搭話。

「無論那傢伙是慈悲為懷或是殘酷，我們要做的事情都不會變。就是找到人之後，讓他吐出所有知道的事情，等問完就把他的頭喀嚓地砍掉。」

我們繞到聖堂後面，可以看出有條生鏽的鎖鏈混在排水槽之中。像是ㄈ字形鉤釘的金屬零件等距地被釘入外牆的石材裡，鎖鏈因此被固定住。

潔絲的魔法形成的光芒緩緩地沿著鎖鏈上升。看來鎖鏈似乎連接到屋頂上。我們決定請其他成員在底下等著，由修拉維斯、潔絲和我三人一起爬上去看看。

修拉維斯輕鬆地讓我們三人都飄浮起來往上升。潔絲抱住大腿以免裙子亂飄，我則是因為讓人心神不定的飄浮感而不斷擺動著腳。我有些怕高——尤其在這種因魔法往上浮起，底下沒有任何東西支撐的狀態下。

布拉亨的大聖堂是鍍金尖塔彷彿劍山般林立在屋頂的巨大建築。尖塔之間有類似細長煙囪的構造，熱氣從那裡裊裊升起。熱氣讓人視野模糊，在眼底下展開的尖塔看起來也像是被霧籠罩的黑森林。

「潔絲，麻煩妳加速光芒。」

潔絲回應修拉維斯的要求，緩緩地擺動右手。沿著鎖鏈前進的白色光芒配合她的動作，鑽過尖塔縫隙間移動著。簡直就像蛇一樣。

光芒沒多久後開始沿著一個尖塔往上爬，然後抵達了頂端。

那裡有個青銅製的風向儀。

「我們走吧。」

不等我有些興奮的聲音說完，我們的身體便開始朝那邊輕飄飄地平行移動。

我們降落在風向儀附近、屋頂上的平坦部分。

試著觀察後，會發現那是個異樣的存在。

首先，這座塔比其他塔都要低，從聖堂周圍形成死角。因為從周遭根本看不見，除非是犯下相當愚蠢的設計失誤，否則這東西並非用來測風向。

風向儀上還繫著生鏽的鎖鏈。因為潔絲的光球就停在這裡，可以知道這條鎖鏈是從那個鬥技場型地牢裡的拜提絲像連接過來的。

而且最關鍵的是風向儀的公雞造型。

儘管從頭到脖子的部分是雞，胸部以下卻呈現出彷彿蛇或蜥蜴般爬蟲類的模樣。像要大聲吶喊般張開的雞喙，吐出分岔的蛇舌。

「這是……科卡多列呢。」

潔絲如此表示。我跟修拉維斯露出「那是什麼玩意啊」的表情，看向潔絲。

「那個，是實際上並不存在、幻想中的生物。據說牠會吐出火焰，被火焰噴到的話，無論什麼生物都會變成石頭……在古老的故事集裡登場過。」

不愧是潔絲。飽讀詩書的她具備相當豐富的知識。

修拉維斯點了點頭後，稍微爬上尖塔的屋頂。他走到手能觸及的地方，輕輕地觸摸風向儀，然後使勁地抓住板狀的雞頭，試圖讓牠轉動。

「被固定住了啊。」

我跟潔絲看向科卡多列的腳邊。那裡有個跟雞喙朝著相同方向的箭頭。

「方向是……東北方呢。」

潔絲這麼說，看向那邊。純白熱氣讓人看不見箭頭指著的前方。

「把霧驅散吧。」

修拉維斯俐落地將手比向東北方。他張開的手閉起後，有股強烈的衝擊爆散了一次，濃霧在瞬間就消散了。

可以消除掉雲讓太陽露面，或是令附近一帶的熱氣消滅——所謂的魔法使外掛也開太大了吧。我一邊看著很滿足似的轉過頭來的修拉維斯，一邊這麼心想。

從位於山麓的大聖堂塔上，能夠將在東北方展開的平原一覽無遺。從雲的裂縫中露面的鮮明朝陽，照耀著景色與我們的側臉。

潔絲在我身旁伸手一比。

「豬先生……！」

風向儀指示的直線上，只有一個疑似線索的地方。

在遠處有一條大河——貝列爾河流動著，它的河畔有座特別大的城市。

「那是……妖精沼澤應該就在那一帶吧。」

「對，是阿爾堤平原！」

修拉維斯將視線固定在那邊，點了點頭。

「沒錯。是位於阿爾堤平原的中央，叫做哈路比爾的都市。」

我們互相對望並點了點頭。修拉維斯犀利地說道：

「這邊就交給軍方處理，我們立刻出發吧。」

除了修拉維斯、潔絲跟我三人，伊茲涅、奴莉絲與兼人也決定一起直接前往哈路比爾。交通工具就是載我們到這裡來的王朝之龍。

被黑色鱗片覆蓋的巨大背部上設置著箱型座位。應該比喻成雲霄飛車嗎？是前後可以各坐兩人的四人座，因此我跟兼人只能將身體埋在各自的飼主腳邊。我細細品嚐著身體被夾在潔絲的小腿肚之間的感覺，度過了這趟空中之旅。

即使是靠馬車得從早上跑到傍晚的路程，搭乘龍的話也只要大約三十分。才心想終於結束上升時，龍便開始下降，降落在葉子已經掉光的蘋果園。

嚴厲的現實宛如薄霧般飄散在寡言的我們周圍，讓不安變得更加強烈。

十字處刑人在修拉維斯登基的那天晚上實行了殺人。

然後仿照童謠煮熟了遺體。

同時，犯案現場存在著指引人們找到最初的項圈的線索。

十字處刑人肯定針對王家在進行某種挑戰。而且他很有可能知道我們想要尋找的最初的項圈。

情報究竟是從哪裡洩漏出去的呢……我們完全不曉得對方的事情，對方卻知道這麼多我方的事情。一想到這些，我不禁起了豬皮疙瘩。

目前還沒有發現可以特定十字處刑人的判斷材料。

我們只能相信他還沒有找到最初的項圈，以最快的速度先找出最初的項圈。如果在這當中那傢伙露出了狐狸尾巴，說不定就有機會把他逼入絕境。假如被他先搶走了項圈……那可是一大事件。無論如何都必須抓住十字處刑人，搶回最初的項圈才行。將會是一場大規模的戰鬥吧。

重要的是以能夠信賴的成員鞏固這邊的陣營。

龍在放下我們後立刻起飛，為了把諾特與約書帶來而前往北方。

「我們走吧。」

修拉維斯轉身，讓祖父親手製作的無敵長袍隨風擺動，朝城市那邊邁出步伐。

是太陽升高了吧。雖然變得明亮起來，但天空仍舊陰沉沉的。

修拉維斯一邊以讓人感受到堅定意志的腳步前進，同時開口說明：

「哈路比爾是基於利用貝列爾河的交易而繁榮起來的大城市。它隔著河川分成南北兩邊，也各自有好幾間祭祀著拜提絲大人的聖堂。我認為最好的做法是先從市中心的大型聖堂開始找起……但說不定結果依舊得一間一間去找。」

聽到這番話，潔絲開口說道：

「要分成幾組尋找嗎？還是就這樣出發呢？」

修拉維斯毫不迷惘地做出判斷。

「我們兵分兩路吧。我想先分散戰力，以便在遭到襲擊時，無論是哪邊都能應付。也就是說我跟伊茲涅要分頭行動。」

「那麼，這表示我要跟奴莉絲一起，潔絲妹妹則是跟你一起走嗎？因為我們對拜提絲一點都不熟，實在沒自信不會看漏什麼耶……」

伊茲涅指出的問題點讓修拉維斯稍微陷入思考，然後他開口說道：

「說得也是。潔絲跟豬具備知識。奴莉絲與兼人就交給我吧。潔絲和豬跟伊茲涅一起行動。奴莉絲的話可以幫忙治癒我，潔絲應該也能在某種程度上輔助伊茲涅。妳也能治癒對吧？」

「對，無論是誰，如果是輕傷的話。」

「想要治癒這個人」這種願望的強度，會直接反映在治癒魔法上。因為有著項圈在，奴莉絲不得不依靠立斯塔才能使用治癒魔法。但或許是她心胸廣闊，只要是解放軍的同伴，不管是誰她似乎都能治好一定程度的傷勢。也因為這樣，她受到幹部重用，總是會與幹部同行。瑟蕾絲則幾乎是諾特專屬，如果對象是諾特，她能夠在眨眼間讓諾特痊癒。潔絲似乎也是比較會挑人，不過因為她的魔力本身就是外掛等級，除非有很特殊的原因，否則無論是誰，她似乎都能像奴莉絲那樣治癒一定程度的傷勢。

順帶一提，我從潔絲那邊聽說了維絲擅長不依靠感情的治癒魔法。據說她能夠以在編織衣服般的感覺，讓複雜的身體組織成形。所以在我們成功抵達王都時，即使是對維絲而言連豬都不如的我，她也能在一瞬間治癒我的傷勢。

我們離開蘋果園，進入城市。泥土道路沒多久後換成石板路，平房也慢慢變高成兩層樓、三層樓的建築。愈靠近中心，愈能感受到逐漸繁榮起來的模樣。路上來往的行人數量也漸漸增加。在靠近河川的地方，建築物之間的間距也變得狹窄，呈現出四層樓和五層樓建築密密麻麻地並列在河邊的街景。

無論哪棟建築物都是以紅磚建造而成的，整座城市飄散著港口的氛圍。根據潔絲所言，這座城市似乎位於比我們以前從妖精沼澤走到的地方更下游的場所，在流域當中也是最為繁榮的地區。

「是座大城市呢！」

潔絲奔向河川那邊，我也跟了上去。因為這裡是交易與商業的城市嗎？即使是在冬風之中，也有各式各樣的人來往交錯，熱絡地交談著。

不過，倘若側耳傾聽他們的對話，就會聽到他們非常不滿地在抱怨，像是倉庫的蘋果在一夜之間被從未見過的黏菌吃光、難得的葡萄酒變色成黑色，或是船隻因為立斯塔爆發燃燒起來之類的。

我們引發的超越臨界——以結果來說，被引發的深世界對日常的侵蝕，確實對無辜的居民們的生活造成負面影響。

河邊以砌石護岸，能夠從較高的位置俯視從容流動的大河。堆積著木箱的木造船在漆黑的水面上來往交錯。由於交通量大，進入城市的船和離開城市的船都是右側通行，幾乎是以排隊的方式在航行。

貝列爾河是由西往東流，將城市劃分成南北兩邊。我們目前所在的位置是南邊。河川中央有座很大的河中島，島上也有發達的磚瓦街。從南邊到河中島，然後從河中島到北邊，分別架著一座雄偉的石橋。兩座石橋都呈現漂亮的拱門構造，拱門的高度足以讓小型帆船通過。

我朝河川那邊往右望向石橋一看，只見靠近這邊的石橋側面上大大地刻著城市的名字。

——哈路比爾。

那是散發著古早氛圍的裝飾文字。似乎是從很久以前就發展至今的場所。

石橋周遭停泊著船隻，許多人正忙著卸貨。河中島那邊是古風的砌石碼頭，至於這邊——也就是南邊則有似乎是後來增建的木造碼頭。無論哪邊都有人群活躍地來來往往。看來好像是規定順流而下的船停泊在河中島，逆流而上的船停泊在這邊。

「說到市中心，總覺得河中島很可疑啊。好像還有很雄偉的建築物。」

我這番話讓潔絲點了點頭，轉頭看向修拉維斯。

「修拉維斯先生，我們打算從河中島開始調查。」

「好吧。既然如此，我們就先從南邊這裡調查起吧。」

修拉維斯以雙手在空中描繪出漩渦後，出現一對白色海螺貝殼。那是手心尺寸的貝殼，分別向右捲與向左捲，宛如以鏡子映照出來般，是一模一樣的形狀。他將其中一個遞給潔絲。

「如果發現疑似線索的地方，或是感覺到什麼危險的氣氛，就立刻聯絡我吧。只要朝著開口處呼喚我的名字，拿著另一個貝殼的我就會回應。我能夠隨時掌握到這個貝殼的地點，會在一瞬間去拯救妳的。」

修拉維斯的聲音散發出緊迫感。既然在布拉亨發生了殺人案，這個地方跟著發生殺人案也沒什麼好奇怪的。倘若在我跟潔絲眼前發生那種事，會有什麼後果呢？我們說不定得跟殺了三十九人的十字處刑人對峙。

「修拉維斯先生也是，如果碰到什麼麻煩，請隨時呼喚我喔。」

潔絲收下貝殼後，彷彿做好覺悟似的深深點了點頭，看向修拉維斯。

「……妳真溫柔呢。」

修拉維斯忽然低喃了搞錯重點的話，然後像是要敷衍過去似的重新說道：

「我可是國王——是流著神之血的絕對王者。儘管我在依靠潔絲這點是事實，但潔絲沒有必要在我陷入危機時趕來救我。」

「怎麼這麼說……」

「我的危機我會自己應付，也一定會保護好奴莉絲和兼人給你們看。要是在我陷入危機時趕來，潔絲也會暴露在危險中不是嗎？絕對不能發生那種事。」

修拉維斯溫柔地拍了拍潔絲的頭後，帶著奴莉絲與兼人進入街上。

「那麼，潔絲妹妹，我們也出發吧。下流豬也過來吧。」

伊茲涅這麼說，以毫不迷惘的步伐前往石橋。

下流豬？

我們稍微目送修拉維斯的背影一陣後，跟著伊茲涅前進。

架到河中島的石橋，是我在梅斯特利亞曾看過的橋梁裡面最為雄偉的橋。精密切割的暗灰色岩石不留任何縫隙地被堆積起來，描繪出漂亮的拱形。寬度大約是馬車能夠擦肩而過那般寬敞。石橋中央是平緩的斜坡，有許多人來來往往。因為沒有高低差，似乎也很適合靠貨車和馬車來搬運貨物。

橋邊有攤販在做生意。有人正在啃買來的蘋果。不知從哪飄來了烤肉的香味。回過神時，已經接近中午時分了。

我們快步地過橋。儘管刀刃用皮革覆蓋住，但伊茲涅的大斧仍相當引人注目。

「說是河中島，依舊挺寬廣的喔。要從哪裡開始找起？」

對於伊茲涅的問題，我透過潔絲用心電感應回答。因為會說話的豬太引人注目了。

（首先是聖堂。尤其是古老的聖堂——最好是一百年前以上的建築吧。）

潔絲幫忙補充：

「那一定是很雄偉的建築物才對呢。應該會受到魔法保護，深世界的影響也比較小。」

我們通過石橋中央後，便成了下坡。從橋上可以清楚地看到河中島的模樣。

整體來說，它的形狀彷彿一艘大型戰艦。是為了防止河流造成的侵蝕嗎？外圍以陡峭的石牆護岸。石牆內側並列著好幾棟沒有窗戶的大型建築。

（還真多建築物呢。這座河中島是用來做什麼的地方啊？）

潔絲窺探著橋下那邊，思考起來。

「這座橋的下面好像就是碼頭。並排在河邊的建築物應該是當成倉庫在使用的吧？」

（原來如此，之所以沒有窗戶，是這麼一回事嗎……總之，倉庫先擺在後面吧。）

石橋到了盡頭，我們抵達河中島。首先可以看到小型廣場。路面都是以灰色石頭鋪設而成的，圍住廣場的建築物周圍並排著木桶和木箱。有些人背著大件行李、有些人拉著貨車，似乎有許多跟做生意相關的人。

「感覺好像沒什麼跟線索有關的建築物呢。」

我們也同意伊茲涅這番發言。

「這裡頭好像還有另一個廣場。可以看見圓頂。要不要先去調查那邊呢？」

（就那麼辦吧。）

我們橫跨廣場，以下一個廣場為目標。儘管街上設置著幾座噴水池，但無論哪座噴水池都被蔓性薔薇掩蓋住，還綻放著感覺有毒的藍色花朵，噴水也停止了。莫非這條街上有人對噴水池抱有強烈的憎恨嗎？

我們已經習慣街上的樣子會有些奇怪的情況，只是瞥了噴水池一眼，便迅速經過了。

我們應該尋找的是被拜提絲的魔法守護著的建築物——換言之，真要說的話，就是**沒有遭到深世界侵蝕的東西**。

接著抵達的廣場似乎是河中島的中心區，是個寬敞開放的場所，蓋著圓頂的雄偉聖堂。白色石材與綠色屋頂十分醒目，是一棟輝煌耀眼的建築。對面有讓人聯想到堡壘的古城。雖然巨大，但整體而言是四角形的樸素構造，在四個角落設有讓人聯想到西洋棋城堡的敵台。

我們首先進入了聖堂。生鏽的正面大門不肯老實地打開，由伊茲涅使盡全力將門踹開了。她踹門時我碰巧在觀察她的赤腳，發現只有在她使力的那一瞬間，皮膚變色成黑色。是怎麼回事呢？

——真是一隻見異思遷的豬先生呢。

對不起。

從生鏽的大門也能預測到，聖堂裡沒有任何人在。破裂的彩繪玻璃就那樣被放置著，用來做禮拜的長椅布滿灰塵。天花板的水晶吊燈是傾斜的，看起來實在不像能點亮。

「太慘了……」

「妳之前都沒發現嗎？潔絲妹妹。現在無論哪個城鎮都是這種感覺喔。」

潔絲的低喃讓伊茲涅咧嘴一笑。

她的腳踢開被丟棄在地面上的書。

「在那個什麼術師掌握王權的期間，王朝的信用一落千丈。畢竟治安糟糕透頂，也不肯提供立斯塔和耶穌瑪，所以也是理所當然的呢。還有被這個……是叫深世界嗎？搞得周遭的事物都變得亂七八糟，這樣當然不可能還會殘留對拜提絲的信仰。」

我們朝著設置在裡頭的祭壇，沿著中央不斷前進。

剩下來沒有破裂的彩繪玻璃上，描繪著瘦弱得彷彿屍骨般的病人被金髮女性治癒的模樣。潔絲一邊看著那圖案，一邊進行考察。

「這種疾病說不定是瘦死病呢。」

從未聽過的詞彙讓我反問：

「瘦死病？」

「對。是大約九十年前在貝列爾河的流域流行過的疾病。據說患者會因為激烈的嘔吐和腹瀉消瘦致死，才取了這個名字。會不會是因為這樣才蓋了這間聖堂呢？」

九十年前──那就是在拜提絲死後發生的事了。這裡有線索的可能性變低了。

跟往常一樣，在祭壇中心可以看到白色雕像。儘管是雕刻著拜提絲身影的雕像，但──

「這是……」

拜提絲像被灰塵弄髒，四處可見缺角，模樣實在慘不忍睹。理應高舉著的右手斷裂開來，掉落在地面上。仔細一看，雕像整體都布滿裂痕。

「你們稍微離我遠點。」

伊茲涅這麼說道後，以流暢的動作架起大斧。她就那樣在刀刃覆蓋著皮革的狀態下，把大斧當成球棒般揮向拜提絲像。

發出鈍重的聲響，雕像輕易地粉碎了。

「看來……不是這裡呢。」

我這麼說道，潔絲也點頭同意。

如果是會成為尋找最初的項圈之線索的重要物品，拜提絲理應會好好地用魔法保護住。但這座雕像實在太輕易地壞掉了。這並非我們在尋求的東西。

「你們可別誤會喔，我並非對王朝有怨恨。」

伊茲涅重新背起大斧。看到潔絲一臉意外的視線，她挑起眉毛。

「當然，我以前曾想過要破壞王朝啦。可是，修拉維斯是個好人。如果是跟那傢伙握有決定權的王朝，我覺得繼續同盟關係也不錯。」

所謂的解放軍是立志解放耶穌瑪的人們，一直堅持守住耶穌瑪這種不講理制度的則是王朝。照理說，原本王朝跟解放軍應該是水火不容的。

但為了對付暗中活躍的術師這個共通的敵人，雙方暫時共同戰鬥——年輕人們之間的情誼，讓那個同盟今後也打算持續下去。

「請您務必持續那種同盟關係喔……！」

潔絲將手貼在胸前，這麼訴說著。伊茲涅開始邁步走向出口。

「無論潔絲妹妹怎麼說，我都會照自己想做的去做。但王朝願意持續目前這種關係的話，我也不會捨棄同盟的。諾特應該也這麼認為。」

伊茲涅停頓了一陣子後，停下腳步並轉頭看向這邊。

「這麼說來，我好像沒講過自己憎恨王朝的理由啊。」

潔絲也停下腳步。

「我從豬先生那裡稍微聽說過……」

明明沒人拜託她，伊茲涅卻開始講了起來。

「我的老家其實是王朝軍的系統，叫做在野司令官，職責是根據王都下達的命令來指揮軍隊，過得算是挺富裕的啦。我還小的時候，家裡有個叫莉堤絲的耶穌瑪在服侍我們。她是個溫柔又坦率，很適合綁小辮子的好女孩。」

我隱約地想起奴莉絲會把頭髮綁成小辮子。

「然後，那個莉堤絲有一天在買完東西回家的路上，被不講道理的人渣男強暴了。我們派了幾個人去搜索下落不明的她，結果……哎，怎麼說呢，就是有看到現場的傢伙說溜了嘴，她遭到強暴的事情眾所皆知了。」

潔絲用手摀住嘴。遭遇到這種事情的耶穌瑪會有什麼下場，是早就注定好的。

「老爹立刻就處刑了那個人渣男。但按照王朝的規定，莉堤絲也必須受到制裁。我想你們應該知道，當然是死罪一條。明明莉堤絲很顯然地沒有做錯任何事。」

「關於耶穌瑪的規定就是那樣呢……」

「那規定太不正常了。老爹明明有一定的地位，儘管他沒能進入王都，但處於能夠向王都進言的立場。只要他有心，應該也有辦法讓莉堤絲可以不用被制裁。明明如此，他卻服從上頭的命令，把莉堤絲交給了他們。他是為了面子。他是個整天只想著要出人頭地、飛黃騰達的蠢蛋。結果，莉堤絲很快就遭到處刑了。」

伊茲涅的手撫摸著大斧。那把大斧的握柄使用了莉堤絲的骨頭。

「所以我跟約書就離家出走了。老實說，那個時候我真的恨死——不對，是恨不得想殺死王朝與老爹。」

「我能理解您的心情。」

對於潔絲這番話，伊茲涅彷彿想表示已經不需要同情似的嘆了口氣。

「但是，我知道修拉維斯不一樣。那傢伙是可以溝通的男人。他也包庇過試圖殺掉他父親的我們。」

——我是認真地盼望能跟像你們一樣有著自由想法的人們一起把這個梅斯特利亞變得更好。

馬奎斯與荷堤斯在王都火爆地上演兄弟打架時，修拉維斯好像這麼說過吧。正因為有那番話，在王朝被暗中活躍的術師侵占後，修拉維斯才能獲得解放軍的保護。

國王需要的不是絕對的力量，而是為民眾著想的溫柔——也就是溫暖的心。

「只要他不說些奇怪的玩笑，就是個好人呢……」

伊茲涅一邊低喃，同時用掃堂腿的訣竅再次踹開正面大門。

「那麼，接著要找哪裡？」

來到廣場後，外頭開始飄起了細雪。

（對面的建築物是什麼呢？感覺很古老，姑且還是先去看看吧？）

「說得也是呢，感覺它少說也有一百年歷史。」

我們三人橫跨過廣場。正面的古城是將水泥磚大的石材堆積起來建造而成的，四面牆壁垂直地峭立著，散發著不太歡迎訪客的氛圍，位於從往來的人群動線再稍微往後退的內部。是成了景色的一部分嗎？似乎沒有人在注意這座古城，恐怕是座廢墟吧。

儘管對面的聖堂也是這樣，然而明明位於城市的中心區，它們的任務卻好像只是裝飾通路旁的建築物。

古城似乎是四層樓建築，二樓以上的樓層附帶嵌著鐵柵欄的小窗戶。

總覺得古城四樓部分的內側，似乎閃爍著紅色光芒。

（…………？潔絲，妳看見了嗎？）

「咦，看見什麼？」

少女立刻按住裙襬。也太不信任我了吧。

（妳看不見自己的小褲褲吧。我是說那棟建築物的四樓。）

潔絲目不轉睛地凝視我的鼻子指著的方向。伊茲涅也瞇細雙眼注視著那邊。

這次很明顯地可以在其中一扇窗戶看見閃爍的光芒。光芒再度出現，然後慢慢地變大。

這是——

「是火焰！四樓燒起來了！」

在我們觀察的期間，火焰也一口氣蔓延開來。

或許完全是偶然，但這麼湊巧的時機實在讓人感覺很噁心。

而且是火焰——我想起童謠的歌詞，不祥的預感讓我的背脂顫抖起來。

潔絲從長袍內側拿出海螺貝殼，呼喚修拉維斯。

「修拉維斯先生，我附近發生了火災……！」

『我馬上過去。』

他彷彿一直在等著聯絡似的秒速回應，然後喀嚓一聲地中斷通話。

回過神時，只見伊茲涅拔出大斧，朝古城飛奔過去。該等待或是突擊呢——在修拉維斯還沒到的狀況下，離開伊茲涅身旁並非上策吧。我們決定立刻追在伊茲涅後面跟上去。

（我有不祥的預感。潔絲，妳千萬要留意周圍。）

「是的！」

我也以最大限度利用豬的廣闊視野，提防著周遭是否有可疑的身影。雖然覺得看到火焰還要闖進去實在太不正常，但這邊就相信修拉維斯說他會在瞬間來拯救我們的諾言吧。

儘管古城正面的入口有著像是把矛束起來的吊閘，卻像是在歡迎訪客到來般，以升起的狀態被固定在上方。看到那裡頭，我猛然察覺了一件事。

彷彿守護寺院大門的金剛力士像般，有奇妙的怪物石像守在入口兩側。是科卡多列——會吐出火焰氣息將生命變成石頭，半雞半蛇的幻獸。

布拉亨的風向儀與這裡很明確地有關連。

我們穿過科卡多列之間，木製的雙開門堵住我們的去路。伊茲涅使勁地踹開了門。雖然本來好像有門閂，但強烈的踢擊將門閂踢飛成兩半了。

伊茲涅架起的大斧自銳利的刀刃前端啪滋啪滋地迸出蒼白火花，臭氧的氣味刺激著鼻子。

假如有人在裡面舉行著茶會，想必會大吃一驚吧——儘管我這麼心想，但看來是多操心了。露出了石牆與石地板的大廳空蕩無人，一片冷清。那裡只是個灰塵色的空間，擺放著好幾件完全被布蓋住的神祕家具。是城堡主人的差勁品味嗎？牆邊並列著石像，描繪的是因痛苦而扭曲的人類。

左手邊有通往上面的樓梯。

「說不定上面還有誰在。可以進行突擊嗎？」

伊茲涅這麼詢問潔絲。就在這個瞬間，在我們後方響起了有什麼東西咚一聲掉落的聲響。

只見修拉維斯在壞掉的門扉外側擺出了單膝跪地的著地姿勢。他讓長袍隨風擺動，簡直就像美漫中會出現的超級英雄。

「我來晚了。」

不，你真的在一瞬間就過來了耶。

「奴莉絲跟兼人呢？」

「為了趕路，我暫且跟他們分開行動。他們之後會追上來。我已經告訴他們地點了。」

修拉維斯站起身，走到伊茲涅身旁。他忽然面向上方。

「我感覺到上面有魔法的痕跡。慎重地前進吧。」

「有人在的話，可以砍他嗎？」

「不用迷惘，砍下去吧。但要極力避免傷到頭部。說不定可以用來獲得情報。」

修拉維斯像是在測試電擊棒似的讓雙手亮起閃電。響起啪滋啪滋、嗶哩嗶哩的激烈聲響。他擺出備戰姿勢。

「那個，我……」

修拉維斯轉頭看向潔絲。

「妳就待在我身旁。別離開我身邊。」

伊茲涅與修拉維斯互相對望，彼此微微點頭後，立刻沿著樓梯往上爬。修拉維斯在前方的空中變出圓形鏡子，一邊提防著轉角前方一邊前進。

在快步前進的同時，他向潔絲說道：

「小心地前進吧。我們會警戒後方。如果有人在，記得用長袍護身喔。」

他認真的眼神看向這邊。

「不要緊，由我來保護豬先生。」

我比較希望妳保護好自己耶……

「……真是幫了大忙。」

我們爬上因磨損而變得光滑的石梯。雖然目前好像沒人使用，但以前應該有很多人在這裡來往往吧。我試著聞了一下腳邊，但除了我們本身的痕跡以外，並沒有什麼顯著的氣味。假設有十字處刑人在，他的侵入途徑並非這裡嗎？不過，看起來只有這一個樓梯啊……

我一邊想東想西，一邊保持在潔絲身後一步的距離往前進。這是為了活用豬廣闊的視野，來留意後方和潔絲的絕對領域。

「絕對領域我之後會讓您看個夠，所以請您好好警戒周圍喔。」

真是幫了大忙。

樓梯的牆壁上釘了好幾個掛鉤，上面掛著許多危險的金屬零件，像是生鏽的手銬和腳鐐等。那些東西似乎年代已久，已經磨損到無法使用了吧。

二樓是由兩個大廳組成的單純構造。看到二樓的大廳，我不禁毛骨悚然。

在陰暗的室內，陰天的日光從小窗戶淡淡地照射進來。被那道光芒照亮的是……尖銳的三角木馬、布滿利刺的椅子、有著人類形狀的牢籠、像是鋸子的利刃、斧頭、錐子，以及其他許多形狀令人難以形容的金屬零件。

這些是拷問用的道具——是為了給予人類痛苦而經過精心設計，象徵著殘虐的痕跡。這些東西還被因痛苦而扭曲的人類石像包圍住，更令人難以承受。

是在最後一次使用後經過了相當長的時間嗎？大部分道具都已經生鏽或毀損。另一方面，地面上有疑似人骨的東西七零八落地被放置著，證明了這裡確實進行過的**事情**。

「太殘忍了……」

儘管從潔絲的口中發出感到悲傷的聲音，她的雙眼卻仔細地觀察著各種拷問裝置，無法徹底掩飾她的好奇心。

修拉維斯匆忙地去窺探另一個大廳，然後回來了。

「那邊有好幾個繫在牆壁上的枷鎖，但沒有任何人的氣息。」

修拉維斯這麼說道後，彷彿注意到獵物的肉食獸般，忽然停下腳步。他的右手對準房間裡的某一點。閃電宛如落雷似的炸裂了僅僅一瞬間，我迅速地閉上雙眼。在我接著睜開眼睛時，木製的椅子已經燒焦並冒著煙了。

「我還以為有人躲在那裡……但只有手嗎？」

我伸長脖子仔細一看，附帶枷鎖的椅子扶手上有被砍斷的活手腕在抽搐。手像是在求救，就那樣以歪曲的形狀在枷鎖中斷氣。

「是深世界的影響吧。導致被留下來的人骨長出了肉。」

冷靜地述說他的推測後，修拉維斯迅速地回到樓梯，前往三樓。

從樓梯上方微微地飄來血的氣味，裡頭還散發出木頭和肉燒焦的氣味……老實說，我實在提不太起勁，但依舊跟著潔絲奔向上方。

三樓也跟二樓是相同的構造。一邊是並列著拷問道具的大廳，另一邊則是用枷鎖把人繫在牆壁上的房間。

雖然是早就預料的事情，但看起來像是剛被砍斷的人體一部分散落在四處，彷彿快死掉的動物般蠢動著。還有手腕四處爬行，留下血液的痕跡。

「真是夠了，感覺真噁心耶……」

伊茲涅宛如在咒罵似的低喃。潔絲看到這房間，深感興趣般地說道：

「數量比二樓還要多呢。這是為什麼呢？」

「儘管不曉得原因，但如果要從這當中找出規律，四樓應該會更悽慘吧。」

就在我這麼說的期間，帶頭的兩人也已經沿著樓梯飛奔向上。通往四樓的道路應該只有這個樓梯而已。說不定縱火犯還待在四樓。

每踏上一層階梯，煙味就變得更加強烈。我的腦海中忽然閃過「飛豬撲火」這句話。說不定有陷阱，照這樣繼續前進真的好嗎？假如十字處刑人在火焰中等候著我們到來呢？雖說修拉維斯與伊茲涅很強，但要是對方準備了萬全的對策，情況會變得怎樣？

「修拉維斯，你別太著急。盡量慎重地行動吧。」

修拉維斯並未理會我的忠告。

「別擔心。你以為我是誰？」

認真回覆的金髮處男國王……？

「…………是這個國家的國王。」

四樓。是對於拷問洋溢著無比熱情嗎？這裡就連樓梯周圍都擺滿了道具，以及許多異常講究的大型裝置，簡直就像叢林。究竟是為了煽動恐懼心，或是為了羞辱人呢？有些道具上面甚至施加著模仿人體的逼真雕像，還有好幾個不太想讓潔絲看到的那種裝飾也映入眼簾。

骨頭在四處發出喀答喀答的聲響，被枷鎖牢牢拘束住的活手腳以可怕的形狀抽搐著。感覺光是站在這裡，內心好像就要被侵蝕了一樣。

「有門。」

修拉維斯筆直地指著前方。

上了樓梯後的大廳裡有一扇大型門扉。從古城四角形的外觀來看，恐怕是用牆壁將長方形區分成兩個吧。可以想像到門的另一頭有個更大的空間。

門扉是用金屬製成的，十分堅硬且牢固，穩穩地隔開這邊與對面。但從砌石牆與金屬的縫隙間微弱地露出了火焰的紅色光芒。門的另一頭響起了令人不舒服的轟隆聲響，還洩漏出木頭和肉燒焦的不快氣味。那扇門或許出乎意料地發揮了類似防火門的作用。

「煙味很強烈呢……」

潔絲這麼說，用袖子摀住口鼻。看到這光景，修拉維斯攤開雙手。周遭牆壁上小窗戶的鎖被魔法打開，接連地朝外面敞開。立刻有冰冷的空氣流進來。

他的手輕快地朝向正面——朝向把我們與火焰隔開的門扉。

該不會……

「等等！別打開！」

我的聲音沒能趕上，響起了十分大聲的喀鏘金屬聲。

在大腦因為焦躁感變得一片空白的同時，我採取應該做的唯一行動。

「快趴下！」

我只這麼吶喊了一聲，便迅速地湊近潔絲身旁。

幾乎就在潔絲回應我的同時，周圍瞬間被火焰給包圍。

不知為何，屁股感覺到了水花，但覆蓋在我背上的潔絲重量令我鬆了口氣。

過於劇烈的轟隆聲響讓我以為鼓膜要破裂了。回過神時，有水從我們頭上潑下，我們倒落在地板上。火延燒到周圍的拷問道具，我們身陷火海之中。

回燃(backdraft)——這是頻繁出現在輕小說裡的現象。要是打開正在起火燃燒的房間門扉，因為不完全燃燒所產生的一氧化碳會與外面的空氣混在一起，爆發性地燃燒起來。

「抱歉，我沒辦法連爆炸衝擊波都徹底擋住。」

雖然從頭到腳都成了落湯雞，修拉維斯仍若無其事地站在火焰之中。看來他似乎在瞬間用水製造出了盾牌。只有我們周圍的地板泡著水。儘管是很出色的反射神經，但他全身滴答滴答地滴著水的模樣，看起來卻也有些滑稽。

「伊茲涅小姐她……」

潔絲一邊讓頭髮滴著水一邊站了起來，然後環顧周圍。

是怎麼回事呢？沒看見伊茲涅的身影。

「伊茲涅！」

修拉維斯尖銳地大喊，於是有個聲音從後方回應：

「我沒事！我只是逃到了三樓！」

我鬆了一口氣——同時卻也感到疑問，在這短暫的一瞬間，而且還處於爆炸衝擊波裡，她是怎麼下樓梯的呢？是摔下去的嗎？

「妳沒受傷吧？」

「怎麼可能受傷呢？」

聲音順利地從樓下傳來。不過因爆炸衝擊波飛來的木材在樓梯上堆積如山且燒得正旺，無法通過。我還以為修拉維斯會用魔法移開障礙物，但他這麼命令伊茲涅：

「在我撲滅火勢前，妳就在樓下等著。」

然後他邁步走向前方——走向門扉那邊。

「你認真的？目前還在燃燒喔。我們先逃難比較好。」

修拉維斯邊走邊搖頭否決我的忠告。

「用不著害怕。在神之力面前，這種程度的小火災就好比蠟燭的火焰。」

你剛剛才不小心讓它爆炸了不是嗎……？

「潔絲、豬，跟我一起來吧。」

聽到修拉維斯這麼說的我們互相對望，看到彼此的表情後，決定繼續前進。

修拉維斯正在為小事動怒，不能讓他一個人走。

總覺得修拉維斯自從當上國王後，在負面意義上變得大膽了。他的魔力確實很可靠，但過於相信魔力明明也不是好事。

不過，該說真不愧是神之力嗎？阻擋在我們面前的火焰隨著修拉維斯向前進，彷彿嚇到發抖似的萎縮起來，接連地熄滅了。

我們跟在修拉維斯後面，通過即便承受到爆炸衝擊波，仍然整齊地敞開的門扉。

只見那裡有著跟預料的一樣——甚至遠超出預料的悽慘光景。

熊熊燃燒著的火海。大量木材散落四處並冒出火焰。讓人聯想到禮拜堂的石造大廳裡，中央豎立著一根粗壯的石柱。

有好幾個人類被人用鎖鏈一起綁在那根石柱上。

不，應該用**曾經是人類的東西**這樣詞彙來形容比較正確吧。他們已經被熾烈的火焰燒成焦炭，與在胸口閃耀著光輝的紅色十字呈現異樣的對比。

在布拉亨對屍體興趣盎然的潔絲，這次似乎也不禁感到不舒服。不過是身為名偵探的自尊使然嗎？她並未移開視線。

我一點都不習慣面對屍體，感覺豬舌深處滲出了酸味的唾液。每吸一口氣，就有炭與焦油與燒焦肉的強烈氣味刺激著鼻子。

這並非真正的遺體，是恐怖電影——我這麼想，才總算能讓自己保持理智。石柱上附帶用來穿過鎖鏈的金屬零件。換言之，像這樣把人用鎖鏈綑綁在上面，是**這根柱子原本的用途**。

低頭看向下方後，我又察覺到一件事。石柱的腳邊開著用來通風的洞。雖然目前為了燒掉房間裡所有東西，四處散落著大量的木材，但原本恐怕會在那裡擺放著只會慢慢地炙人的燃料吧。

我看向天花板，只見石柱上方呈現圓頂狀，中央有個大型通風口，好像是煙囪。燒死人的火焰煙霧應該會從那裡排出。

這裡是用來火烤人類的地方。而且是在屋內同時火烤好幾個人。

我完全想像不到這種可怕的空間，是在怎樣的意圖下被設計出來的。

修拉維斯彷彿造訪教會的觀光客般觀察著遺體，同時緩緩地沿著中央的通道往裡頭前進。似乎沒感受到十字處刑人的氣息。四處還有木材正冒出火焰。被綁在柱子上的焦屍目不轉睛地注視著年輕國王。

修拉維斯忽然停下腳步，轉頭看向這邊。

然後他依舊面無表情地開口說道：

「潔絲，妳要不要當我妹妹？」

修拉維斯用跟平常沒兩樣的聲音，像是打定主意似的說道。我懷疑自己聽錯了。

在火焰的照耀下，那雙綠色眼眸現在閃耀著紅色光芒。

「咦……？」

潔絲一臉困惑地回望著修拉維斯。

「妳要不要當我的妹妹？」

他的表情看起來不像在開玩笑，十分平淡且認真。

在火焰與遺體的包圍下，全身濕漉漉地站著的少年，看起來實在太不尋常。

「這玩笑開大嘍，都這種時候了，你在說什麼啊？」

「這並非開玩笑，是很認真的提議。」

修拉維斯朝這邊往回走了幾步。

僵住的我找不到該說的話，不禁拋出一個毫無邏輯可言的問題。

「你……想被叫哥哥嗎？」

「…………？被叫哥哥到底有哪裡好？」

他回了跟平常一樣的認真回覆。

即使在這種異常的狀況當中，他的態度也跟平常一樣，這點反倒讓人覺得可怕。

「潔絲身上流著神之血——她有資格當國王的妹妹。」

修拉維斯回到我們眼前，溫柔地將手放在潔絲的肩膀上。

「……如果演變成最糟糕的事態，潔絲，可以由妳來繼承王位嗎？」

最糟糕的事態——我總算明白修拉維斯想說什麼了。

在不穩定的世界中，因為親人死亡而掉落到自己身上的王位——修拉維斯年紀輕輕就繼承了這個王位。他想要一個可以分攤這種重責大任，而且在發生萬一時能夠代替自己接收王位的存在。

他想要兄妹的羈絆——想要可以繫住潔絲的鎖鏈。

儘管他以國王的身分擺出威風凜凜的態度，但被迫看到這樣的現場，內心應該相當慌張吧。我們被十字處刑人這個真面目不明的魔法使玩弄，這次也沒能抓住他的狐狸尾巴。來到現場一看，等著我們的是悽慘的屍體山。

潔絲恐怕也把這些事情都考慮進去了，她看似一臉過意不去地縮起肩膀。

「對不起……那個，我沒辦法立刻回覆……」

對於感到困惑的潔絲，修拉維斯露出像是已然放棄般的微笑。

「妳堅強、聰明又美麗，最重要的是很溫柔……我原本想著不能娶妳為妻的話，就認妳當妹妹……但以我的立場表明那樣的願望，是一種壓迫且暴力般的行為。」

他低頭看向下方，轉過身去。

「抱歉，妳忘了這一切吧。」

修拉維斯大步走向裡頭。我跟潔絲只能跟在他後面。

修拉維斯在盡頭處停下腳步。

他抬頭仰望的前方，有一座全身沾滿煤灰，變得漆黑的拜提絲像。

將左手貼在胸前，筆直地高舉右手——右手還握著生鏽的鎖鏈。

——第二個　箍裂開　狐狸逃走了

——逃走的狐狸　掉進煙囪裡　**被火焰焚燒　死掉了**

我回想起鎖鏈之歌的歌詞。完美的一致。

為了找出最初的項圈，在有第二個線索的地方發生了第二起殺人案。

遺體就如同成為線索的鎖鏈之歌的歌詞一樣遭到處分，以儆效尤。

伴隨著只能用魔法刻下的血之十字。

既然湊齊了這麼多條件，殺人的法則也顯而易見。

這是**模仿鎖鏈之歌內容的連續殺人**——是在挑釁想要項圈的王家。

然後，一定有第三起殺人案在等待著我們。

就在拿著鎖鏈的拜提絲像所指示的，有下一個線索的地方。

「犯人相當小心謹慎。明明有可以用來燒死人且不會釀成火災的設備，他卻決定大量燃燒多餘的木材，讓整個房間發生火災。應該是企圖湮滅證據吧。也因為這樣，即使靠豬鼻子也無法聞出氣味……他逃脫的路徑大概是煙囪，但在那麼多煙與熱風通過之後，應該沒有留下任何證據吧。」

沿著鎖鏈前進的同時，我向潔絲與修拉維斯這麼說明。

「我們也差點被捲進爆炸裡呢……」

我點頭同意潔絲所說的話。

「儘管是很單純的陷阱，但這說不定也是他的目的之一啊。」

鎖鏈通過煙囪來到外面，沿著排水槽降落到地上。鎖鏈在這裡也是被人用類似鉤釘的金屬零件牢牢地固定住，還受到魔法保護。

鎖鏈繼續通往更前方。它沿著排水溝延伸到北方，沒多久便彷彿蛇一般開始爬在北邊石橋的欄杆上。在石橋的途中轉向下方後，到達位於河中島的古老碼頭的一角。然後從那裡垂落到河川裡。

北邊石橋的周圍也跟南邊一樣是碼頭。對岸有木造的碼頭，那邊也有人在進行卸貨。我們三人一邊避免被商人們注意到，同時悄悄地觀察著鎖鏈。

「線索……會是在水中嗎？」

潔絲一邊說，一邊抓住垂落的鎖鏈。她試著拉了一下，但鎖鏈動也不動。看來意外地重。修拉維斯立刻過去幫忙，兩人一起把鎖鏈拉了上來。

修拉維斯甚至用魔法增強膂力才撈起來的鎖鏈前方，掛著一個大型的錨。即使拍掉海藻和泥濘，也只有跟鎖鏈同樣生鏽的表面顯現出來而已。

「這是怎麼回事？」

修拉維斯蹙起眉頭。

是想盡可能幫上忙嗎？潔絲認真地考察起來。

「在布拉亨的大聖堂，鎖鏈一直連接到模仿科卡多列製造的風向儀那邊。那裡具備兩個意義呢，就是指示出這個哈路比爾的方向，還有科卡多列本身。剛才的古城會有科卡多列的石像，大概不是碰巧的吧。從這邊類推下去的話，下一個線索所在的地方，應該會有跟這個同樣的錨。」

修拉維斯將鎖鏈放回河川裡。

「原來如此……這樣一來，實在不曉得到底是哪個方向呢，因為鎖鏈是往下垂落的。但我不覺得這條河川的底下會有什麼東西。」

我看向暗色的水面。

「哎，既然是進入了河川裡，河川應該就是線索吧。」

「也就是要我們沿著河川追查的意思嗎？」

對於修拉維斯的推測，潔絲插嘴指出了問題點：

「然而，跟風向儀不同，河川有兩個方向——就是上游與下游。我們該前往哪邊才好呢？」

「……的確不知道該往哪邊走呢。」

我們陷入苦惱。修拉維斯以一臉意外的表情看向我們。

「河水是從上游往下游流動的。倘若要遵照大自然的法則，應該前往下游才合理吧？」

「或許是那樣啊……不過，那樣的根據有點薄弱。」

「也是呢……有沒有什麼其他提示呢……」

雖然應該不是一氧化碳中毒，但感覺頭好沉重。連續發生的事件，以及火山氣體和黑煙造成的強烈嗅覺刺激——還累積了不少疲勞。這點潔絲也一樣吧。不過，必須去思考才行，因為不能有任何差錯。

「你們在煩惱什麼？不能當作是下游嗎？」

聽到修拉維斯摻雜著焦急的話語，我搖了搖頭。

「不，儘管可能性很低，但假如其實是上游，會損失莫大的時間。倘若因為這樣而招致無法挽回的後果……」

這麼說著的同時，事情或許已經變得無法挽回的不安感襲向了我。對方甚至企劃了這種劇場型殺人，那個十字處刑人什麼的應該事先就做好準備了吧。我們自認是在把那傢伙逼入絕境，但說不定根本正被他擺布著，只是被誘導才會來到這裡。說到底，要是最初的項圈落到那傢伙手上的話？只要被扔進海底或是其他某處，我們不就會失去解放耶穌瑪的方法嗎？

但總之現在的我們只能努力去補回落後的進度。要確實地掌握缺乏的情報，就只能沿著拜提絲遺留下來的「鎖鏈之路」往前進。

無論如何，至少也要成功解開這個謎題才行……

我的下顎忽然被往上抬起。一看之下，國王的臉龐就近在眼前。

「沒時間了。既然你們煩惱成那樣，兵分兩路如何？」

我們在廣場集合，進行了簡單的作戰會議。

除了伊茲涅、奴莉絲與兼人，搭乘龍趕來的約書也加入了。諾特似乎正在執行任務，無法立刻前來。

據說解放軍為了探查出北部勢力的餘黨，正在進行潛入搜查，諾特負責指揮最後階段的行動。但由於王朝陷入緊急事態，等那邊的任務一解決，他似乎便會趕來與我們會合。

修拉維斯向聚集在廣場角落的我們重新說明：

「鎖鏈前端這次垂入貝列爾河裡面。我認為下一個線索恐怕就在河川下游，卻也無法完全捨棄上游的可能性，所以打算兵分兩路。」

才剛到的約書輕輕舉起單手。他跟姊姊伊茲涅同樣是黑髮，瀏海遮蓋住他銳利的三白眼。他長得高挑白淨，背著百發百中的十字弓，是解放軍的幹部。

「假設要沿著河流前進好了，下一個地點有什麼標記嗎？」

「看來線索似乎是錨。雖然這裡有很多船，我想錨應該是要多少有多少……」

潔絲從旁伸出援手。

「線索應該是拜提絲大人活著的那個時代以前的古老物品。因為有魔法保護，很難受到深世界的影響吧。而且那個錨應該會附帶生鏽的鎖鏈。」

潔絲若無其事地幫忙補充，像在鼓勵似的對修拉維斯露出微笑。修拉維斯點頭表達謝意。

約書似乎可以理解潔絲的說明。

「了解。那麼，只要緊盯著河岸就行了吧。」

修拉維斯咳了一聲清喉嚨，重新說道：

「我打算前往可能性比較高的下游。要怎麼分組比較好呢？」

我忽然想到一件事，指出問題點：

「這邊的檢視現場和善後處理還沒有結束，放著不管沒關係嗎？」

「用不著擔心。我已經叫了諜報員與王朝軍的士兵過來。」

正好就在這時，有個以黑色長袍覆蓋住全身的人影**從空中降落**。一聲不響地著地的那男人個子很高，從兜帽底下露出金色長髮。宛如冰的水色眼眸——是出席了登基典禮的諜報員首長，梅密尼斯。

梅密尼斯就那樣戴著兜帽向修拉維斯行禮。看他以那個姿勢僵了一陣子，應該是在用心電感應向修拉維斯傳達著什麼吧。修拉維斯點了點頭後，梅密尼斯便飛奔前往古城那邊。

「他們好像已經到了。跟布拉亨那時一樣，這裡的現場解析和探聽情報就交給部下處理。沒時間了，我們專心處理這之後的事情吧。」

修拉維斯朝我們使眼色後，伊茲涅首先開口說道：

「我要跟你一起走。那場火災像是看準了我們到來的時機——那個十字處刑人什麼的絕對是以我們為目標。如果要下手，對象就是國王大人吧。只要我跟你聯手，首先就不可能被擺一道，反倒可以反殺回去。」

修拉維斯很開心似的露出笑容。

「真是可靠。那麼，就拜託伊茲涅跟我一起行動。」

我看了看成員，思考起來。

「修拉維斯要前往下游的話，我跟潔絲應該負責上游那邊吧。希望有個保鏢同行啊。」

「那我跟你們一起走吧。」

約書舉手自告奮勇。最後，奴莉絲笑咪咪地說道：

「那麼，我和兼人先生就跟著伊茲涅小姐行動喔。」

她伸手撫摸穿著荷葉邊洋裝的山豬。山豬也點頭同意。

「這樣的分配很妥當吧。我會找到線索（錨）還有保護國王（修拉維斯）給你們看。」

真了不起呢～兼人一邊被奴莉絲撫摸，同時從鼻子發出哼嘶聲。

所有人都表示同意。修拉維斯以毫不迷惘的語調說道：

「那麼，開始移動吧。潔絲妳那邊要是發生什麼事情，就立刻用那個貝殼呼喚我。我會以最快的速度前往的。」

「謝謝您。」

我們兵分兩路，各自搭上王朝軍準備的小型艇。接下來要沿著河邊，邊找線索邊移動。在低空飛行太引人注目，所以這次不使用龍。

載著修拉維斯他們的船立刻出發，消失在下游的方向。另一方面，我們則沒有立刻出發。潔絲擔心可能會碰到危險的狀況，所以正幫我裝上腳環。這段期間約書站在碼頭，幫忙警戒周圍。

潔絲一邊拿出三色立斯塔與腳環，同時確認了約書背對著這邊，然後感覺有些小聲地開口詢問：

「我……應該答應嗎？」

她突然這麼問，讓我疑惑地歪頭。

「答應當妹妹。」

她這麼補充後，我才總算理解在講哪個話題——是關於修拉維斯的衝擊性發言。

「……決定這件事的人不是我。而是潔絲妳本身。」

我彷彿逃避般的建議，讓潔絲不滿地鼓起臉頰。

「我是在詢問豬先生有何看法。」

「我沒什麼特別的感想……」

「姆。」

惹她生氣了。我用豬的視野側目看向約書，不能讓他等太久吧。

「以我個人來說，不想看到潔絲變成國王的妹妹啊。」

潔絲一邊抬起我的右前腳，同時在超近距離下看向我這邊。

「……不過我這麼說的意思大概跟潔絲想像的不一樣。即使潔絲有了哥哥，我也不會因此嫉妒。這點希望妳可以放心。」

「您不會嫉妒嗎？我說不定會稱呼修拉維斯先生哥哥大人喔。」

那樣很有魔法師女主角的感覺，不是很好嗎？

「那倒是沒什麼關係。只要妳也叫我哥哥就好。」

「咦……」

潔絲發出了像是感到傻眼，或者該說感到困惑，卻又好像可以理解般的聲音。

「問題在於最糟糕的情況——萬一修拉維斯不小心喪命，就變成潔絲要繼承王位——我擔心的是這點。」

「說得也是呢……我實在沒有自信能當個女王……」

「對吧。我也一樣，要當女王的夫婿實在讓人很不好意思——妳的手停下來嘍。」

潔絲猛然驚覺，開始將立斯塔裝在手環上。

「真是幫了大忙。儘管這完全是我個人的意見，但萬一修拉維斯沒有留下後代便死掉……雖然終究只是假設，但我覺得王政就那樣結束也無妨吧。」

「咦……？」

潔絲彷彿想都沒想過似的瞠大了眼睛。

「我沒說錯吧。倘若決定解放耶穌瑪，國王的優勢也會愈來愈少，那樣潔絲就沒有任何理由要獨自統率國家了。無論如何，想以少數人的獨裁讓剩餘大多數人服從的國家結構並不健全。只要由一部分魔法使和解放軍的志願者，再次從頭建立共和制的統治結構就行了。」

「的確……或許該那樣也說不定呢……」

「所以說，考慮到萬一的可能性，潔絲去當國王的妹妹實在毫無意義。如果有當妹妹的意義，那就是因為修拉維斯需要無論何時都願意幫助他的存在吧。」

腳環裝備完畢，潔絲解放我的腳。

「然而，就算不是妹妹，我也會幫助修拉維斯先生。」

「我想也是。既然如此，就沒有必要當他妹妹。」

「……是的。」

潔絲露出似乎可以理解的模樣，點了點頭。

「妳要成為名偵探對吧。首先幫他解決這次的事件吧。就是拿到最初的項圈，找出十字處刑人。那便是幫助委託人修拉維斯的第一步。」

「說得也是呢！我一定會解決這個事件……賭上伊維斯大人的名聲！」

準備齊全後，我跟潔絲與約書一起出發了。我們在雪花紛飛中沿著貝列爾河朝東逆流而上。轉頭一看，在逐漸遠離的磚瓦街景中，成對的南北石橋反射在水面上，看起來簡直就像眼鏡。扣除只有南邊的橋大大刻著城市名字這點，是十分漂亮的左右對稱。小型艇載著我們，利用潔絲的魔力快速地破浪前進。

我們三人凝視著兩岸，以免錯過任何一點蛛絲馬跡。

「我對視力有自信。倘若看到什麼在意的東西，就跟我說一聲吧。」

約書讓黑髮隨風搖曳，這麼說了。

「謝謝您！」

潔絲這麼說道後，立刻指著遠方的河岸。

「請問您能看見位於那個碼頭的雕像嗎？」

我也看向那邊，但白色石像看起來只像顆小石頭。

「當然了。那是拿著錨的人魚身影。」

聽到約書這番話，潔絲立刻讓船轉彎。我跟約書差點重心不穩，靠到了船邊。

「妳別衝動。上面有王曆一一二年的刻印。因為不是古董，我想應該不是這次的線索。」

「啊，對不起……可是，那樣的刻印在哪裡呢……？」

潔絲一邊將船頭緩緩地轉回上游那邊，同時凝視著雕像。

「雕刻在人魚的臀部——鱗片缺一塊四角形的地方。」

儘管約書這麼說，但我好不容易才剛認識到那是疑似人魚的構造。我看不出屁股在哪個部分，當然也完全不知道它有鱗片，還有沒雕刻鱗片的部分。

如果是探出身體想看清楚雕像的潔絲屁股，我倒是能看見。

「咦咦咦……我的視力也算是比較好的……但完全看不出來。」

「一般人是看不見的呢。」

這種說法簡直就像在說自己不是一般人耶……

「你視力很好這點十分可靠呢。請你務必幫忙尋找線索。」

「我知道了。」

約書的態度很平淡，而且沉默寡言。

我們是第一次在像這樣以少人數行動的情況中，與約書一起行動。也沒閒聊過幾次。雖然可以說跟他姊姊伊茲涅也是這樣，但伊茲涅個性大膽，而且感覺比較好懂，所以沒什麼問題。另一方面，約書給我的印象是好像有種親近感的陰沉角色，我還不太能掌握到他究竟是個怎樣的人物。

在逐漸變暗的陰天底下，小型艇輕快地劃破河水前進著。

約書也跟我一樣覺得有些尷尬嗎？他悄聲地向潔絲搭話：

「這麼說來，我們好像很少一起行動？」

一直緊皺眉頭注視著河岸的潔絲，猛然一驚地轉過來。

「對，是這樣沒錯呢！請您多多指教，約書先生。」

個性認真的潔絲又立刻將視線拉回河岸上。

約書一邊從瀏海底下左右移動視線，同時像在發牢騷似的說道：

「以戰力的平衡度來說，我覺得應該是姊姊過來這邊比較好。」

「是這樣嗎？」

約書俯視著我。

「姊姊跟修拉維斯都是特別擅長對付近處的敵人，靠實力差距壓制對方的類型。畢竟姊姊用的是那種大斧。雖說修拉維斯用的是魔法，但他也經常變出電擊或水或火焰什麼的，在身體附近操控。他們擅長的範圍重疊了吧。」

的確，好像很少看到修拉維斯進行砲擊等遠距離攻擊的場景。

「另一方面，我則是不太擅長應付來到近處的對手。潔絲大概也不擅長應付會靠近過來的敵人吧。萬一有強大的魔法使跑來偷襲我們，到時得靠我們自己應付的話，我覺得會陷入苦戰。」

聽他這麼一說，似乎是那樣沒錯。假設十字處刑人展開突襲，修拉維斯那邊或許能夠應付，但感覺這邊戰力相當不足。這表示我的腳環也是責任重大啊。

潔絲將手貼在胸前，一臉擔心似的說道：

「我……說得也是呢，遭到襲擊就傷腦筋了。盡量避免引人注目吧。」

唉——約書露骨地嘆了口氣，看似不滿地吐露心聲。

「……姊姊她啊，目前正著迷於修拉維斯。」

突然的爆料，讓我跟潔絲都看向約書。

「你們沒發現嗎？哎，也是啦，畢竟姊姊也不是那種很會諂媚的人嘛。」

「您說著迷……是指她喜歡修拉維斯先生嗎……？」

「大概啦。儘管她本人沒有承認，但我看起來是這麼回事。」

「真令人意外啊。」

我這番話讓約書有些自嘲似的笑了。

「倒也沒有多意外喔。姊姊會喜歡上的男人有三個條件。這件事她自己也經常公開聲明。第一個條件是『長得帥』、第二個是『有地位』，然後第三個是……『比自己強大』。」

「她還真現實啊……」

仔細一想，我沒有一點符合的。

「怎麼，你想被姊姊喜歡嗎？」

「怎麼可能？」

儘管感受到潔絲從旁邊用懷疑的眼神看著我，我仍繼續把目光放在河岸上。真希望她可以放心。伊茲涅的胸部實在有點太大了。

我明明根本沒說想要被伊茲涅喜歡，約書卻叫我死了這條心。

「因為第三個條件的關係，根本沒幾個男人能讓姊姊看上眼。明明如此，姊姊卻主張不符合條件的人她不會承認是男人——她是認真地覺得如果要跟半吊子的傢伙在一起，還不如讓可愛的女孩子陪侍自己。」

約書的語調聽起來似乎有些不滿，是我的錯覺嗎？

「你對姊姊的戀愛情事還真是異常清楚啊……」

我這麼說，於是約書蹙起眉頭否認。

「我才不清楚喔。只是因為一直待在一起，才碰巧知道罷了。」

然後他繼續說道：

「到目前為止，符合姊姊條件的男人只有兩個。她著迷於第一個人是剛加入解放軍時的事。哎，我想你們應該知道是誰，那個人當然對姊姊根本不感興趣；然後第二個人就是那個木訥的國王大人了。」

「那個人」一定是在說諾特吧。畢竟他長得帥，又是解放軍的英雄，自然也有地位，而且還很強。是連我都會迷上的好男人。

「不可以喔。」

潔絲目不轉睛地瞪著我看…………真希望她能放心。

我們的互動讓約書稍微疑惑地歪頭，然後他像是忽然回神似的搖了搖頭。

「……你們可別告訴姊姊我說了這些話啊。她會殺掉我的。」

這趟一邊注視河岸一邊前進的水上旅行，雖然眼睛很忙碌，但嘴巴閒著沒事做。

我得知了在這種狀況下，約書其實挺喜歡聊天的樣子。而且他非常熟悉關於姊姊伊茲涅的事情。也清楚知道他在聊關於姊姊的話題時，不知為何聲音的語調會拉高，而且語速變很快。

簡直就像在談論力推對象的阿宅……

「別看姊姊那樣，她在戰鬥時可是謹慎派。大斧的威力儘管強得出類拔萃，但揮一次的動作比較慢，很難隨機應變，得挑在關鍵時刻精準地一擊解決敵人，否則就是姊姊會反過來遭到攻擊了。跟諾特搭檔之際，他們的戰鬥方式反倒是由能夠靠雙劍自由改變姿勢的諾特上前應戰。碰到那個叫做奧格的奇怪怪物時，那些傢伙動作比較遲鈍，所以姊姊也滿常打先鋒就是了。其實去輔佐能夠戰鬥自如的人，比較適合姊姊的個性。然後在那個人應付不過來的時候，姊姊再從旁補上一擊。就這層意義來說，她好像也覺得自己跟那個國王大人很合得來。」

我再次向幾乎不用換氣，侃侃而談的約書確認：

「你果然挺清楚姊姊的事情對吧……？」

約書露出大感意外的表情，看向這邊。

「我一點都不清楚喔，只是碰巧知道而已。」

這樣啊……我稍微想了一下，試著拋出問題。

「順便問一下，伊茲涅喜歡吃的東西是？」

「烤得夠熟的肉、味道夠鹹的湯、比較有分量的黑麵包、入味的香料酒、水果蜜餞……不過你為什麼要問這個？」

他連想都不用想，秒答得還真是流暢啊……

於是潔絲似乎也產生了興趣，她詢問約書：

「伊茲涅小姐有討厭吃的食物嗎？」

「所有豆類與根菜她都不太吃，肥肉也總是會剩下來呢。另外臭味太強烈的內臟類她不敢吃，除此之外幾乎什麼都吃喔。」

沉默。

「你很清楚嘛……？」

「就說我不清楚了，只是碰巧知道而已。」

他似乎打算否認到底。哎，這世上的兄弟姊妹大概有很多難言之隱吧，我決定不要再繼續追究下去。

這時潔絲像是忽然想到似的詢問：

「伊茲涅小姐的膂力似乎相當強，請問是否有什麼祕訣呢？」

約書一臉意外似的看向潔絲，然後立刻將視線拉回河岸上。

「咦，你們不知道嗎？姊姊跟我是龍族（拉契爾堤）。」

龍族？雖然他說得若無其事，但我之前都不曉得。儘管覺得好像在哪看過這個詞……

「原來是這樣呀……！」

我詢問驚訝的潔絲。

「龍族是什麼來著啊？」

「就是指能夠讓身體的一部分變形成像龍一樣的種族喔。雖然我也只在書上看過……聽說他們的身體能力高人一等，在暗黑時代以魔法使殺手的身分十分活躍。他們能夠超越魔法的速度採取行動，藉此以突襲方式擊斃魔法使。」

對，沒錯——約書點頭同意。

「因為最近數量變得相當少，被人用好奇眼光看待也很麻煩，姊姊跟我都不太提這件事。」

我一邊聽著他說的話，一邊回想起來。記得伊茲涅踹破聖堂門扉之際，她的赤腳好像有一瞬間變色成黑色。

「那麼，約書先生也能夠讓身體變形嗎？」

回過神時，船的速度已經變慢，配合河川的流動，整個靜止了下來。潔絲興味盎然地將身體探向約書那邊，彷彿隨時會開始解剖。

「呃……不，我的情況稱不上變形……我會讓妳看，別讓船停下來。」

約書將臉面向我們這邊。他的黑色眼眸在瞬間犀利地轉變成金色的蛇眼。眼睛本身變大，瞳孔縱向豎立起來。

「看吧。」

約書接著撩起頭髮，只見他的耳朵被細小的黑色鱗片覆蓋，上方銳利地變尖，過了一陣子便恢復成人類的耳朵。約書放下頭髮。

「我只有眼睛和耳朵會變形，姊姊則是只有骨骼肌會變形。姊姊使用力量之際，皮膚會出現黑色鱗片。」

「原來如此……」

潔絲一邊說，一邊讓不小心停下來的船再次朝上游移動。

「所以你的視力異常地好，是因為有龍族的能力啊。」

「算是啦。儘管一直發動會很累人，但連耳朵一起使用的話，在搜索敵人時很有用。」

那感覺相當可靠呢。

潔絲一邊再次開始觀察河岸，同時詢問約書：

「既然兩位是龍族……表示令尊與令堂都是龍族嗎？」

「不，只有那個混帳老爹是龍族。」

約書這麼說道後，像是想起什麼似的停止動作。

「咦，薩農好像要我別說出這件事……哎，但跟你們講應該沒關係吧。」

薩農？為什麼……？

約書無視我的擔憂，接著說道：

「老爹他父母都是龍族，能力強大得非常誇張。他同時具備像我這樣的感覺跟像姊姊那樣的膂力，在龍族當中也是很罕見的例子，也因此一路飛黃騰達的樣子。想必是春風得意吧。」

約書的話中帶刺。我想起伊茲涅曾說自己的父親是只想著要出人頭地的蠢蛋。他們姊弟認為是父親重視出人頭地的態度，導致他們痛失了深愛的少女莉堤絲。

究竟是什麼原因，驅使他們的父親這麼渴望出人頭地呢？

我們沿著貝列爾河向上，沒多久後便看不見街道。河岸變成被枯萎的蘆葦覆蓋的濕地，冰冷的雪從鉛色天空紛紛飄落。在船隻多的地方，我們一直遵守著右側通行的規則。但眼下已經很少看到其他船隻出現了，我們開始航行在河川的中央。

當時間來到傍晚，天空開始變暗，手腳整個變得冰冷時，事情發生了。

「等等，有什麼來了。」

就在約書敏銳地這麼說道，架起十字弓之際……

黑煙在眨眼間充斥周圍，瞬間就變得一片漆黑，什麼也看不見。我倒抽一口氣，感覺得到潔絲的手放在我背上。響起啪咻的聲音，可以知道是箭被射出了。

——豬先生，您沒受傷吧？

——不要緊，我沒事。潔絲妳呢？

——我也沒事。

——你們兩情相悅是很好，但也擔心一下我吧……

我們在黑暗當中，利用潔絲的心電感應進行交流。

失去控制的小型艇不穩定地搖晃著。我即使想戒備，也被剝奪了視野，只能在混亂的狀態下縮起身體。

約書的聲音在腦內響起。

——響起了箭射中的聲音。只不過，因為我是靠聲音瞄準的，不曉得射中了哪裡。裡面灌注了電擊魔法，倘若是一般人，應該會麻痺且動彈不得才對。然而……

——意思是有什麼東西跑來這裡襲擊我們嗎？你成功射落了嗎？

——嗯……等一下。

嘰哩——響起了木板嘎吱作響的聲音。

縱使不是約書也能夠分辨出來，聲音是從跟我們三人不同的地方傳來的。這是有某人入侵了我們搭乘的小型艇的聲響。箭的電擊沒有發揮作用嗎？

——快趴下。

聽到約書這麼傳達，潔絲迅速地覆蓋在我身上。她好像在我耳邊低語了些什麼，但我沒能聽清楚。我也連忙收起四隻腳，盡可能壓低姿勢。可以聽見潔絲小聲地「啊」了一聲，接著是有什麼東西在地板上滾動遠離的聲響。

在因為黑煙而什麼都看不見的狀態下，進行著一場緊張的攻防戰。

十字弓的弦發出聲響，可以知道有箭飛過我們的頭頂上。

咂嘴聲傳來。似乎是射偏了。視野依然是零，能射中才奇怪吧。

我用彷彿要陷入恐慌的腦袋思考起來。我們正遭到某人襲擊，而且那傢伙就在這艘小型艇上。他是來自空中？或是來自水中？

再次響起十字弓的聲響，卻似乎再度落空。

遮蓋住視野的濃密黑煙，絲毫沒有要消退的跡象。

不妙，不妙不妙不妙。這是分秒必爭的狀況，倘若不做出什麼判斷，我們說不定會被殺死。萬一潔絲遭到殺害，胸口被刻上閃耀紅光的十字——不能讓那種事情發生，絕對不行。

必須做出判斷。

在這種狀況下，我們應該採取的行動是什麼？

——約書，麻煩你靠近這邊。潔絲要炸掉這艘船。

從約書那邊響起木板的嘎吱作響聲，可以感受到他來到附近的氣息。潔絲放在我背上的手用力起來。有手放在我的頭上。

有手——是誰的手？

那一瞬間，一種至今從未體驗過的頭痛襲向了我。

我的視野——世界變得一片空白。

一種彷彿重力消失的飄浮感。沒有風、沒有聲音、沒有溫度、也沒有潔絲的手的重量。

全身的感覺都消失不見了。

簡直就像只有靈魂被抽出來，被丟進一片空白的空間。

……我死了嗎？

我無法克制地想像起來，被人摸了頭的豬因魔法而爆炸，在一瞬間淪為絞肉的模樣。所謂的肉體十分脆弱，對強大的魔法使而言，一定就像伸指一碰便能弄垮的紙牌屋吧。

當我在曝光過度的空間裡思考著多餘的事情時，從遠方某處傳來聲音。

——拜託了……

是少女的聲音。彷彿在祈禱的聲音回響了好幾次。

——請快點……回來這邊……

聲音逐漸變大，繼續朝這邊呼喚。

發生什麼事了？我該怎麼做才好？

——各位的身體已經……動作不快點的話……

像是回音一樣的聲音。聲音重疊起來，發出哇哇的低吼，我只能聽清楚一部分內容。

聲音聽起來有些耳熟。但我是在哪裡——

這時，我的意識伴隨著強烈的爆炸聲，被拉回現實。

五感同時恢復了。混濁的視野、啵啵啵的水聲、泥水的氣味、被冰冷的濁流吞噬。某人的手正抱著我。從壓在我身上的柔軟存在與其大小來判斷，應該是潔絲不會錯吧。

僅有一瞬間，我的臉浮出水面。可以看見有什麼東西在附近赤紅地燃燒著。

黑煙似乎變淡了。但臉又立刻沉入水中。我從豬鼻子吸進大量的水，嗆到咳個不停。

正當我在搞不懂怎麼回事的狀態下被水流推擠時，感覺到腳碰到了固形物，看來似乎是水邊的草。我不顧一切地擺動著腳，讓身體靠近那邊。掙扎了一陣子後，我跟潔絲一起脫離了水裡。

潔絲的咳嗽聲就在我身旁響起。

我也邊咳嗽邊吐出水，同時睜開眼睛。是河灘的蘆葦叢——我們人在超過一公尺高的枯草叢裡。折斷的枯萎蘆葦拍打著全身，感覺好痛。

雖然地面泥濘不堪，但至少不是在水中。看到潔絲與約書都在附近後，我鬆了口氣。儘管兩人都渾身泥巴，但他們還活著、還在動。

——潔絲、約書，你們沒事吧？

——嗯。

——雖然不是沒事，但還過得去。

儘管腦袋昏昏沉沉，但我拚命掙扎想站起來。不過泥巴絆住了腳，我無法順利地讓姿勢穩定下來。我咕咚一聲往旁邊倒，拖著枯萎蘆葦成功進入了潔絲的兩腿之間。

我順勢將臉朝上，讓上下顛倒過來的潔絲臉龐映入眼簾。雖然沾滿了泥水與枯草，但跟平常一樣是個美少女。

——我並不是美少女……

我們似乎脫離了黑煙覆蓋的範圍。我轉頭看向河川。黑色的煙停滯在一處，可以看見粉碎的木片一邊燃燒，一邊隨著河水流向下游方向。

約書背靠著草叢，張開雙腿坐著，以架著十字弓的姿勢警戒著周圍。他的眼睛變成金色，變黑變尖的耳朵前端從被泥土弄濕的髮絲間冒出。

「氣息消失了呢。那隻手到底是怎麼回事啊？」

「手……？」

恢復成黑眼睛的約書回答我的問題。

「嗯。我稍微看見了。有一隻戴著金戒指的手放在下流豬小弟的頭上。剛才確實有某人來到我們身邊。從聲音來判斷，我想應該只有一個人。」

我回想起來，剛才有某人的手放在我的頭上，因為有一種五根手指像要侵入般壓住頭的感覺，我想應該是手不會錯。不過居然被叫下流豬，真令我感到遺憾……

「咦咦咦！豬先生……您的腦袋沒問題嗎？」

潔絲將身體傾向這邊。儘管她的表達方式也讓我感到有點遺憾，但我知道她現在相當慌張，這些細節之後再說吧。

「似乎沒什麼問題……但總覺得有一瞬間失去意識……眼前變得一片空白……」

約書一邊將十字弓對準各個方向戒備著周圍，同時開口說道：

「那人到底想做什麼呢？假如是魔法使，要殺掉我們應該是綽綽有餘。居然特地跑來摸豬的頭……抱歉沒能射箭，因為我沒自信不會射到潔絲。」

「畢竟視野很糟糕，那也沒辦法。不過，對方究竟是什麼人呢？」

這麼說道後，我思考起來。

「……等等，你剛才說你看見了**金戒指**？」

「嗯，中指上有個很引人注目的大戒指。我想應該是右手。」

我的內心一口氣湧現莫大的疑惑。

雖然無法斷定是同一個東西，但我對他說的戒指心裡有數。昨天在登基典禮中看到特權階級的五長老——**他們每個人的右手中指都戴著金戒指**。

渾身是泥的潔絲一臉不安似的看向這邊。

他們五人儘管是王都居民，但享有特權，免於被套上會限制魔力的血環。

換言之，他們幾乎等同於自由的魔法使。

所謂的十字處刑人，是真面目不明的魔法使。

假如五長老當中，有人背叛了身為國王的修拉維斯——在梅斯特利亞各地犯下殺人案，並在被害者胸口刻下血之十字——一切就說得通了。

倘若五人當中的某人是犯人，也能解釋為何會在修拉維斯登基那天晚上開始殺人。因為他們出席了登基典禮，無論是修拉維斯登基的事情、關於最初的項圈的事情，或是鎖鏈之歌的事情，他們全都知情。

只不過，假設他們是在登基典禮時才首次得知鎖鏈之歌的事情，要從中找出線索並在晚上準備屍體，就時間上來說不太可能辦到才對。

可疑的是能夠在登基典禮前就知道最初的項圈的人物。

如此一來，應該可以大幅縮小範圍，鎖定十字處刑人的真面目吧？

「潔絲，妳能聯絡上修拉維斯嗎？」

我從兩腿間這麼詢問。潔絲一臉過意不去似的蹙起沾滿泥巴的眉頭。

「那個……真的很對不起……我把貝殼弄掉在船上，恐怕就那樣被河水沖走了……只不過，我是在通話狀態下弄掉的，所以我想修拉維斯先生應該有察覺到這邊發生異常。」

我想起在船上被黑煙籠罩時，潔絲好像曾低語了什麼，大概是在拿出貝殼，呼喚修拉維斯的名字吧。後來卻不小心弄掉了貝殼。

「別道歉，妳會弄掉是因為我突然動了起來。在那一團混亂的狀況中，妳能迅速地隨機應變真是幫了大忙。」

「……謝謝您的稱讚。」

約書瞄了一下這邊。

「那麼，在救兵到達前，別亂動比較好呢。我們就注意周圍情況，在這一帶等待修拉維斯吧。」

話雖如此，但我實在不想在泥濘中等待。說不定有水蛭。

我利用潔絲難得幫我戴上的腳環，讓周圍的泥巴凍結起來。這樣就能行走了。我們撥開宛如密林般的蘆葦向前移動，慢慢遠離河川。

河灘的蘆葦叢相當廣闊，附近看似也沒有街道。擋住去路的枯莖不時刺向我們。一搖晃蘆葦就有堆積在上面的雪掉落下來，十分冰冷。對於因河水而變冷的身體來說，感覺像是沒有盡頭的行進。

好想早點移動到舒適的場所──就在這種想法占據了意識的大部分時，走在前頭的約書忽然停下了腳步。他一隻手伸向旁邊，暗示我們停下來。

──又有什麼過來了。

他迅速地架起十字弓，毫不猶豫地朝斜前方射擊。箭劃破枯蘆葦向前進──然後一聲不響地消失了。

視野被枯草色的草叢遮擋住，無法看清楚前方有什麼。但那邊是上風處。我的耳朵也能聽到有什麼很大的東西——而且是相當龐大的巨體——正撥開草叢接近這邊。

飄來一股猛烈的腐臭味，是種彷彿淤泥般的刺鼻味。

「看來不是人類啊。潔絲，妳能把那附近一帶燒光嗎？」

我這麼表示。潔絲迅速地點了點頭，將雙手伸向前方。

「炎術・燒夷（Flamma Icend）。」

隨後，在我察覺到錯誤進行訂正前，傳來聲音的方向便冒出熊熊烈火。叢生的枯草纏繞著潔絲特調的燃料，宛如躍動似的燃燒起來。潔絲的魔法技術更加洗鍊，火焰威力依然不變，但燃料的揮發性被調節成不會引起爆炸的程度。她決定了幾種模式並當成招式取名，藉此漂亮地縮短了發動魔法的時間。

問題在於那邊是上風處。

莖部宛如竹子般中空且十分強韌的蘆葦，在秋天枯萎後不僅仍然屹立不搖，還含有空氣，因此很容易燒起來。朝這邊吹來的風煽動著，把濕原化為焦土的火焰。

照這樣下去，要不了幾分鐘，這一帶就會變成火海。

在這種泥濘和草叢裡，就算用跑的逃命也來不及。稻燒豬五花準備上菜了。

「抱歉，忘了看風向……」

我這麼說道。約書短短地嘆了口氣後，架起十字弓。

「你們稍微退後一點。」

約書一邊擋在前面保護我們，同時將弦上無箭的十字弓朝著腳邊空放。

響起「咻」的一聲，前方約五公尺的蘆葦一口氣從根部被砍倒。

約書一百八十度旋轉，面向後方重複相同的動作，於是以我們為中心的半徑五公尺的蘆葦都漂亮地被剷除了。

「如果只是雜草，只要使用立斯塔的力量，就能用空氣刃砍斷。」

約書這麼說，舉起了十字弓。

原來如此，也就是說他打算製造出防火道，以免火焰波及到我們嗎？

我用腳環操控泥水，把被砍倒的枯草埋入泥濘中。

跟計畫的一樣，火焰在我們的五公尺前方停住了。

過了一陣子後，火焰平息下來，能夠眺望到在防火道對面有被泥土、灰塵與煙霧覆蓋的荒野。

只見那裡——有個從未見過的怪物。

我一開始以為那是恐龍還是什麼，高度比人的身高還要高，全長是人類的七、八倍。

不過，牠的輪廓十分扁平，橫向突出的四隻腳與其說是爬蟲類，反倒更接近兩棲類。沒錯，兩棲類——看來那似乎是巨大的山椒魚。

牠全身裹著泥巴，也像是用黏土捏出來的造型物。

只見那傢伙站在煙霧裡，不把火焰當一回事。

——咕啵啵啵啵。

怪物發出彷彿正用泥巴漱口般的詭異聲響，將臉面向這邊。

「真噁心。」

約書毫不猶豫地把箭搭上弦，迅速地朝怪物的顏面射出一箭。

在箭刺進披著泥巴的怪物相當於眉心處那一瞬間，箭立刻爆炸，綻放出大型的泥巴花。

怪物不為所動地面向著這邊。被挖開一大塊的頭部似乎連裡面都是用泥巴捏成的，只見頭部發出咕啾咕啾的攪拌聲，再次被泥巴覆蓋住並再生了。

——咕咕啵啵啵。

泥巴怪物再次發出詭異的聲響，並朝這邊踏出一步。牠的動作完全就像隻山椒魚。

既然這樣，牠的行動應該很緩慢吧——這種樂觀的預想在接下來的幾秒被徹底打碎了。

怪物一邊讓身體左右扭動，同時靈活地動著四隻腳，朝這邊猛衝過來。儘管是一秒大約一步的步調，牠的一步卻是好幾公尺，因此速度跟腳踏車一樣快。

「快逃吧！」

我們三人用跑的逃離那個泥巴怪物，腳下是軟趴趴的泥土與燒焦的蘆葦，也有仍在燃燒的地方。我負責選擇要走的道路，一邊讓泥土凍結凝固一邊帶路。這種時候，獸類的四隻腳非常有用。

「照這樣下去會被追上喔。怎麼辦？」

約書在轉過頭的同時射出一箭命中怪物的腳，讓腳從鼠蹊部爆炸，阻止牠繼續前進。但從怪物身體滴落的泥巴讓腳再生了，怪物不到十秒後又開始邁步前進。

「潔絲，妳能凍結住那傢伙的腳嗎？既然牠是用泥土製成的，連同地面一起凍結住的話，說不定能絆住牠的行動。」

「我試試看！」

潔絲有一瞬間停下腳步，朝著怪物所在的方向將手撐在地面上。

距離怪物大約還剩五十公尺。白霜沿著地面奔馳，直接命中了怪物的右前腳。

成功了嗎？我原本這麼心想，但怪物並沒有停下腳步。牠把凍結住的腳尖丟在地面上，一邊讓那隻腳再生，一邊繼續前進。雖然氣勢暫時遲鈍了下來，但追上我們也只是時間的問題。

我一邊考慮熱傳導與截面積，一邊進行分析。

「不行，腳相對於身體實在太細了。如果要讓牠全身凍結，得直接碰觸身體才行。」

我們再次選擇專心逃跑。儘管怪物追趕的速度比較快，但因為有約書幫忙把會爆炸的箭和會凍結的箭射中怪物的鼠蹊部，讓怪物的腳屢次斷掉，氣勢變弱下來，我們才能爭取到一段領先的距離。

我們前往的地方有一條小河。兩岸並排著樹木，怪物恐怕無法前進到那前方吧。只要渡過小河，我們就能徹底逃離怪物。

問題在於那條小河仍很遙遠。我們必須在廣闊的蘆葦叢中徹底擺脫這個山椒魚怪物逃走才行。有種輕微的絕望感。

「很不妙啊。」

彷彿要補上一刀似的，傳來約書這麼說的聲音。

他的手在摸索著箭筒的狀態下停住。

「對那傢伙有效的箭快用完了，只剩下一根凍結箭。」

因為約書停止了攻擊，好不容易爭取到的領先距離漸漸被縮短。儘管攻擊了那麼多次，但泥巴怪物都立刻再生，看來毫無損傷。

「嗳，潔絲，妳能像修拉維斯那樣在箭上施加魔法嗎？」

聽到約書這麼詢問，潔絲一臉過意不去似的低下頭。

「對不起，我……那個，假如是類似火焰箭的東西，也許──」

「我知道了。算啦，我們快逃吧。」

約書冷靜的聲音聽起來也有一點冷酷。

「炎術．爆破。」（Flamma Plode）

潔絲一邊奔跑，一邊將手比向後方，引發大爆炸。

不過，怪物完全不把爆炎當一回事，繼續往前進。潔絲使用的爆炸魔法是採用在空中點燃揮發性燃料這種方法。雖然可以產生相當強烈的風壓，但因為跟炸彈不同，如果碰上像泥巴一樣耐撞的對手，破壞力就會稍嫌不足吧。

「嗚……………！」

潔絲發出微弱的聲音。她的雙眼浮現出懊悔的淚水。

「這也沒辦法。既然無法應付，就專心逃跑吧。只要能跑到那條小河，便能徹底擺脫那隻怪物了。」

不知道我這番話是否有傳入潔絲的耳裡。

「一旦靠近，就能讓牠凍結。」

「妳說什麼？」

潔絲突然停下腳步。約書以驚訝的表情抓住她的手。

「太亂來啦。我們快逃吧。」

「我……」

就在我們舉棋不定之際，怪物逐漸逼近。徹底擺脫牠的可能性正以倒數計時減少當中。

潔絲纖細的手臂猛然甩開了約書的手。

「潔絲，快住手！假如被那傢伙吞噬——」

我的聲音也無法傳達給潔絲，她朝著怪物笨拙地跑了過去。在全身用泥巴製成的巨大山椒魚面前，潔絲看起來小得彷彿妖精。

該怎麼做才好？怎麼做才能救潔絲……

一旁傳來約書的嘆息。

「不服輸又不顧後果這點，跟姊姊一模一樣。」

他架起的十字弓上搭著最後一根箭，約書將那根箭朝潔絲那邊射了出去。

我察覺到約書的用意，朝怪物那邊開始猛衝。

豬突猛進！

豬腳彷彿要陷入泥巴裡。我一邊用腳環的凍結魔法讓地面凝固，同時盡全力擺動四隻腳。在這裡豬比人類跑得快很多，我很快就追過潔絲。

約書最後那根箭在非常靠近的距離通過潔絲的頭頂，命中了怪物的右前腳，很接近鼠蹊部的部分——是最細瘦且感覺相當脆弱的部位。我朝著另一邊的左前腳展開突擊。

箭射中的地方眨眼間就凍結起來。儘管相對於怪物的巨體，那部位只是一小部分，精密的狙擊卻讓右前腳脆弱的部分硬化起來，失去柔軟度並斷裂。那隻腳彷彿折斷的大樹般從身體上掉落，被遺留在地面。

雖然腳彷彿發芽一樣立刻開始再生，失去一隻前腳的山椒魚卻稍微站不穩。

就是現在。

我用飛撲的方式衝向怪物的左前腳，然後順勢使出了腳環的凍結魔法。我全神貫注地讓怪物宛如泥柱般的腳凍結起來。

不能被怪物壓在底下。我扭動豬圓滾滾的身體，在泥巴中用翻滾的方式脫離現場。稍微拉開距離後，我轉頭看向山椒魚與潔絲，正好看到怪物的左前腳凍結並掉落。

繼右前腳之後，連左前腳也失去的怪物，已經沒有東西可以支撐牠沉重的頭部。宛如小山的上半身發出像是土石坍方的聲響，撞進了地面。

怪物平坦的顏面被擺在潔絲的眼前。她沒有放過這個機會，使勁揮拳攻擊。

那是不習慣打架的纖細手臂揮出的軟弱一拳。不過，魔法似乎確實發揮了作用。泥巴在瞬間凍結起來，怪物從頭到尾巴都逐漸被霜覆蓋。

那魔力的量非常驚人，不是約書的箭和我的腳環能相比的。

怪物的動作完全停住了。從頭頂到尾巴前端，牠全身都被白霜給覆蓋。

「潔絲，做得好！」

我的聲音理應有傳入潔絲耳中，她卻沒有回應。

這時我發現潔絲的姿勢不太對勁，她的身體像要靠到右手臂似的傾斜著。剛才那一拳讓她的手臂到手肘的部分都陷入泥巴裡了。

更糟糕的是，潔絲已經昏了過去。

——咕啵。

可以聽見那詭異的聲響。

被霜覆蓋住的怪物體表冒出裂痕，黑色泥巴開始從裂縫中滑溜地流出。

不妙！

我朝著潔絲飛奔過去。儘管不知道光憑豬的身體能辦到什麼，總之必須拯救潔絲才行。她會昏過去恐怕是因為脫魔法，她在戰鬥中一下子過度使用魔法了。

在我奔跑之際，怪物身上的裂痕也逐漸擴展開來，大量泥巴從中流出。黑色泥巴覆蓋住因為霜變成白色的體表，同時黏答答地開始流過潔絲的身體。

——咕啵咕啵啵。

詭異的聲音再次響起，山椒魚的巨體再次緩緩地動了起來。

「潔絲！」

我心想這下不妙。潔絲不小心埋進怪物體內的右手正準備朝著不合理的方向彎曲，她的身體彷彿要擺出拱橋姿勢似的往後仰。厚重的泥土滑溜地流落，逐漸覆蓋住潔絲的手、胸部、脖子，以及臉龐。

照這樣下去，潔絲會窒息的。

在我飛奔到潔絲身旁時，她的臉早已經被泥巴給覆蓋，彷彿戴上一張平坦的面具。不妙。這樣她根本無法呼吸。

該怎麼做才好？

巨大泥巴怪物覆蓋住頭頂。腦袋變成一片空白，總之我想做些現在能做到的事情。雖然很原始，但現在只有這個辦法了。

我從身體後仰並面向這邊的潔絲臉上，把散發出異臭的泥巴舔掉。

有一種讓人很想死的味道。即使是對於多少會沾到蔬菜上的泥巴不太在意的豬之味覺，那依舊是相當難以忍受的苦味與臭味。

但也因為這樣的行動，潔絲的鼻子與嘴巴從泥巴中獲得了解脫。她的身體微微地抽搐，傳來像在咳嗽的聲音。看來她似乎能夠呼吸了。

我鑽到潔絲的後腦杓底下，用背部抬起她的頭支撐著她，以免泥巴流到臉上。

不過泥巴這次換流到我這邊來了。儘管動作緩慢，但泥巴怪物確實地在前進，準備壓扁我們。

死定了──就在我這麼心想時，有紅色流星降落了。

看起來只像是那樣。劃破鉛色陰天降落的流星，就這樣化為明亮的火焰線，將怪物從頭到尾巴一刀兩斷。

巨大的山椒魚縱向地被劈成兩半，彷彿對半切開的竹莢魚，朝左右兩邊開始倒下。為了避免被壓在底下，我打算帶著潔絲設法逃跑，但當我回過神時，潔絲已然不見蹤影。

我避開崩塌的怪物，結果發現天空異常陰暗。頭頂上有個持有羽翼的巨大輪廓。雖然那個存在讓腹部發光，融入了陰天裡，但只要從近處看就能知道牠的真面目──是王朝的龍。

有人來救我們了。

變成兩半的山椒魚怪物已經一動也不動，像個半熟蛋似的，還沒有凍結的泥巴從已經凍結的體表裡面緩緩地流出來。

「你們先把牠冰凍住，真是幫了大忙呢。多虧這樣才能漂亮地砍斷。」

這耳熟的聲音讓我轉過頭去。

只見諾特抱著渾身是泥的潔絲站在那裡。

得救了。

感覺自從船隻遭到襲擊後就一直沒有停歇過的緊張感，總算平息了下來。

在怪物依常理來說應該會有腦袋的地方，藏著已經屍蠟化的人類頭部。憑藉諾特的一擊，在連同泥巴被劈成兩半的狀態下被發現了。

恐怕是遭到殺害的某人頭部，被遺棄在這個河灘的濕原上吧。似乎因為深世界的影響，讓那個東西產生出泥巴怪物。

諾特從龍的背上跳下來，一擊解決了那個怪物。

據說在梅斯特利亞各地不斷有這種怪物出現。儘管不清楚怪物跟襲擊船隻的人有什麼關係，但我們恐怕只是偶然碰上了待在蘆葦叢的怪物而已——諾特是這麼推測的。

跟著諾特一起來的瑟蕾絲、家豬薩農，以及與諾特一同行動的少年巴特也搭乘在龍背上。據說他們回應呼叫去拜訪修拉維斯，但修拉維斯感覺到我們有危險，因此順勢派遣他們到這邊來。

諾特用修拉維斯託付給他的新貝殼向修拉維斯報告現狀。

我們抵達安全的草地後，潔絲醒了過來。她隨即用魔法從手變出溫水，沖洗渾身沾滿泥巴的我、約書和她自己本身。

「又是豬先生救了我一命呢。」

我一邊讓潔絲幫我洗臉，同時搖了搖頭。

「是潔絲救了我們，然後是諾特救了潔絲。」

我只是舔了潔絲的臉而已。

「您舔了我的臉嗎……？為什麼……」

舔美少女的臉需要理由嗎？

我一邊將視線從眼前的東西上移開，同時向諾特確認現狀。

「那麼，修拉維斯人在哪裡？」

諾特、約書與巴特背對著這邊站著。這是因為潔絲隔著衣服淋了熱水，現在變成很不得了的狀態。瑟蕾絲用她小巧的手摀住努力地想看向這邊的黑豬雙眼。

「在叫做天達爾的鄉下村莊裡。雖然我不太清楚詳情，但聽說那裡有什麼錨的線索，還有屍體。」

將臉撇向旁邊的諾特這麼回答。

「屍體的數量似乎不少。儘管並非親眼目睹，但有一大群烏鴉像是蚊柱般在森林裡飛舞交錯。」

「……也就是說，修拉維斯的主張是正確的嗎？關於最初的項圈的下一個線索在下游方向，然後我們又被十字處刑人搶先一步了。」

潔絲彎下上半身，再次將臉移到我的眼前。對面有緊貼在肌膚上的透明衣服。由於重力導致兩顆——

「準備好之後，應該立刻跟修拉維斯先生會合比較好嗎？」

「的確呢。雖然會很擠，但所有人一起搭乘龍前往吧。」

供四人搭乘的座位上坐著五個人類與兩隻豬，是趟擠得像沙丁魚罐頭的空中之旅。抵達天達爾近郊的草地時，天色已經完全變黑了。

天達爾是位於貝列爾河畔的小村莊，河邊有環山圍繞、充滿鄉土味的田園村落。有一大片修剪整齊的針葉樹林，港口堆積著許多圓木樁，所以很多人應該是靠林業為生吧——潔絲如此推測。

在月亮和星星都被雲遮住的陰暗夜空下，我們以大量烏鴉的叫聲為線索前往現場。我們沿著應該是用來搬運木材的林道前進，進入山林深處。

目的地似乎位於高台。我們沿著相當斜的陡坡往上爬。

就在聽見頭頂上傳來烏鴉叫聲時，可以看見魔法的亮光。在陰暗的森林裡，有好幾顆光球輕飄飄地飄浮著。我們小跑步地靠近那邊。

只見在哈路比爾分開的其餘成員都聚集在那裡。

「太好了……我聽說你們遭到襲擊，都沒事嗎？」

修拉維斯看到我們後，維持著神經質的表情，嘴角綻放出笑容。

「……這邊情況很嚴重。」

我早有覺悟了。在那邊等待著我們的，又是幅令人毛骨悚然的光景。

那是個三角形屋頂的石造小屋。長長的圓木樁排成圓形，像是要圍繞住小屋似的插在地面上。

所有圓木樁上都綁著全裸的屍體，無論哪具屍體都遭到烏鴉啃食，渾身是傷。

遺體的胸口無一例外地有血之十字在發光。位於中央的建築物被那紅色光芒模糊且詭異地照亮著。

可以感受到有種無法反抗到底的絕望感侵蝕著腦部。

已經太晚了嗎……

修拉維斯一邊用力拍手，發出「啪」的銳利聲響趕走烏鴉，一邊向我們說明：

「從我們發現時起，幾乎都沒有碰過這些。從裝飾品和刺青來看，犧牲者恐怕又是北部勢力的餘黨吧。所有人都是被強烈的電流奪走性命的。」

彷彿鑑識人員般精準的說明。我開口反問：

「因為烏鴉亂啃，無法看到清晰的傷口……你怎麼會知道是電流？」

修拉維斯將視線從我們身上移開。

「因為我本身曾經用電流殺害過敵兵。」

「原來如此……」

——第三個　箍裂開　棕熊逃走了

——逃走的棕熊　**爬上了樹木　被天空劈打　死掉了**

暗示著因落雷而死亡的歌詞。

這邊的殺害方法也跟鎖鏈之歌十分相似。

我沒有再詢問修拉維斯更多問題，而是冷靜地敘述自己的推測。

「……無論哪具屍體都被烏鴉啃食得很嚴重呢。狀態非常悽慘，看起來像是在遭到殺害後已經過了一天。至少應該是比在哈路比爾的火災事件中火燒起來更早之前就遭到殺害了。」

我們在石橋都市哈路比爾發現古城四樓燃燒起來，是今天中午時的事情。那之後才經過半天時間。倘若犯人是在那場火災後在這裡殺了人，就時間上來說，很難想像遺體會被烏鴉啃食得這麼嚴重。

換言之，第二次殺人案與第三次殺人案的**實際殺害時間，有可能是反過來的**。

潔絲看向我。

「犯案時間或許跟布拉亨的殺人案差不多呢……」

「是啊。至少可以推測那個水煮殺人案——水煮屍體陳列事件是在昨晚到今天凌晨之間發生的。儘管需要高速的移動方式，但說不定是同一段時間的犯案。也有可能這邊的殺人案反倒是更早之前發生的事。」

伊茲涅從修拉維斯對面一臉費解似的看向我們。

「思考那種事情有什麼意義嗎？我想知道的是誰做了這種事。這些人是什麼時候死的，根本無關緊要吧。」

我搖了搖頭。

「到目前為止，我們一直是按照鎖鏈之歌的順序看到了三起殺人案吧，甚至樂觀地認為殺人案也是依照歌詞的順序發生，只要我們加緊動作，說不定能追趕過犯人。」

修拉維斯露出嚴肅的表情，一邊附和一邊聆聽著。我接著說道：

「不過，**現在浮現實際上犯案並非依照那個順序發生的可能性**。雖然火燒起來是剛才中午時的事情，但哈路比爾古城裡的那些屍體，說不定也是更早之前就準備好的。儘管已經燒掉，無法得知真相就是了。」

「……知道順序有什麼好開心的嗎？」

聽到伊茲涅這麼問，我開口回答：

「可以知道十字處刑人的行為模式，以及……」

我陷入陰暗的心情，停頓了下來。潔絲從旁幫我把話接了下去。

「即使我們慌張地追逐著線索，**第四起殺人案也很有可能已經結束了。**」

伊茲涅似乎總算理解了這意味著什麼。她的表情摻雜著大受震撼的神色。

倘若第四起殺人案已經按照鎖鏈之歌的內容準備完畢，身為犯人的十字處刑人很有可能早已抵達最終目的地——也就是最初的項圈所在之處。

最初的項圈很有可能被搶走了——這就是我們在此處得知的事情。

修拉維斯感到困惑似的抱頭苦惱。

「十字處刑人究竟想做什麼？」

「感覺他像是把最初的項圈當作人質，在玩弄我們一樣。」

我一邊進行分析，一邊把想法化為言語。

「我們只能追逐鎖鏈之歌的線索，處於總是在尾隨那傢伙的狀態——說得直接一點，就是等事情發生才忙著設法補救。另一方面，那傢伙甚至大白天就在我們眼前放火燒了屍體。他顯然對我們的行動瞭若指掌，而且意識到我們的存在。」

我這麼說道，同時陷入一種好像在挑戰必敗之戰的不快感。

「追著線索前往最初的項圈所在處時，最好盡量小心注意。十字處刑人一定在那裡設下了什麼圈套才對。」

十字處刑人的最終目的是炫耀自己？故意找碴？或是暗殺國王呢……

只不過，這邊有充分的戰力，況且還有新的線索——沒錯，雖然因為跟怪物的戰鬥被分散了注意力，但不是有個很重要的線索嗎？我按照回想起來的內容，告訴修拉維斯在船上襲擊我們的某人右手戴著金戒指一事。

儘管修拉維斯從今天早上開始就一直像是戴著面具般，擺出冷靜的表情，這時卻總算明顯地露出動搖的神色。

「你說什麼……？」

只見他眉頭深鎖，濃密的兩道眉毛彷彿要黏起來一樣。

是因為脫魔法導致記憶混濁了嗎？潔絲也露出猛然驚覺的模樣，在微弱的聲音中蘊含著熱量說道：

「那位人物在周圍布下濃密的煙幕，闖進了我們沿著貝列爾河中心前進的船。儘管身體中了一箭，仍然抓住豬先生的頭部，對豬先生做了些什麼。很難想像那是一般人的所作所為。我想對方一定是魔法使。」

修拉維斯似乎對潔絲這番話難以置信。

「金戒指是我作為信賴的證明，親自給予五長老的東西。難道那五人裡面有誰背叛我了嗎？不過關於那些人，是我跟母親大人——不，這樣啊……既然如此……」

修拉維斯支支吾吾地嘀咕了一會兒後，閉口不語了。

看來十分在意的潔絲窺探著修拉維斯的臉。

「修拉維斯先生與維絲小姐怎麼了嗎……？」

「……不，雖說五長老卸下了血環，但他們脫魔法的次數都停留在三次。我很懷疑他們是否有能夠實行那種大量殺人的魔力。而且我打從心底信賴那五人——不，抱歉。用推測來述說也沒用吧。我會聯絡母親大人，請她盡快確認五人是否有可疑的行動。你們稍等一下。」

修拉維斯離開我們身邊，從口袋裡拿出像是水晶球的東西。根據潔絲所言，那似乎是用來與王都通訊的魔法道具。

一片黑暗當中，我跟潔絲與龍族姊弟一起被留在三角形屋頂的小屋前。伊茲涅像是忽然注意到似的說道：

「奇怪，諾特人上哪去了？他應該跟我們一起過來了吧。」

約書指著小屋後方。

「有聲音從那邊傳來。他好像在找什麼。」

我側耳傾聽，但只能聽見烏鴉的叫聲。我前往那邊一看，只見諾特正一邊趕走烏鴉，同時與巴特一起調查著屍體。

瑟蕾絲似乎正處於想看著諾特，但又不想看見屍體的糾葛中。只見她低頭面向下方，不時偷瞄著諾特那邊。

「我有一種不祥的預感呢。」

融入黑暗裡的黑豬突然從附近向我這麼搭話，讓我差點嚇破豬肝。

雖然我這麼說也很怪，但會說話的豬果然感覺很噁心。

「怎麼了嗎，薩農先生——請你不要亂聞潔絲的腳喔。」

「這真是失禮了……蘿莉波先生知道我們解放軍一直在進行潛入搜查嗎？」

「嗯。記得是為了掃蕩北部勢力的餘黨對吧。」

「沒錯。由我跟阿諾一起負責指揮作戰，最近正好在搜查貝列爾河這一帶……但沒想到我們原本在監視的男人屍體，居然也混在這裡面呢。」

黑豬的鼻尖指著其中一具遺體。前臂上可以看到薔薇與頭蓋骨這種充滿特色的刺青。

潔絲一邊警戒著裙子，一邊詢問薩農：

「也就是說，各位正在調查是否還有摻雜其他監視對象嗎？」

黑豬搖了搖頭。

「只是監視對象遭到殺害的話，我們根本無所謂。畢竟我們只是故意先讓他們自由行動，原本也打算殺掉他們的。問題在於派去潛入搜查的同伴。」

薩農的聲色裡摻雜著不祥的氛圍。

「……其實我們派去潛入那些傢伙裡的一名解放軍志願者，幾天前就斷了消息。我們從昨晚就一直在找人。」

正好就在這個時候，從黑暗的另一頭傳來少年的聲音。

「喂，師父！這邊！」

是短髮少年在呼喚諾特。用「喂」呼喚師父的這個傲慢少年名叫巴特，與諾特一同逃離了處於北部勢力支配下的鬥技場，之後就自稱是諾特的徒弟，總是待在諾特身邊。他給人一種像是小狗的印象，我私下認為是痛失愛犬的諾特，讓這孩子待在身邊來代替羅西的。

巴特讓裝在短劍握柄上的礦石發光，照亮其中一具屍體。

衣服被脫掉、各處都遭到烏鴉啃食的悽慘遺體——是中年男性嗎？儘管沒有什麼醒目的特徵，但一看到那具遺體，諾特便憤恨地咬牙切齒。

耀眼的火焰在黑暗中一閃。回過神時，遺體已經被諾特搬到地面上躺著了。

「約書，你火速向全國發信。」

諾特用低沉的聲音這麼說了。

「為什麼？」

「要告訴大家這起荒唐的殺人案，還有命令他們傾注全力搜索殺人凶手。」

他的聲音蘊含著彷彿要燃燒起來的憤怒，以及讓人感到刺痛的殺氣。

「這個叫艾邦的男人，是為了殲滅北部勢力替我們冒險犯難的勇敢同志。明明在他潛入之際，約好了要在不會有生命危險的狀況下監視對方的……」

諾特抬起頭來。潔絲在旁邊倒抽了一口氣，因為諾特的樣貌非常凶狠。

「我不知道十字處刑人是什麼東西……但找到人之後，我一定會親手殺掉他。」

「能跟我過來一下嗎？」

聯絡完畢的修拉維斯，從鬧哄哄的解放軍裡面呼喚潔絲與我。

我們三人一起走到小屋的正面。感覺修拉維斯的步伐似乎有些迷惘。

「我把所有事情都告訴母親大人了。雖然沒有新情報，但聽說母親大人也會立刻過來跟我們會合。所有人一起在準備萬全的狀態下前往藏著項圈的最後地點吧。有我在，我不會讓你們再度受到襲擊。抱歉讓你們遭遇那種可怕的經驗。」

潔絲看似擔心地將手貼在胸前。

「感到最害怕的應該是修拉維斯先生吧？」

修拉維斯停下腳步，轉過頭來。

「妳為何這麼覺得？」

「因為……假如十字處刑人先生是想要某人的命，他的目標一定不是我也不是豬先生，而是身為國王的修拉維斯先生。」

修拉維斯狀似在安撫妹妹，像要弄亂頭髮般摸了摸潔絲的頭。

「別擔心，我並不害怕。我很冷靜，因為我是流著神之血的梅斯特利亞國王啊。」

冷靜的人是不會說自己很冷靜的吧……

「如果有什麼傷腦筋的事情，儘管找我商量吧。」

「我知道了。那我就直說了……」

肌肉發達的手臂指示著小屋的入口。

「因為沒什麼時間，調查還沒有進展。能陪我一起尋找剩餘的線索嗎？」

儘管小屋相當狹窄，但看來似乎是被當成禮拜堂在使用。修拉維斯用魔法光芒照亮整體後，大吃一驚的蜘蛛便慌張地從牆壁和地板上逃走了。

正面深處有座蒙上灰塵的拜提絲像。她高舉的右手拿著生鏽的鎖鏈。

「這就是第三個線索嗎？」

我靠近觀察。鎖鏈暫且降落到地面後，沿著牆壁通往深處。

我回頭看向禮拜堂整體，忽然想到一件事。

「你們不覺得整體來說好像有點貧乏嗎？」

潔絲跟修拉維斯一起看向了我。

「這話是什麼意思？」

「不……我想應該不是多重要的事啦。」

這完全是個人意見，所以保險起見，我先這麼聲明。

「到目前為止，事件大多發生在比較氣派的地點不是嗎？像是位於大聖堂地下的灼熱牢獄，或是有火刑大廳，彷彿拷問博物館一樣的古城。相比之下，這個地方該怎麼說呢……感覺好像太平凡無奇了。」

潔絲疑惑地歪頭。

「可是這間禮拜堂看來同樣十分老舊喔？即使是拜提絲大人建造的，也沒有任何不自然之處。」

「的確是很老舊。但該怎麼說呢，這裡並沒有性感的感覺不是嗎？」

彷彿頭上冒出問號似的，兩張一模一樣的表情並列在眼前。

「呃……布拉亨的地牢跟哈路比爾的古城，也沒有特別性感呀……」

「我覺得很性感就是了。該怎麼說呢，有種連細節都講究到底，機能美與真實感共存的氛圍……感覺被創造出來當時的氣氛能夠挑起慾火。」

「豬的性癖好挺特殊的啊……」

修拉維斯有所顧慮的視線看向了潔絲。別在這種時候擔心潔絲啦。

「不，抱歉。我並非希望你們可以了解。我只是在敘述自己的感想……」

經歷一段尷尬的沉默後，潔絲開口說道：

「拜提絲大人應該也有她的想法吧？倘若選擇前面兩個地方是有什麼含意，我想她會選擇這裡應該也有其他的用意。」

修拉維斯看來無法接受，他將手指貼在下顎。

「是這樣嗎……我不覺得地點有什麼意義……」

「她會沒有任何理由，就讓人進行這種遊戲一般的解謎嗎？」

我的發言令修拉維斯感到更加困惑了。

「……解謎還需要理由嗎？」

看到修拉維斯一臉不可思議的表情，我不禁心想，這麼說來，修拉維斯沒有參與過荷堤斯那場王都胸部巡迴之旅，也沒有參加過拜提絲不講理的牙城（拉比拉）之旅。

就跟人在解謎之際，其中存在著動機一樣。

或許只是想讓人樂在其中，或許只是想捉弄人。

又或許是為了讓人繞遠路去某個祕密的隱藏地點。

抑或是想唬弄挑戰者，以免被碰觸到與戀人的回憶。

因為存在著某些動機，出題者才會特地準備了謎題。

讓人解謎的時候，其中必定存在著動機。

「如果拜提絲只是想把最初的項圈藏起來，首先應該會藏在王都裡面只有王族才能進入的地方吧，如此一來也能大幅降低被偷走的風險。實際上拜提絲卻把線索藏在梅斯特利亞各地，讓我們到處巡迴。因為這樣才產生項圈被偷走的風險，我們實際上也為了這件事傷腦筋。要說是遊戲，會不會玩得太過火了？」

潔絲將手貼在下顎，連連點頭。

「的確，很難想像拜提絲大人會看漏導致這種狀況發生的危險性……真不可思議呢，為什麼拜提絲大人會企劃這種使用了童謠的解謎呢？」

修拉維斯看來無法跟上我們的話題。

「知道這點有什麼好開心的嗎？」

總覺得剛才好像也被問了類似的問題呢……

潔絲用充滿自信的模樣回答：

「能夠稍微接近僅有一個的真相。彷彿線頭一樣細小的突兀感，有時也會成為讓人找出被隱藏起來的龐大真相的線索。」

這發言簡直就像真正的名偵探。我說得沒錯吧，豬先生——潔絲以這樣的表情看向我，因此我跟著附和：

「潔絲說得沒錯。把謎題就那樣放著不管，感覺很不舒服吧。無論是怎樣的謎題，都在某處與真相這個根本連接著。出現在眼前的謎題可以說是真相提供給我們的線索，無視這些線索是一種損失。」

「……原來如此。哎，雖然我也不是不能理解你們的主張，但這個問題之後再處理也沒關係吧？」

修拉維斯的視線一直很在意鎖鏈的去向。

「當然了。現在就老實地追查關於鎖鏈的線索吧。」

我們朝鎖鏈延伸的方向前進。鎖鏈繞到祭壇後方，從牆壁上開的小洞爬向了外面。

修拉維斯的手碰了一下鎖鏈，鎖鏈便緩緩發出光芒。

「我們到外面吧。」

儘管鎖鏈幾乎被埋在土裡，但修拉維斯增強魔力，讓鎖鏈強烈地發光，因此我們能夠追逐鎖鏈的行蹤。我們抵達的地方是岩石外露的懸崖。

「下一個地點是哪裡？」

諾特難得地以激烈的語調從旁這麼詢問。修拉維斯轉過頭去，指向地面。

「馬上就會知道了。就是這條鎖鏈指示的前方。」

所有人聚集起來，大家的視線都追逐著發光鎖鏈的去向。鎖鏈被生鏽的鐵釘釘在一塊岩石上。那是一塊彷彿被切成八等分的乳酪蛋糕、形狀相當不自然的岩石。恐怕是被某人加工過的岩石吧。

鎖鏈前端掛著一個讓人產生不祥預感、模仿頭蓋骨形狀的金屬雕刻。

約書定睛凝視懸崖前方。

「倘若是說這個尖銳的前端朝著哪個方向……應該是那個吧，有座發光的塔。」

伊茲涅將手搭在弟弟的肩膀上，看向同一個方向。

「怎麼，是燈塔嗎？哪個方向啊？」

修拉維斯暫且看向下方，確認貝列爾河的位置後，開口說道：

「是在河川更下游那邊。應該是東南方吧。儘管應該看不見大海才對……」

「不，感覺不是燈塔。是座高塔。在山的另一頭——要是能看見城市就好了。」

巴特從煩惱的約書旁邊插嘴說道：

「既然這樣，那一定是琉玻利的慰靈塔之火。」

琉玻利。那個地名讓我的天線產生反應。是我在深世界誤入墳場，因為鴉片霧而差點死掉的地方。然後也是被大胸部的少女拯救出來的地方……

原本看著頭蓋骨雕刻的潔絲，像是不由自主似的重複巴特的發言。

「慰靈塔……？」

巴特看似自豪地揉了揉鼻子底下。

「對。琉玻利是我的故鄉，有座很大的墳場，還蓋了很高大的塔來俯視墳場喔。油會慢慢地補充上去，即使在夜晚也會一直燃燒。」

我跟潔絲互相對望。

——離開牢房後　到**墳場**為止　鎖鏈的道路　沒有盡頭

鎖鏈的線索。童謠的歌詞。無論哪邊都完全一致。

最初的項圈就在琉玻利。

第四章 在比擬殺人中要識破動機

王族方與伊茲涅搭乘龍，剩餘的人則搭船前往琉玻利。

說不定有十字處刑人或什麼陷阱在等候著，我們小心謹慎地在碼頭會合。一臉嚴肅的維絲在最後加入我們，她並非穿著平常那套優雅禮服，而是穿著大概是外出用的樸素長袍。難道是一直收納在衣櫃裡嗎？有種防蟲劑的刺鼻味。這麼說來，我或許是第一次在王都外面看到維絲。

潔絲用眼神譴責嗅個不停的我，於是我匆忙地離開維絲身邊。

「事情我大致都聽修拉維斯說了。抱持著一戰的覺悟出發吧。」

可以感受到她的聲音比平常更加冷靜，扼殺著感情。

夜也已經變深，雲朵出現了裂縫。從縫隙間露出來的星空還是老樣子，彷彿撒了鹽巴似的密度高且耀眼。

維絲以毫不迷惘的腳步走在前頭，我和潔絲與修拉維斯並肩跟在她身後。鴉雀無聲的市中心——是座有著維護得十分整潔的繁華石板路大街，井然有序的城市。

解放軍成員將手貼在武器上，以便隨時都能開戰。不顯眼的黑豬與山豬——兼人總算脫掉了荷葉邊洋裝——融入黑暗當中，到處嗅著周圍。瑟蕾絲與奴莉絲手牽著手，在戰士們的護衛下前

進著。

維絲轉頭看向潔絲這邊。

「狀況十分危險，你們不用過來也沒關係喔。」

「不，我也要陪著修拉維斯先生。」

「……是嗎？請妳千萬多加小心。」

在這番平淡的對話中，我想起昨晚的事情。

那晚只是昨晚嗎？二之月九日實在是過於漫長的一天。

不過，恐怕那些事也會在這晚、在這座城市劃下句點吧。

我們前往的地方是慰靈塔。在深世界造訪琉玻利時，因為霧很濃而看不見周遭，但其實在郊外的墳場深處蓋著石造巨塔。根據修拉維斯所言，這似乎是從王朝創始以前就存在的建築。換言之，即使拜提絲選上這裡當作隱藏最初的項圈的地點也不奇怪。以目標來說，這裡同樣是無可挑剔的地標。

不過要說是慰靈塔，實在有些肅穆森嚴。堆積著灰色石頭的粗糙四角柱，屋頂上的牆壁彷彿鋸子似的凹凸不平，牆壁上甚至設置著像是箭眼的洞。在高塔最上層的底下一層，有個像是被挖開、能從四面看透的大型空間，大型火焰在那裡明亮地燃燒著。

火焰宛如血液般呈現紅黑色。

離開城市後，一片陰暗的草原在眼前展開。是座很大的墳場。放眼望去，只見墓碑並列著，四處綻放著紅色罌粟花，讓原本應該不會有的甜美芳香飄散在風中。

諾特蹙起眉頭，忠告同伴：

「這陣風……別吸入太多喔。這跟毒品一樣，會讓人腦袋變不正常。」

我在深世界曾因為這種含有麻醉藥成分的霧而差點死掉，同樣的現象也出現在這邊了。

我們穿過墳墓，抵達慰靈塔。我立刻察覺到，在塔牆的各處施加著模仿頭蓋骨形狀的浮雕。天達爾那條鎖鏈前方的頭蓋骨雕刻，跟這座慰靈塔透過鎖鏈的道路連接在一起。

塔的入口是開放的。狹窄的螺旋階梯沿著四角形的塔牆內側延伸而上，不斷往上、往上——直到紅黑色火焰燃燒的場所。

維絲暫且停下腳步，轉頭看向這邊。

「由我來帶頭。假如我遭到攻擊，修拉維斯你儘管反擊，不用在意我。」

那是不由分說的語調。國王之母不等修拉維斯回答，開始爬上階梯。

一方面也因為空間狹窄，我們一行人分成了爬塔組與留在下面的監視組。要爬上塔的是修拉維斯、維絲、諾特，以及善於搜索敵人的約書。潔絲也堅持要一起去，所以她跟我也與他們同行。剩餘的成員則聚集在一起，在塔下方警戒周圍。

塔的高度目測大約三十公尺吧。我們排成一排，沿著陰暗、狹窄又陡峭的石階前進。四處有著像樓梯平台的地方。不過只有看到箭眼，或是設置著疑似用來擺放武器的石頭底座，並未看到什麼感覺隱藏著項圈的醒目構造。

我們在緊繃的氣氛中屏息前進，但什麼事都沒有發生，就這樣抵達了火焰所在處。只有四個角落的柱子被留下來，四面牆壁都被拆除的空間。在離地表三十公尺的高度上，冰冷的晚風從右邊吹向左邊。低到根本無法防止人摔落的圍欄，圍繞住鋪設著平坦石材的四角形地板。

地板中央有火焰在燃燒，火焰是從未見過的顏色。彷彿要吞噬天花板般熊熊燃燒的紅色輪廓；焰心則正好相反，將光芒吸收進去，讓人聯想到在墳場綻放的紅色罌粟花。

「前面沒路了嗎？」

諾特將手貼在雙劍上，如此說道。

我們一邊謹慎地散開，一邊探索這個樓層。

四處都不見人的氣息，也找不到最初的項圈。

我們再次圍著紅黑色火焰聚集起來。

「剩下的只有上面了呢。」

潔絲這麼說，抬頭仰望天花板。從外頭觀察的樣子來看，這座塔似乎有屋頂，底下至少還有一層樓，卻沒有階梯可以從焚燒著火焰的這個空間通往上方。理應覆蓋著四面的牆壁並不存在，唯有四根粗壯的柱子支撐著上層。

諾特單腳踩在感覺靠不住的圍欄上，從牆面外頭窺探上方。

「從牆壁凹凸不平的模樣來看，至少還有屋頂。約書，你能探索嗎？」

「我試試看。各位，請你們盡可能保持不動。」

約書一邊向我們使了個眼色，同時將耳朵貼在其中一根柱子上。看來他似乎在靠聲音探索著樓上。我暫時像個擺飾品一樣動也不動，以免發出聲響。

「好像沒有生物呢。」

「這樣啊。」

諾特聽了約書的報告後，將原本踩在圍欄上的一隻腳踏穩，跳到了塔外。

「諾特先生……！」

在附近看到這一幕的潔絲不禁這麼出聲喊道。但她的擔心是多餘的。

諾特在空中揮舞雙劍，朝底下射出巨大的新月形火焰。那股反作用力讓他的身體飛舞到上方，看不見他的身影。

噠——傳來著地的聲響。

「屋頂上什麼也沒有……不，有通往底下的門啊。」

有聲音乘著晚風從上面傳來。

「等等！」

修拉維斯將身體探出圍欄，大聲吶喊。

「說不定有陷阱。我們也到上面。」

「到上面？也就是說那是什麼意思……？」

我的問題被無視了。修拉維斯與維絲用魔法讓我們所有人飄浮起來，送到屋頂上。身體來到圍欄外面的瞬間，可以看見垂直陡立的牆壁與在遙遠下方的地面，讓我有一種豬胃嚇到緊縮起來的感覺。我果然還是不習慣讓人施魔法飛起來。

屋頂上確實什麼也沒有。雖然放置著一些像是石台或砲彈的東西，卻都被雨水淋到風化，實在不能稱之為線索。

其中一角有著似乎是通往底下的上掀門，是一扇沉重的金屬門扉。

我本來想去聞聞看氣味，但諾特與修拉維斯跟維絲先一步站到那扇門周圍，開始調查。儘管如此，我依舊試著聞聞看周圍的地板。

嗯……？

只有一個氣味並非在這裡的成員們散發的氣味，恐怕是一個人吧。那股氣味在門扉周遭變得濃密起來。既然如此……

「有什麼事嗎？」

我抬起頭一看，只見維絲的臀部正好就在那裡。

「沒有，對不起，是有股氣味……」

潔絲從一旁用眼神對我說著「真是一隻見異思遷的豬先生呢」。

諾特俯視著我。

「是什麼氣味？」

「是現場這些人以外的某人的氣味。氣味相當強烈，應該是最近才沾上的吧。」

修拉維斯瞠大了眼。

「怎麼可能！假如這裡就是隱藏地點……」

儘管他在這邊閉口不語，但我明白他想說什麼。

有一個不曉得是誰的人進出了這扇門。倘若最初的項圈就藏在這裡，項圈仍平安留在這裡的可能性近乎於零吧。

修拉維斯瞪著上掀門看，沉重的金屬門氣勢猛烈地往上掀起。

響起了「嘎鐺」的衝撞聲，門扉一百八十度地打開了。通往底下的階梯被高密度的星空冰冷地照亮著。前方一片黑暗，從上面無法看見那邊有什麼。

不……這股氣味是……

剛才聞到的人類氣味，從樓下更加濃密地飄散過來。這並非殘留的氣味。

（小心一點，底下還有人在。）

我透過潔絲這麼傳達，於是所有人都停下動作。約書躡手躡腳地靠近過來，一邊靠在我身上，一邊將耳朵朝向入口裡面。

——不，聽不見任何呼吸聲和心跳聲。沒有任何人在喔。

以聽覺探索不存在，但以嗅覺探索的話確實存在的人類。

倘若這種狀態是可能的話——

「**是屍體。**」

修拉維斯一口氣照亮裡面，以備戰態勢飛奔下階梯。

在那裡被準備好的是不負眾望的空間與屍體。

天花板、地板跟牆壁都被石頭覆蓋住，充滿悶塞感的空間。一個裸體男人呈大字形躺在那中央。白皙的胸口上有個大大的十字傷口，從中流出了血液。

而且那個男人是五長老——諜報員首長，梅密尼斯。

修拉維斯一臉茫然地跪倒在梅密尼斯旁邊，是打算搖醒他嗎？修拉維斯的手碰觸裸體男人的肩膀，卻在碰觸到的瞬間收回了手。恐怕是因為很冰冷吧。

我確認了沾在階梯上的氣味是這個梅密尼斯的氣味，然後看到了他的右手中指上戴著金戒指，左手握著沾有血的刀子。

另一方面，諾特與約書則是注視著別的方向——是牆壁。原本應該吊著什麼的生鏽鎖鏈，在途中斷掉並垂落而下。只見牆壁上刻著一列文字。

那一列文字實在過於簡潔地顯示出我們的敗北。

——最初的項圈已經遺失了。

石牆上的文字是以魔法刻下來的。似乎是刻字時冒出的粉塵上，只有留下梅密尼斯的足跡。我聞了聞刀子，上面並未沾到梅密尼斯以外的氣味。

狀況明確地指示著這是諜報員首長梅密尼斯的罪行。

而且維絲分析殘留在遺體上的魔法痕跡後，據說查明了兩件事情。

首先，梅密尼斯使用魔法犯下了大量殺人案。

然後，他似乎也是用同樣的魔法自盡。

從塔上走下來的我們目瞪口呆了好一陣子。潔絲十分懊悔似的向我說道：

「梅密尼斯先生是會消除記憶和負責暗殺的諜報員，也不會被血環限制魔力。如果是目前這種受到深世界侵蝕的狀況，他的魔力有十足可能獲得強化。即使他能夠奪走許多人的性命，也沒什麼好奇怪的。」

我想起在船上被按住頭那件事。

「船在煙幕中遭到襲擊時，我的腦袋變得一片空白——那說不定是因為我被梅密尼斯消除了什麼記憶。我看見了什麼不該看到的東西嗎？」

倘若那時能立刻做出對策——我不由得這麼心想。當時梅密尼斯還活著，如此一來，也有可能問出最初的項圈所在處。

「我好不甘心……我太慢看透真相了……」

我只能靜悄悄地陪伴在流下淚水的潔絲身旁。

——生鏽的鎖鏈　一直通往到　遙遠的地方

——離開牢房後　到墳場為止　鎖鏈的道路　沒有盡頭

從布拉亨的地牢開始的鎖鏈的道路，在被墳場圍繞的這座慰靈塔劃下句點。這裡就是隱藏著最初的項圈的地點。然後最初的項圈已經遺失了。

其他人也同樣感到懊悔吧。兼人坐立難安似的四處走動，諾特看似不甘心地一屁股坐在地上。

修拉維斯一臉動搖似的低喃著：

「梅密尼斯曾是最忠心的部下……在父親大人被暗中活躍的術師附身時，他悄悄地指揮王都居民眾，幫忙把王都的被害控制在最小限度……明明如此，為何會演變成這樣……」

對於兒子的洩氣話，維絲平淡地推測：

「這是他獻上生命的抗議吧。梅密尼斯是個保守的男人，應該無法原諒你打算解放耶穌瑪的方針吧。」

諾特毆打地面，憤怒地說道：

「也就是說，這都是你們王朝的人搞的鬼嗎？為什麼你們連部下都管不好？讓他殺了那麼多人在先，你們不會說根本沒注意到吧？」

解放軍不僅失去了最初的項圈這個唯一的希望，還有一名原本進行潛入搜查的同志遭到殺害，應該發怒的對象也已經死亡。諾特會這麼憤慨也是理所當然的。

修拉維斯感到困惑似的搖了搖頭。

「梅密尼斯雖然擅長消除記憶，卻並非一個有能力殺掉這麼多人的魔法使。他脫魔法的次數僅止於三次……沒想到會變成這樣……」

「是深世界的影響吧。」

維絲的分析跟潔絲幾乎相同。

「現實世界與願望世界互相融合，魔法正變得不穩定。我聽說有時也能從立斯塔取出較平常十倍以上的魔力。只要有殺人的慾望，即使能實行大量殺人的魔法也不奇怪。」

陷入沉重的沉默。

出聲打破這種沉默的是黑豬薩農。

「這是假設喔。假如我們拿到了最初的項圈……然後使用那個項圈解放了耶穌瑪少女們的話，有可能發生同樣的狀況嗎？」

「同樣的狀況？」

對於這麼反問的維絲，黑豬平淡地接著說道：

「就是跟那個屍體的男人一樣，產生危險魔法使的可能性。倘若這個世界的混亂沒有平息下來……被卸下項圈的少女們——也就是獲得解放的魔法使，應該很容易變成非常危險的存在吧？」

修拉維斯從旁說道：

「沒錯。那樣的風險一直都存在。因為耶穌瑪們心地善良，應該不會立刻發生那種情況就是了……但一點點的憤怒和恐懼演變成大慘案的可能性一直都存在。如果是目前這個世界的狀況，就更不用說了。」

聽到這番話，瑟蕾絲一臉尷尬似的縮起肩膀。

伊茲涅看似不快地瞪著黑豬。

「喂，薩農，你想說什麼？你的意思是因為這樣，不解放耶穌瑪也沒關係嗎？」

「不不，不是那樣喔。我在意的是殺人的動機。」

薩農走到圍成一圈的眾人中央，滔滔不絕地陳述起來：

「如果犯人純粹只是想把最初的項圈藏起來，根本不用殺害那麼多人吧？但在我看來，那個男人簡直像是要**展現他有能夠大量殺人的本領**。這讓我浮現一個想法——**這種情況對王朝來說實在太有利**了。」

「這話什麼意思？」

修拉維斯的語調變得更加嚴厲了。

「不，我並非打算責怪你個人，請放心。只是作為一個客觀的事實來說，**大量殺人案會帶來有利於王朝的結局**喔。」

黑豬一邊四處走動一邊述說，散發出的壓迫感簡直就像精明幹練的刑警。

「原本以為沒什麼大不了的魔法使，趁這個世界發生異常時，在私底下使用了足以大量殺人的魔法——要是明白了這件事，我們當然也會歸納出『那麼使用最初的項圈來解放耶穌瑪，應該也會很危險吧』這樣的結論呢。以解放軍的立場來說，會變得很難主張在沒有對策的狀況下要求解放耶穌瑪。」

黑豬忽然停下腳步，抬頭仰望修拉維斯。

「該不會是王朝命令那個男人這麼做的吧？」

「別說傻話了！」

修拉維斯口沫橫飛地大喊。

「你想說是我命令梅密尼斯犯下殺人案，叫他獻上性命的嗎？」

「哎呀哎呀，請你別這麼生氣啦。這只是在確認罷了。」

可以感受到空氣緊繃起來。我插入兩人中間。

「薩農先生也別做這種無謂的猜疑吧。請你仔細想想看，一旦知道是部下搞出來的事情，王朝方的立場也會像這樣變得很糟糕。照常理來想，一直查不出犯人身分應該比較好才對。」

我將鼻尖朝向在慰靈塔上燃燒的火焰。

「王朝想讓解放軍留下解放耶穌瑪很危險的印象──假設如此，讓梅密尼斯死在隱藏著最初的項圈的地方實在太奇怪了。這樣很矛盾。」

儘管是情急之下脫口而出的理論，不過或許仍有說服力？薩農緩緩地點了點頭。

「原來如此呢。確實很奇怪。想得自然一點，應該是那個叫做梅密尼斯的男人行為失控，脫離國王的管理，大量殺害北部勢力的餘黨，把最初的項圈藏在某處後，如同字面般地把隱藏地點帶到墳墓裡了──這麼推論比較妥當吧。」

修拉維斯走了過來，單膝跪地與黑豬對上視線。他順勢向解放軍的幹部們深深地低頭道歉。

「真的很抱歉……是我領導無方。我會好好調查梅密尼斯的遺體，摸索出他隱藏最初的項圈的地方。現在立刻解放耶穌瑪確實很危險，但我──我們王朝不認為把她們永久當成奴隸是正確的。我發誓只要我還活著，就會不斷尋找最初的項圈。」

國王抬起頭來。雖然他的雙眼並沒有流淚，但已經充血變紅。

「還有，對於在天達爾的山裡，波及到大家的同志，也就是那位名叫艾邦的男人一事──我打從心底感到遺憾，在此向各位賠罪。部下的失控是國王的責任，還請你們原諒。」

解放軍無法立刻做出反應。現場陷入一片靜寂。

最先開口的是伊茲涅。

「我知道這不能怪你。既然殺人犯都已經死了，也沒得報仇。如果你願意繼續陪我們一起尋找解放耶穌瑪的方法，我個人就沒什麼怨言了。」

聽到這番話，諾特緩緩站了起來。

「在這邊爭執也不是辦法。犯人已經死亡，殺人案結束了。這件事就這樣告一段落。之後只要思考怎麼卸下耶穌瑪的項圈就好。」

黑豬從鼻子發出哼齁的聲響。

「請等一下。那可不行喔。」

原本以為話題已經結束的眾人，一起將視線轉向了黑豬。

「爭執就此結束吧。不過，如果這樣便誰也不怨誰，艾邦先生實在死得太冤枉了。縱使國王沒有惡意，卻因為監督不周，導致我們有一名同志死亡是不爭的事實。這邊應該要求一些賠償才對喔。」

修拉維斯宛如被攻其不備，有一瞬間僵住，但他立刻像是要振奮精神似的點了點頭。

「沒錯……那是當然的。我必須負起責任。」

薩農輕輕搖晃著捲成圓圈的尾巴，抬頭仰望修拉維斯。

「就賠償我們一千個立斯塔如何呢？我聽說因為深世界侵蝕的影響，目前停止在市面上流通，應該剩下很多才對。請把那些立斯塔讓給我們。」

「薩農！」

伊茲涅一臉驚訝地斥責他。

魔力之源立斯塔是由王朝獨占生產流通，非常珍貴的高級品。倘若是一般國民，據說大概要工作一個月才總算買得起一個。暗中活躍的術師侵占王朝時，停止出貨立斯塔，現在也因為有失控的風險，嚴格限制流通，價格應該又變得更昂貴了吧。

居然開口就要一千個，實在是太過貪心了。我看向薩農。

「薩農先生，有必要的話，王朝應該會免費提供立斯塔。用不著一下子要求這麼多個吧？」

「不，蘿莉波先生，這樣才能做個了結。只要收到一千個立斯塔，今後我們就誰也不怨誰。我們會把艾邦之死當作一件不幸的意外，接受這個事實。就現狀來說，王都剩餘很多立斯塔。無論對我們或是對國王而言，我認為這反倒是個讓大家都好過的解決方法呢。」

薩農的雙眼漆黑地發亮。維絲以不曾見過的冰冷視線看向他。

立場居於弱勢的修拉維斯只能任他擺布。

「我了解了。如果是一千個，應該能立刻準備好吧。從一般顏色到特殊顏色，我會讓部下備齊種類送去給你們。只不過，我想你們應該知道——」

「嗯，當然了。我們不會拿去賣的。畢竟我們並不缺錢嘛。」

薩農這番話，似乎讓修拉維斯看來鬆了口氣。

「太好了。保險起見，我還是說一聲，麻煩你們不要轉讓給一般國民。我們並非想讓大家困擾才停止流通的。立斯塔的威力確實在增強。我們想避免立斯塔落入邪惡勢力的手中。」

「我答應你。那麼，請在明天早上將立斯塔送到我們這邊來。」

「我明白了。我會立刻讓人準備。」

這時，我還沒有察覺到薩農要求立斯塔這件事真正的含意。

「十字處刑人事件」在真正的意義上還沒有結束——

匆忙的一天暫且劃上句點，迎向了不會被任何事物催促的片刻時光。

修拉維斯與維絲為了調查梅密尼斯的遺體，決定再次爬上慰靈塔，包括兼人與薩農在內的解放軍成員也與他們同行。

只不過，諾特似乎提不太起勁，他跟我和潔絲一起留在地上。

「要是我那時沒有殺掉馬奎斯——」

諾特一邊漫無目的地朝墳場那邊走去，同時向我們這麼吐露心聲。

「就算不靠什麼最初的項圈，也能夠解放耶穌瑪嗎？」

儘管沒有深世界那麼嚴重，但夜晚的空氣也含有麻醉藥成分。諾特看起來反倒像是故意去呼吸那樣的空氣。

潔絲跑到諾特身旁，用力地搖了搖頭。

「如果諾特先生當時沒有揮劍，修拉維斯先生他們早就被暗中活躍的術師先生殺害了。當時沒有方法能救出馬奎斯大人，除了那麼做別無選擇。」

「沒錯。我們沒有殺掉馬奎斯的膽量。要是諾特不在，這個世界一定會變得更加慘不忍睹。」

諾特沒有轉頭看向我們，只是不斷沿著墓碑之間前進。

「倘若我們沒有企圖用破滅之矛殺掉馬奎斯，荷堤斯也不至於喪命。那樣的話，就能像瑟蕾絲那時，由荷堤斯來卸下耶穌瑪的項圈了吧。」

在諾特的步伐中表現出來的，是一種無力感。我效法潔絲鼓勵諾特。

「倘若當時沒有反擊，你們一定已經被馬奎斯處死了。正因為有荷堤斯賭上性命去訴說，那個暴君才會改過自新喔。」

但我的聲音似乎沒有傳入諾特耳裡。

「我一直喊著要解放耶穌瑪，但至今到底都做了些什麼啊？」

潔絲一臉擔心似的注視著諾特。

「那個！我……我是託諾特先生的福，才能夠卸下項圈的喔。」

諾特總算轉頭看向了這邊。他的雙眼看起來甚至有一點混濁。

那是失去最初的項圈，迷失了目的的英雄之眼。

「說得也是啊。」

諾特輕輕地伸出手，想觸摸潔絲的脖子……但他沒有那麼做。

「妳現在幸福嗎？」

儘管這問題很突然，但潔絲用認真的表情點了點頭。

「當然了。」

諾特毫無感情地繼續說道：

「……瑟蕾絲也是，她說她很幸福。這讓我很開心。但另一方面，一想到我能力所及的範圍居然這麼狹小，也讓我覺得非常懊惱。」

諾特張開雙手，他的手卻什麼也搆不到。

「就在現在這個瞬間，仍有許多耶穌瑪們被當成奴隸一般對待，有一千人以上。明明她們其實比一般男人更有力量，卻不曉得自己能夠使用魔法，一邊害怕生命和身體可能會遭到侵犯，一邊生活著。」

「總有一天，我們一定要卸下所有人的項圈。」

諾特有些不屑地嘲笑潔絲這樣的幹勁。

「總覺得我早就錯過那個『總有一天』了。」

我可以理解諾特想說的話。荷堤斯之死、馬奎斯之死。諷刺的是，我們在戰鬥中親手葬送了解放耶穌瑪的方法，然後今晚也沒能拿到最初的項圈這個最後的希望。是遭到破壞，或是被藏起來了？我們不曉得最初的項圈的行蹤。如果那個叫梅密尼斯的男人做事一絲不苟，我們一定再也沒有機會拿到最初的項圈。

「不過諾特，你可別鬆懈啊。搜索最初的項圈的行動還沒有結束喔。」

「我不擅長尋寶，剩下的就交給你們吧。」

不知不覺間，我們離開了慰靈塔，來到被草地覆蓋的小山丘上。耀眼的星空從雲朵縫隙間露出。是北方的天空嗎？我發現有紅色星星聚成一塊閃耀著。

這座山丘上並沒有罌粟花綻放。新鮮的空氣從天空往下吹來。諾特坐在山丘上，將雙腳往前伸直。

潔絲稍微保持距離，靜靜地坐到他旁邊。我則是插入兩人中間，坐了下來。

「喔，師父，你們在約會嗎？」

正當我因為睡意差點打起瞌睡時，從後方傳來不能聽過就算了的聲音，讓我醒了過來。

還有一隻豬在喔？？？

我轉頭一看，只見總是黏在諾特身邊的巴特正朝這邊飛奔過來。他讓接近紅色的柔順褐髮隨風搖曳，用彷彿小狗般的輕快動作跑了過來。

「從塔上可以看到跟潔絲待在一起的師父，瑟蕾絲變得淚眼汪汪喔。」

「咦咦咦！那個，我並沒有那個意思……」

還有一隻豬在耶……

「是這些傢伙擅自跟過來罷了，不是我邀他們一起來的。」

諾特把我也算了進去。不愧是型男，果然不一樣。

「什麼啊？可是師父，為什麼你會跑來這裡？」

「沒有為什麼，只是走著走著就到這裡來了。」

巴特坐到諾特的另一邊後，看著夜空伸了個懶腰。

「哎呀，這座山丘真令人懷念呢。以前在琉玻利時，我常跟耶穌瑪大姊姊一起來這裡喔。從這裡看到的祈願星很漂亮。」

巴特的小手筆直地指著正面的天空。紅色星團——這似乎是祈願星增殖而成的星團，我們等於是在觀賞北方的天空。深世界藉由超越臨界開始侵蝕現實世界，就連原本只有一顆的祈願星，都被改造成廉價的星團了。

巴特看著諾特的側臉，似乎察覺到了什麼。他挪動屁股靠近諾特身邊後，被諾特喝斥一聲「太近啦」。

「我說啊，師父。那個耶穌瑪大姊姊在滿十六歲而離開琉玻利時，曾經告訴我一件事。」

巴特咳了一聲清喉嚨後，靜靜地開口說道：

「不曉得該怎麼做才好時，就去尋找可以成為路標的星星——她這麼說。」

諾特默默地聆聽著，藍色眼眸注視著北方的天空。

「我被北部勢力那些傢伙綁架，被迫在鬥技場工作，開始不曉得自己是為了什麼而活著的時候，遇見了師父。即使渾身是泥又沾滿了血，仍然不斷奮戰的師父，看起來就像星星一樣閃閃發亮喔。」

「看起來閃閃發亮？我嗎？」

諾特看向一旁的少年。那語調與其說是懷疑，更接近驚訝。

「對，看起來真的在發光喔。我心想，大姊姊說的星星一定就是這個人吧，因此決定要一直跟隨師父。」

「所以你才會這樣糾纏不休……我明明一直叫你別跟過來。」

看到很開心似的點著頭的少年，我忽然可以理解了。

巴特是個年紀還不到十五歲、非常普通的少年。他並非解放軍的幹部，並非擅長武藝，也不能使用治癒魔法。明明如此，他為何會一直待在諾特身邊呢？我一直覺得有點不可思議。只是跟諾特一起逃離鬥技場的話，應該不構成他跟到這邊來的理由。一旦待在身為解放軍首領的諾特身邊，想必會面臨許多試煉，也會碰到危險吧。

巴特一直以超越這些困難的熱度追逐著諾特。他相信耶穌瑪少女所說的「可以成為路標的星星」一定就是諾特。

「我覺得能跟師父一起來到這裡，真的是太好了。我並不後悔。師父也要找到你的星星喔。」

徒弟這麼說，一派輕鬆地拍了拍師父的肩膀。

諾特茫然地看著天空。直到在深世界道別之前，諾特的「星星」一直是他以前的心上人伊絲。碰觸到那個星星、斷絕留戀後回到這邊來的諾特，究竟該以什麼為路標才好呢？

看到依舊陰沉憂鬱的諾特，巴特吸了吸鼻涕，開朗地繼續說道：

「哎呀，真令人懷念呢。她是個知識淵博的大姊姊喔。她很喜歡聊傳聞。每次來這裡祈禱時，她都會告訴我很多事情。」

諾特像是忽然察覺到似的看向巴特。

「你家有富裕到買得起耶穌瑪嗎……？」

「不，不是喔。我家很窮。是管理這座墳場的大人物買了大姊姊。我家是在那個大人物的底下工作。」

究竟是回想起什麼呢？巴特露出惡作劇似的笑容，看向我們。

「那個大姊姊啊，是個胸部大到讓人嚇一跳的大姊姊喔。像是要挖洞的時候，視線不管怎麼樣都會飄到那邊去……不知道她過得還好嗎？」

諾特的表情僵住了，應該不是因為想像了**大到讓人嚇一跳的胸部**，浮現出下流的念頭。我跟他一樣。潔絲應該也一樣吧。

守墓人。星星。祈禱。爆乳。

一切都漂亮地連成一線。該不會……是那麼回事……

潔絲戰戰兢兢地詢問巴特：

「莫非……那位大姊姊的名字是布蕾絲小姐嗎？」

巴特一臉驚訝地回看著這邊。

「咦，為什麼潔絲妳會知道她的名字啊……？」

豬心加速起來。怎麼可能有這麼巧的事——雖然我這麼心想，但說不定這並非偶然。

我們在赴都的旅程途中救出的少女，布蕾絲。她成為我們的盾牌，在針之森喪命了。諾特跟我們分開後，回收布蕾絲的遺體，進行火葬後帶回了瑟蕾絲所在的村莊。

我在第二次轉移時，跟瑟蕾絲和薩農一起找到她的骨灰罈。骨灰罈上掛著銀製項圈。我一碰項圈，黑斑就像假的一樣消失無蹤，項圈恢復了原有的光輝。

布蕾絲直到最後一刻，都在祈禱我和潔絲的幸福。即使她本人的肉體已經死亡，她的項圈依舊確實記得我們的事情。

為了我們獻上生命的少女之祈禱，究竟一直持續到何時呢？說不定在諾特被囚禁於鬥技場時，她的祈禱也仍舊持續著。搞不好現在也……

教巴特去找出閃耀之星的人是布蕾絲。

在巴特眼中，諾特看起來在發光——假如這並非誇飾，而是布蕾絲造成的影響。

如果是布蕾絲的話語跟祈禱讓兩人相遇，那便並非偶然。

諾特笨拙地嚥下口水後，突然用力地抱緊了巴特。

「你……這樣啊，所以才會來我這裡……」

「咦？你怎麼啦，師父，怎麼突然像這樣……」

我看著一臉困惑地眨著眼睛的巴特，感覺到一種像是命運的存在。

我原本並不相信命運之類的。然而來到這個世界後，我學到了一件事。人的祈禱沒有足以改變世界的力量。不過，世界改變之際，其中存在著人的祈禱。各種祈禱推動了人，讓世界慢慢地轉向祈禱的前方。

我認為那個應該可以稱之為命運吧。

「巴特，我們認識布蕾絲。其實就是多虧了布蕾絲給我們的建議，我跟潔絲才能進入王都。」

「咦，是這樣嗎？大姊姊過得還好嗎？」

看到少年天真無邪地這麼詢問，要告訴他真相實在讓人於心不忍。

巴特似乎從我們的沉默中，敏銳地察覺到了答案。

「這樣啊……要是以前能更認真地聽她說的話，不要只顧著看胸部就好了……」

跟人交談的時候，要好好看著對方的眼睛說話，而不是盯著胸部喔。

是想要打破這種憂鬱沉重的氣氛嗎？潔絲用異常明朗的聲音向巴特搭話。

「布蕾絲小姐在這裡聊過怎樣的話題呢？」

巴特像是要回想起來似的仰望天空。

「我想想……像是女人一定會注意到盯著胸部看的視線，或是沒人看過赫庫力朋腐爛的屍體……該怎麼說呢，儘管有趣，但感覺都沒什麼用。」

「……會注意到嗎？」

我這麼詢問，於是潔絲毫不猶豫地立刻回答：

「會注意到喔。」

是喔……這不是很有用嗎？

潔絲稍微將身體向前傾，朝坐在諾特另一邊的巴特露出笑容。

「請讓我聽更多事情，因為我們沒能說到太多話。」

被潔絲這麼催促，巴特像是在思考似的撫摸著下顎。

「我想想，除了這些之外……對了，像是我大哥跟隔壁村不知道叫什麼的女生在草叢裡做這個那個之類的，或是某某人的主人其實不是病死而是被毒死，還有說這裡是歷史悠久的墳場根本是騙人的。哎，大多是這種街坊鄰居間的傳聞啦。」

有個情報讓人有些在意。

「……嗯？這裡不是歷史悠久的墳場嗎？」

我的質問讓巴特聳了聳肩。

「對。哎，不過那是大姊姊曾經這麼說，不曉得是不是真的啦。這個地方原本是跟對立的隔壁村莊的分界線，以前似乎是丟垃圾的地方喔。」

潔絲似乎察覺到了我的意圖。她追加問題：

「也就是說，這裡原本並非墳場嗎……？」

「你們想想，不知道是王曆幾年時，曾經在貝列爾河的這帶發生過會消瘦致死的奇怪流行病對吧。據說那時候一下子死了很多人，埋屍體的地方不夠用，才把原本用來丟垃圾的地方改建成墳場。」

「說到王朝時代在貝列爾河發生過的流行病……應該是九十年前的瘦死病吧。」

潔絲這番話讓諾特疑惑地歪頭。

「但那座慰靈塔的年代應該更古早吧？」

「是那樣沒錯啦，師父，但那個本來**不是慰靈塔，而是瞭望台**，是用來監視隔壁村莊的。上面有箭眼什麼的對吧？慰靈塔才不需要那種設計吧。」

的確，以慰靈塔來說，那實在過於粗獷，而且有太多多餘的構造了。

「可是啊，大家都不想把屍體埋在垃圾場對吧，才把那個當成是慰靈塔，這裡本來是垃圾場的事情，王朝似乎也當作沒這回事喔。雖然這些都是大姊姊的說法啦。」

先不提傳聞的真假，我有件事想先確認清楚。

「噯，潔絲，妳剛才說那場流行病是九十年前發生的對吧。」

「對……」

「拜提絲是哪一年過世的？」

「記得她應該是在四十三歲時過世……據說她是在二十五歲生子時創立了王朝……所以是王曆一九年，一一一年前的事情呢。」

「那樣不是很奇怪嗎？」

「對，很奇怪。」

諾特似乎還無法理解我們的疑問。他轉頭看向這邊。

「哪裡奇怪了？」

「因為琉玻利的這個地方是墳場，我們才會認為這裡跟『離開牢房後，到墳場為止』的歌詞一致對吧。」

「是沒錯啦……」

「可是，把最初的項圈隱藏起來、身為關鍵人物的拜提絲大人依然在世之際，**這裡還不是墳場**。貝列爾河的瘦死病是在拜提絲大人死後經過約二十年才發生的流行病。」

「那會變怎樣？」

諾特這個問題的答案，十分明確。

我們該做的事情還沒有結束。

我告訴諾特我們要先回去，然後邀潔絲一起出來。我們混入黑夜中，兩人單獨前往貝列爾河的碼頭。

「那個，豬先生，其他人呢……」

潔絲從後方呼喚急著趕路的我。

「我想跟潔絲兩人單獨行動。就只有偵探與助手一起先偷跑。」

「偷跑……」

「讓我們久違地來場解謎約會吧。結束之後就立刻回王都。」

我們抵達碼頭。有艘王朝軍的小型艇漂浮在陰暗的河川上。

我轉過頭一看，只見潔絲將手貼在胸前，目不轉睛地看著我。

「您想約會是嗎？」

「沒錯。像以前那樣，再次沿著這條河往上。讓人躍躍欲試對吧。」

潔絲點頭同意我這番話。

「……那當然。」

我跟潔絲借用了王朝軍的船，開始划向黑暗之中。

異樣的星空反射在平穩的水面上發亮，多到顯得幼稚的星星甚至有些耀眼。夜晚的大河上看不到其他船隻。船利用潔絲的魔力，輕快地沿著河川逆流而上。

「您剛才說要解謎……是要去尋找什麼呢？」

潔絲的這個問題，讓我回想起以前比比絲說過的話。

——現在世界變得非常奇怪對吧？假如這時又發生更糟糕的事情……我不禁有這樣的預感。

我一邊祈禱最糟糕的預測不會猜中，同時謹慎地挑選用詞。

「要找**毒蛇**。」

潔絲沒有再繼續問下去。她是察覺到我不想說出詳情吧。解謎之旅少不了旅人的祕密。

吹過河川的晚風十分冰冷。在彷彿沙發般的座位上，我依偎在潔絲身旁避寒取暖。從早晨持續到深夜的激烈尋寶之旅，讓大腦和身體都疲憊不堪。

「要前往哪裡呢？在抵達目的地之前，豬先生可以先休息一下喔。」

潔絲一邊撫摸我的頭，一邊貼心地這麼說道。但這麼說的她看來也很睏。

「總之先到哈路比爾。不過因為要掌舵，妳必須一直醒著才行吧。我也會醒著陪妳的。」

「請不用顧慮我。」

潔絲從長袍懷裡拿出小瓶子給我看，裡面裝著藍色液體。她打開蓋子後，緊閉雙眼將液體一飲而盡。

是魔劑，魔法使服用後會消費魔力，帶來戲劇性的醒腦作用。聽說自從前前任國王伊維斯死後，忙於處理王朝雜務的維絲就經常飲用魔劑。

「我是魔法使，所以可以靠魔劑保持清醒。但豬先生不能喝這個對吧？」

的確。修拉維斯曾說過並非魔法使的人飲用魔劑的話，牙齒會溶化、喉嚨會灼傷，還有胃會破一個洞。

「這樣啊……那在抵達哈路比爾前，我就恭敬不如從命，先小睡一下好了。」

潔絲露出微笑，拍了拍坐著的自己的大腿。

「我的大腿給您當枕頭。」

「可以嗎？」

「嗯。這樣一定也能消除疲勞喔。」

我也有這種感覺。

「真的可以嗎？」

「我不是都說可以了嗎？」

潔絲有些強硬地把我的頭拉近身邊，放在自己的大腿上。

視野橫躺下來，思考被打斷了。大腿的肌肉與脂肪柔軟得恰到好處。而且有種不可思議的感覺，比那種感觸更強烈地治癒了我的疲勞。

「魔法使的大腿枕似乎有消除疲勞的效果喔。請您好好睡上一覺喲。」

那種像H漫一樣的設定是怎麼回事啊……

「H漫……？」

「別放在心上。是島嶼的名字。」

如此說道後，我忽然想到一件事。

「這麼說來，潔絲，魔劑這東西不是對身體不太好嗎？」

潔絲一邊撫摸我的豬耳朵，一邊呵呵地笑著。

「就跟酒類一樣，少量飲用沒問題喔。是非常方便的飲料。」

「總覺得妳以前好像說過身體會癢癢的耶……」

暫時陷入沉默。

「嗯……其實我開始……覺得有點癢了。」

潔絲的左右兩條大腿在我的頭底下彷彿摩擦似的動了起來。

「呃，這樣妳還讓我躺妳的大腿，沒問題嗎？」

「沒問題的……大概？」

這是什麼H Game嗎？？？

「H Game？」

「別在意，這跟剛才的島名就類似兄弟關係。不過，繼續保持這種姿勢真的好嗎？妳的腳不會麻嗎？持續維持這種姿勢的話，也沒辦法處理妳那種癢癢的感覺喔。」

潔絲漲紅了臉，用雙手把我的頭按在大腿上。

「不用處理！您要是不快點入睡，我就要用魔法讓您昏過去嘍！」

我就這樣幾乎是強制地被迫入睡了。

——請到這邊……

在黑暗當中，有個聲音在呼喚我。像是蒙上一層霧的女人聲音彷彿回音般迴盪著。

伴隨著以前的記憶，我清楚地回想起來了。

這是布蕾絲的聲音。

她在告訴我什麼事嗎？我朝著聲音傳來的方向走去，可以看見光。

——請到這邊來……請快點回來……動作不快點的話……

在布蕾絲的聲音催促下，我加快腳步前往光芒那邊。

真希望她告訴我出口在哪。我說不定會吵醒毒蛇。

喉嚨突然被勒緊了，是冰冷的金屬項圈。儘管我用手抓住項圈抵抗，但可以感覺到有人從後面用鎖鏈在拉扯。

「不可以。」

可以清楚聽見的這句話是潔絲的聲音。潔絲握住鎖鏈挽留著我。她為什麼要這麼做呢？

「潔絲……好難受。」

「只要您不過去那邊就行了。」

我停下腳步，於是鎖鏈放鬆下來，喉嚨沒那麼痛苦了。

就在我這麼做的時候，光芒逐漸遠離。

——請快點回到這邊……

布蕾絲的聲音也逐漸遠離。為什麼……

「請您不要走。」

潔絲的聲音讓我依依不捨。我該前往哪邊才好呢——

「豬先生！」

我睜開眼睛。陰暗的天空、船隻的晃動與潔絲大腿的感觸，都一口氣回來了。

「已經早上了嗎？」

「還沒有早上……但豬先生發出很痛苦的呻吟……您現在感覺如何呢？」

我眨了眨眼。好像熟睡了一個晚上一樣，腦袋非常清楚。看來潔絲的大腿枕似乎真的有消除疲勞的效果。

「不，完全沒問題。反倒有精神到不行。」

潔絲一臉擔心地探頭看向我。

「您作了惡夢嗎？」

「這個嘛……是個奇怪的夢。」

潔絲的眼睛試探似的看著我。

「您說奇怪，是怎樣的夢呢？」

即使是會讀心的潔絲，似乎也無法看透我作夢的內容。

「是色色的夢，所以我說不出口。」

潔絲感到動搖似的發出「咦」一聲，接著說道：

「可是豬先生，您剛才叫了我的名字喔……？」

我發出聲音了嗎……

在我尋找藉口的期間，潔絲的眉毛感到可疑似的挑動起來。

「您該不會……是夢見跟我在做色色的事情吧？」

「不是那樣的。」

「那麼，就是跟其他人在做色色事情的夢呢。」

潔絲的臉頰氣呼呼地鼓起。我決定在事情變得複雜前先據實以告。

「其實是……我在夢裡聽到了布蕾絲的聲音。我一直反覆作著相同的夢。昨晚也是這樣，還有在船上差點昏過去時也是……」

「您是夢見了用布蕾絲小姐的大胸部在做色色的事情呢……」

這是誤會。

「別急著下結論。我說作了色色的夢是謊言。是我情急之下胡扯的。抱歉。」

我這麼安撫潔絲後，大略說明了夢境的內容。我告訴她自己聽見了布蕾絲的聲音，布蕾絲好像在催促我，以及我雖然想前往那邊，卻沒辦法前進的事情。

「布蕾絲小姐做了那樣的事嗎……她是否想告訴我們什麼呢？」

「不知道。」

儘管我腦海中已經浮現了一個可能性，卻覺得現在不是確認那個可能性的時候。為了確認，必須詢問兼人和薩農是否也聽見了同樣的聲音。

然而現在跟解放軍成員接觸會很不妙……

正當我這麼思考之際，潔絲「啊」了一聲，指著前方。

「豬先生，我們到嘍！」

我向潔絲的大腿道別，爬了起來。在繁星從縫隙間露出來的灰暗陰天底下，壯觀的石橋正逐漸靠近我們。河中島的左右兩邊各有一座。我有件想確認的事情。

「潔絲，前往右邊的橋吧。」

「我知道了。」

潔絲這麼說，將放在大型水晶球上面的手稍微往右移動。這個就是魔力的注入口，同時也是船舵。船隻緩緩地將前進方向轉往右邊。

石橋逐漸靠近。雕刻在上面的古風裝飾文字映入眼簾。

——哈路比爾。

原來如此。果然沒錯。

「豬先生……您注意到什麼了嗎？」

「對。是我們在這座都市漏看的線索。」

「咦咦咦！是這樣嗎？那個線索是能從這裡看見的嗎？」

她沒有問我線索是什麼東西，應該是想靠自己尋找看看吧。因為她是名偵探潔絲。

「沒錯。妳看到石橋，有沒有發現什麼？」

「石橋……有兩座。」

「對，妳說得沒錯。隔著河中島，在左右兩邊分別有南橋與北橋。」

「那就是線索嗎？」

「正確來說，線索是兩座橋的不同處。」

「不同處是嗎……雖然看來是一模一樣的形狀……啊！」

潔絲指著從沿著河川往西逆流而上的我們來看的右邊——也就是北邊的石橋。

「這邊雕刻著都市的名字『哈路比爾』，但南邊的橋沒有刻字！」

「正確答案。然後，妳知道這代表什麼意思嗎？」

「呃……都市的名字……只有一邊…………不，我還不明白。」

「我們下船確認看看吧。」

我刻意不說出答案，等待船停下來。潔絲細心地掌舵，讓船停泊在河中島那邊的碼頭，是之前鎖鏈的線索延伸到的地點。

潔絲迫不及待似的下了船。我也跟著下船。

「要思考一件事情——我們一直沿著鎖鏈的道路前進的過程中，有沒有什麼錯誤？」

潔絲一邊沿著石板路前進，同時將手貼在下顎思考起來。

「豬先生認為過程中曾經出錯呢。」

「對，沒錯。我們就是在這裡弄錯的。」

非常自然地被藏在碼頭角落的生鏽鎖鏈。

「拜提絲拿著的鎖鏈在這裡掉入河中。前方只有錨而已，所以我們推測鎖鏈的去向應該是河川的上游或下游其中一邊。」

「咦，如果說那就是錯誤……咦咦咦，究竟是怎麼一回事呢？意思是鎖鏈的去向跟河川的方向無關嗎？」

潔絲陷入混亂。應該不用多久時間就能解決了吧。我給她提示。

「不，跟河川相關這點是正確的。問題在於方向。」

「我們有上游或下游這兩個選項，結果在下游那邊找到了線索……」

「先暫且忘了這之後的線索吧。我們沿著火刑古城的鎖鏈來到了這個碼頭。那麼，我們該前進的方向是上游還是下游呢？」

潔絲認真地思考著。彷彿可以從她細緻的金髮底下聽見大腦在運轉的聲響。

「……鎖鏈的終點與其說是河川，不如說是碼頭。」

「是啊。」

「船隻會前往上游或下游的其中一邊。假如這個碼頭以前曾經只用來前往上游或前往下游……就能推測出應該前進的方向才對！」

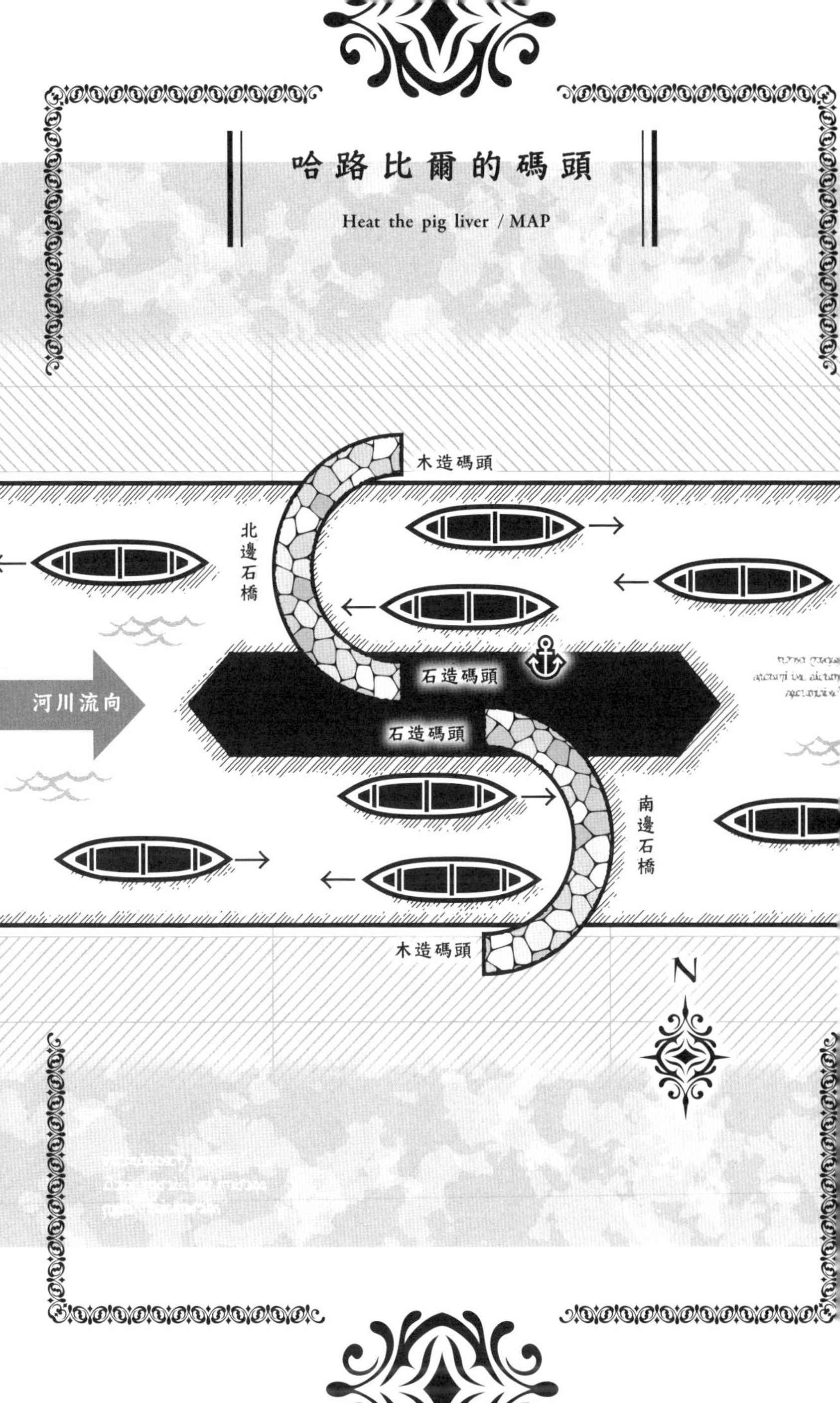
哈路比爾的碼頭
Heat the pig liver / MAP
木造碼頭
北邊石橋
石造碼頭
河川流向
石造碼頭
南邊石橋
木造碼頭
N

「我也這麼想。然後，有幾個線索明確地指示出那個方向。」

潔絲唸唸有詞地思考起來。

然後她似乎終於推論出了答案，表情浮現驚愕的色彩。

「**答案是上游方向**。」

她指的不是有電擊屍體的天達爾那邊，而是我們之前選的西方。

「妳為什麼會這麼想？」

「因為卸貨的方向。船隻會從左舷卸下貨物。**如果將左舷靠在這個碼頭，船隻前往的會是上游方向**。」

這點我也在抵達哈路比爾時確認過了。河川是從西往東流。南邊的石橋底下有往下游的船停靠在河中島這邊，對岸則是有往上游的船靠岸。儘管一般是右側通行，但為了在左舷卸貨，只有這裡是相反的。

「妳說得沒錯。還有現在雖然增建了木造碼頭，但推測在拜提絲時代也有的古老碼頭只有河中島那邊才有呢。」

只要看向對岸，就能看見後來增建的木造碼頭。我們站著的地方是古老的石造碼頭。

「以前船隻保持右側通行造訪哈路比爾，往上游的船是利用位於前進方向右側的河中島北邊碼頭，往下游的船則是利用位於前進方向右側的河中島南邊碼頭。所以**應該只有往上游的船會來到北邊這座石橋**才對。」

「……原來如此。如此一來，貨物就會全部集中在河中島。或許這樣比較方便收取關稅之類的吧。」

潔絲似乎可以理解。

「然後，證實我們剛才這番推論的證據，就是刻在橋上的都市名字。」

我的這番發言，讓潔絲露出有些傷腦筋的表情。

「那個……我還不明白為什麼只有北邊這邊的石橋刻著都市的名字……」

「我們過去確認看看吧。」

我跟潔絲一起爬上河中島，沿著直到剛才仍在仰望的北邊石橋走到了中間。

從下游方俯視石橋側面的話，可以看到「哈路比爾」的文字。

「這就是我們剛才看到的文字呢。那麼另一邊是什麼情況呢？」

我們橫跨石橋，這次確認了上游方。

「沒有文字呢……」

「對吧。接著來確認南邊石橋吧。」

我們走下橋，橫跨河中島過南邊的橋。我們首先確認下游方，然而就跟剛才看到的一樣，那裡並未刻著文字。我們橫跨石橋，確認上游方。

「啊，找到了！跟北邊石橋的下游方一樣呢！」

那裡可以看見古風的「哈路比爾」的裝飾文字。

「其實跟約書一起前往上游方之際，我就是在看這個。我還記得自己覺得只有其中一邊刻著都市名字這點有些不可思議，因為妳之前沒有確認過從上游方看起來是什麼樣子，才會不明白為什麼吧。」

「是的！現在看到這個，我總算能夠理解意思了！」

潔絲雀躍地架起雙手，彷彿機關槍似的說道：

「這個文字在北邊石橋只有下游方才有，在南邊石橋只有上游方才有。刻在石橋側面的文字，是為了給船隻看的！」

潔絲看來很開心地指著石橋的左右兩邊，同時進行說明：

「如果要刻字，照理說**會刻在從船上往前進方向看時，能看見都市名字的地方**。從這件事可以得知鑽過北邊石橋的船是往上游前進；相反地，鑽過南邊石橋的船則是往下游前進！」

「妳說得沒錯。這座石橋底下以前是單行道，鎖鏈之謎跟河川流向並沒有關係。如果想指示線索在下游方，拜提絲應該會把鎖鏈延伸到往下游的船會通過的南邊石橋。之所以把鎖鏈延伸到河中島的北邊，只可能是要我們**往上游前進**的意思。」

我們立刻回到船上，開始航行至上游方，也就是西邊。

下一個線索應該不是小型的雕刻，而是某種大型建造物吧。因為鎖鏈的**終點**並非河川，而**是**

前往上游的碼頭。只要搭船前往上游，肯定就能知道些什麼。

「可是，假如真正的鎖鏈的道路是通往這邊……」

潔絲將手放在船舵上，就那樣以雙眼看著前方，一臉不可思議似的思考著。

「在天達爾和琉玻利看到的線索，究竟是怎麼回事呢？」

「可以鎖定出兩種可能性。」

「咦咦咦，是這樣嗎？請您告訴我！」

潔絲一臉驚訝地轉頭看向這邊，讓我感到有些過意不去。

「第一個可能性，那是拜提絲準備的東西。第二個可能性，那是拜提絲以外的某人準備的東西。」

潔絲愣愣地張大了嘴。

「這麼說是沒錯……」

「抱歉，這是理所當然的呢，卻是很重要的事。琉玻利的那座慰靈塔，並非鎖鏈的道路指示的目的地。前面在天達爾找到的線索也是假的。假如是拜提絲準備了那條死胡同，理由是什麼？假如是拜提絲以外的某人準備了那條死胡同，理由又是什麼？還有那個某人究竟是誰呢……有必要思考這些。」

「如果最初的項圈並沒有被藏在那座慰靈塔裡……梅密尼斯先生會在琉玻利亡故這件事，也有點不可思議呢。」

「是啊，有一堆不知道的事情。」

我看向前方。河川慢慢地往右邊——也就是往北邊彎曲，我們正好通過了回憶中的地點。這一帶是我們在以祈願星為目標的旅途中也曾經過的地方。是前往妖精沼澤的那天晚上，因為白蘭地而喝醉的潔絲差點被自戀男搭訕的地方……

「走吧。所有答案都在真正的鎖鏈的道路前方。」

我的腦內浮現了幾個直覺的推論。不過無論哪種可能性，老實說都是我不太想去思考的，更遑論說出口了。

真相一定是怪物的模樣。

「我們走吧。兩人一起去查明僅有一個的真相吧！」

聽到潔絲這麼說，我點了點頭。

「是啊，說得對。接下來才是重頭戲。」

然後，我們發現了第三個線索。

我們從哈路比爾以高速沿著貝列爾河逆流而上三小時。位於從貝列爾河往北延伸的運河分歧點上的城市，架著大型石橋。那座橋的形狀很眼熟，跟哈路比爾的雙胞胎石橋其中一座幾乎是相同形狀。

我們走下船，前去調查石橋。夜晚即將結束，天空開始變得明亮起來。

「這裡是個叫做普藍斯貝特的城市——是運河的入口城市，那條運河通往最北邊的穆斯基爾。」

潔絲一邊協助我下船，同時這麼告訴我。

我們稍微前進，從側面觀察石橋。

「大部分都被地錦給覆蓋住了呢……」

石橋下游方的側面被翠綠的地錦葉子密密麻麻地覆蓋。沒看到以枯萎狀態殘留下來的藤蔓，看起來不像是從古早之前就覆蓋在上面的，似乎是最近才長得這麼茂盛。

「線索說不定就在這底下。妳能除掉這些地錦嗎？」

「包在我身上。」

潔絲這麼鼓起幹勁後，環顧周遭。現在是早到太陽還沒出來的時段，沒看到任何人影。

「火力稍微調高一點也沒問題吧……炎術・燒夷。」

大約五發冒出黃色火焰的燃料彈，從潔絲手裡發射而出。燒夷彈破裂後，廣泛地覆蓋住纏繞在橋上的地錦。火焰緩緩地燃燒……然後慢慢地變弱消失了。

「咦……」

潔絲不禁動搖並發出咦的一聲。因為在火焰消失的地方，殘留著儘管沾上煤灰，卻跟被火焰籠罩前沒兩樣的地錦。

「真奇怪啊，這是怎麼回事？」

「我想恐怕是……這些地錦被魔法守護著，以避免受到傷害。」

「是深世界的影響嗎？」

我一邊想起在哈路比爾被植物覆蓋的噴水池一邊這麼說，於是潔絲一臉疑惑地陷入沉思。

「要讓可燃物變得不可燃，需要一定程度的魔力與技術。如果有人的願望是無論如何都想保護這些地錦，或許另當別論就是了……」

「有那樣的人存在嗎……這個完全沒辦法處理嗎？」

潔絲有些自豪似的露出微笑。

「使用魔法火焰看看吧。如果是同等程度的抗性魔法，我想應該能消除。」

潔絲將十指交叉並轉動手腕後，把手擺成類似龜派氣功的形狀對著地錦。

「炎術・劫火（Flamma Apokeere）。」

白熾的可怕火焰彷彿火焰噴射器從潔絲手中噴射出來，是在白色中四處摻雜著紅色的異樣火焰。火焰看似擁有意志的蛇般一邊扭動，一邊開始包覆住地錦。

「相當棘手呢。」

潔絲加了把勁，火焰的量猛然增加了。地錦總算開始燒了起來。

「不可以亂碰喔。這種火焰會把豬先生連肝臟的髓都燃燒殆盡。」

肝臟沒有髓質耶……

「原來妳能使用這麼可怕的魔法啊。」

我的驚訝讓潔絲一臉自豪地挺起含蓄的胸膛。

「對呀。所以說豬先生，您可不能惹我生氣喔。」

潔絲被白色火焰照耀的側臉上，刻下形成對比的黑暗陰影。

「我是開玩笑的……」

就在我們這麼閒聊時，潔絲的火焰將地錦燃燒殆盡了。原本覆蓋住石橋的葉子全部變成細小的灰燼，逐漸能看見本來的表面。

首先，位於石橋側面正中央的是錨的浮雕，跟我們在哈路比爾從河川裡撈起來的錨形狀完全相同。

「這……不會錯的。」

從錨的上端往右邊方向刻著粗壯鎖鏈的浮雕。

我們有些興奮地沿著浮雕前進。鎖鏈的末端延伸到橋的旁邊，在浮雕的終點釘著真正的生鏽鎖鏈。

鎖鏈藏在石板路的溝裡，連接到城市中。

「我們走吧。」

在潔絲說完前，我們兩人便邁出步伐了。

雖然普藍斯貝特並非很繁榮的城市，但有好幾棟彷彿工廠般巨大的平房林立。看來是個作為運河的入口，以及工業地區一直靜靜地發展之處。

我們沿著河邊的道路追尋鎖鏈，抵達郊外的巨大廢墟。

那是一棟奇妙的建築物。五棟細長的平房配置成放射狀，就像是張開的手心。無論哪棟平房都是紅磚建造，而且沒有窗戶。周圍布滿巨大的圍牆。

鎖鏈的終點停在圍牆前。我們仰賴潔絲的魔法，讓身體飛起來越過圍牆，闖進了領地內。

紅磚建築已經整個泛黑髒掉。不過或許是多虧了有計畫的左右對稱構造？整體來說仍保持著井然有序的氛圍。

我們率先進入以手來說相當於手心的地方，也就是五棟平房聚集的中心部分。

生鏽的青銅門扉輕易地敞開，引誘我們進入奇妙的空間。潔絲點亮魔法光芒。

那裡是個圓形的大廳。背對入口的話，可以看見有五個通往黑暗的開口部按照等間距並排著。那些開口部大概分別連接著相當於手指的平房吧。

「這地方是用來做什麼的呢……」

潔絲輕輕地將右手伸向前方，於是又多出現五顆光球，各自以相同速度飛向五個黑暗。白色光芒照亮出五條長長的走廊，無論哪條走廊都在兩邊的牆壁上以等間距並排著金色牢房。

「金牢房……記得這是用來關住魔法使的吧。」

「對。去確認看看吧！」

潔絲首先選了最右邊的走廊，我也跟著過去。金牢房裡面十分簡樸，沒有窗戶的空間裡只有金色項圈，與將項圈繫在牆壁上的金色鎖鏈而已。項圈跟耶穌瑪的項圈不同，似乎可以透過鉸鏈來開關。無論哪間單人牢房都設置著這種項圈。

「項圈與鎖鏈……最初的項圈是否就在這裡呢？」

「還不曉得呢。再多看些地方吧。」

我們沿著走廊從頭走到尾，卻只有同樣的單人牢房不斷延伸下去而已，並沒有什麼特別的項圈。無論哪間單人房都沒有值得注意的東西，只有偶爾會看到乾掉的動物屍體和疑似人骨的小型骨頭掉落在房間裡。

「這裡是容納這麼多魔法使，對他們做什麼的場所吧。項圈的用途是什麼？」

我這番話讓潔絲思考起來。

「這點讓人很在意呢……倘若是一般監獄，不會有這樣的項圈……假設是用來拘束身體的東西，但要是能破壞牢房的魔法使，應該也能破壞項圈吧……至於給無法破壞牢房的魔法使又多戴上一個項圈，總覺得沒什麼效率。」

「也就是說，這個項圈並非用來拘束人的嗎？」

「說不定是那樣。假如有其他用途……」

潔絲似乎注意到了什麼，進入一間敞開的牢房。她戰戰兢兢地拿起項圈後，猛然一驚地放開了手。

項圈發出喀鐺喀鐺的吵鬧聲響，滾落在地板上。

「怎麼了，妳還好嗎？」

「嗯……這個項圈，該怎麼說呢——」

潔絲像是想起討厭的事情，微微蹙起了眉頭。

「該怎麼說……？」

「那個……跟耶穌瑪的項圈有相同的感覺。」

原來如此，潔絲會表現出厭惡感也是理所當然的。

「所謂的相同感覺，是指那種魔力和自我中心主義被壓抑下來的感覺……對嗎？」

「正確來說，是一種魔力被吸走的感覺。因為耶穌瑪的項圈是隨時在吸取耶穌瑪的魔力，阻礙她們發動魔法、抑制自我中心主義，以及傳送位置資訊的東西。」

「原來如此……那麼這個項圈是跟耶穌瑪用同樣的機關，封印住魔力的東西嗎？」

出乎意料的是，潔絲搖了搖頭。

「自從會使用魔法之後，我變得能在某種程度上感覺到魔力的流動了。儘管這個項圈會吸取魔力，卻不會將吸取的魔力儲存起來，而是把魔力原封不動地傳送到鎖鏈那邊。」

潔絲的雙眼目不轉睛地注視著埋在牆壁裡的鎖鏈。看來鎖鏈似乎不只是被釘在牆壁裡，還延伸到牆壁的另一頭。

「這條金色鎖鏈的前方會有什麼呢？」

我思考起來。每間單人牢房都有準備一個的項圈，並排著那些單人牢房的漫長走廊，還有那些走廊延伸成放射狀的建築物。

「如果單純一點來想，這些鎖鏈應該會漸漸會合起來，然後聚集成一條吧？」

我的想法讓潔絲有些驚訝似的瞠大了雙眼。

「咦，您怎麼會知道這種事呢？」

「是看建築物的形狀。有許多項圈並排著的走廊，然後那些走廊會在一個地方聚集起來的構造。如果比喻成一棵樹，單人牢房的項圈就是葉子，這些走廊是樹枝，建築物整體則是樹木——是朝著樹幹逐漸聚集起來的構造。考慮到這裡有把從項圈吸取的魔力在某處整合成一體的機關，應該是很合理的形狀吧？」

「原來如此……那麼，魔力的目的地是……」

潔絲的視線看向前方。

「對。一定就是剛才那棟中央的建築物。那裡說不定有什麼線索。」

我們回到中央部的大廳，探索著周圍。此時，潔絲注意到一件事。

「地板的磁磚……只有正中央這塊四角形的石材非常大呢。」

潔絲一邊說，一邊將雙手往上擺動，於是地板嘎吱作響。她注意到的四角形石材變成了上掀門。門被她的魔法舉起來，在嘎吱作響的同時，像是張大嘴似的打開了。

裡面有通往地下的通道。

隧道狀的階梯建造得十分寬敞，我跟潔絲甚至能綽綽有餘地並肩行走。我試著聞了聞地板和潔絲的腳，但除了美少女的肌膚香氣外，沒有特別值得一提的氣味。

階梯前方是大概壁球場規格的潮濕地下室。

地板、牆壁和天花板都被有霉味的磚塊覆蓋著，天花板上開了一個大大的洞。附帶椅背的氣派木製椅子隔著一段間距被排列著，無論哪張椅子都連接著從天花板的洞口垂落下來的金色鎖鏈。

從天花板的洞口垂落下來的鎖鏈，只有一條外觀與眾不同——是生鏽的鎖鏈。生鏽的鎖鏈連接到房間最深處——拜提絲像的右手上。

「就是這裡呢。不會錯的。」

雖然並非有誰在，但潔絲輕聲細語地如此低喃。就連那小小的聲音，也在地下室裡面迴盪了好幾次。

「這椅子是用來做什麼的呢？」

我跟潔絲一起觀察椅子。不管哪張椅子的椅背都在上部附帶像是把打蛋盆翻倒過來的金屬半圓球，此外，前方的椅腳還設有金屬腳鐐。從天花板延伸下來的金鎖鏈被連接到將半圓球與腳鐐串起來的複雜金屬零件上。

「別碰。」

我警告想伸手碰觸金屬部分的潔絲。

「我看過類似的東西……這是用電擊將人處死的道具。」

「處死……」

「就是像雷擊一樣，將電流從頭部的金屬傳送到腳上的腳鐐。」

簡直就像在配合我說話的時機，銀白色閃電竄過潮濕的木頭表面。發出了啪哩的放電聲響，迴盪在牆壁和天花板上。

緊接著一旁的椅子也啪哩啪哩地放電了。潔絲感到害怕地往後退。

「開在天花板上的那個洞口前方有什麼呢？」

聽到我這麼說，潔絲將魔法光送到天花板。洞穴裡面被照亮了。

只見那裡有一條像是用來拴住大型船隻的粗壯鎖鏈，這條鎖鏈的表面也塗抹了金。

「說不定……吸取魔力的項圈就是連接到那條大型鎖鏈上，然後在這個房間裡從鎖鏈中取出魔力，變換成雷電吧。」

「原來如此。也就是說，剛才那些附帶鎖鏈的項圈收集起來的魔力，會透過大型鎖鏈更進一步地被搬運到某處啊。」

「恐怕就像是您說的那樣吧。大型鎖鏈前方有很多工廠。說不定以前是利用那些魔力在工廠生產某些東西。」

我可以理解了。簡單來說，這棟像五根手指的建築物就類似會從魔法使身上榨取魔力的發電廠，然後從那邊引進一部分魔力，在這間地下室用來將人處死。

「逃走的棕熊爬上樹，被天空劈打死掉了——跟鎖鏈之歌的歌詞也一致。首先可以確定第三個地點就是這裡，不會錯吧。」

「……我好像開始可以理解豬先生在天達爾曾說過的話了。」

潔絲看來大受震撼似的盯著用來將人處死的椅子。

「拜提絲大人挑選的地點，該怎麼說呢，無論哪個地點都十分殘酷，但又具備機能性……」

「很性感對吧？」

「是的。真的……非常性感。」

妳明白就好。

「大聖堂的地牢、古城的拷問房間，還有這個處刑場，無論哪個遺產都很適合用來表現以前的生命有多廉價和人類有多殘酷。只要去思考拜提絲為什麼會選擇這樣的地點，不覺得好像可以明白她為什麼要特地讓我們去解這種謎題嗎？」

聽到我這番說明，潔絲深深地點頭表示理解。

「對……我們會來解這個謎題，是**因為想要找到最初的項圈**。但拜提絲大人她……應該是**不希望我們使用最初的項圈**吧。」

「我也這麼認為。要使用最初的項圈，便表示會將許多魔法使解放到世上。一個搞不好，魔法使可能會開始鬥爭並互相殘殺，說不定會倒退回甚至建造出這種性感設施的暗黑時代。這大概是拜提絲在警告我們『即使拿到最初的項圈，也不要使用』吧。」

「那麼，倘若最後是墳場在等著我們……」

「那個地方應該也相當性感吧。」

「說得也是呢……」

潔絲這麼說道後，像是忽然想到似的看向我。

「可是，假如這場解謎是為了警告我們不要使用最初的項圈，拜提絲大人就沒有理由製造出天達爾與琉玻利這兩條岔路呢……因為假的岔路根本不具任何嚇阻作用。」

她指出了重點。

「是啊。那麼，要討論的就是究竟是誰，為了什麼製造出那些岔路。」

「……究竟是誰呢？又是為了什麼呢？」

潔絲看來十分在意。我在她面前一邊說，一邊進行思考。

「如果岔路並非拜提絲刻意安排的，那恐怕就是為了誤導我們。犯人是不想讓我們找到最初的項圈的傢伙，跟用地錦把橋的圖案隱藏起來的是同一個人吧。」

「那些地錦受到魔法保護，所以那位人物是魔法使……而且地錦看來相當新，因此一定是還在世的人物……」

「對。那傢伙完全解開鎖鏈之歌的謎題後，用地錦把連接到第三個線索的那座橋隱藏起來，故意讓我們前往錯誤的方向。」

我看向潔絲。

「知道這麼多資訊的話，也開始能明白那傢伙是怎樣的人了。」

「咦？」

「妳還沒發現嗎？我們為什麼會以為那邊的岔路才是正確的？」

「呃……因為有拿著鎖鏈的拜提絲大人像，而且……啊。」

潔絲敲了一下手。

「**因為犯人準備了很多遺體**。」

「沒錯。我們是為了追查胸口刻有血之十字的屍體而前往天達爾的，注意力都放在比擬鎖鏈之歌內容的連續殺人案上，沒有懷疑過那個殺害現場的合理性。」

儘管不甘心，但犯人欺騙我們的手法十分俐落且漂亮。

「那起奇妙的連續殺人案，是**為了誤導我們去追查屍體，前往錯誤的地點**。」

「也就是說，準備了假的線索，以及將這座都市的橋藏起來的人都是……」

我點了點頭。

「就是準備了屍體放在我們面前的魔法使——十字處刑人。」

問題在於，那人是否真的是梅密尼斯。

我們很輕易地查明了最後的隱藏地點在哪座城市。

我們利用潔絲的魔法，讓從拜提絲像的右手延伸出去的鎖鏈發光並循線追查，發現鎖鏈來到五根手指的建築物屋頂。我們更進一步地沿著那條鎖鏈追查下去，只見鎖鏈連接到從右邊算起第二棟的平房屋頂上，然後沿著屋頂筆直地延伸到建築物的外圍。

我們爬上屋頂，然後注意到了。建築物整體的形狀就像把四爪的錨壓扁一樣。

鎖鏈延伸出去的平房走廊正好是往南北延伸的長條形，鎖鏈面對的方向則是北方。朝陽升起到東邊的天空，運河的水面反射著陽光，閃閃發亮著。運河延伸的方向跟擺放著鎖鏈的平房座向恰好都是北方，是現在看不見的祈願星所在的方向。

彷彿指示著這點，生鏽的鎖鏈前端附帶一個小小的鐵板，大致是個菱形，各邊都稍微往內彎曲。與潔絲的耳環是相同形狀——據說這在梅斯特利亞是象徵星星的符號。

根據潔絲所言，位於北方的城市中，正好有那麼一個值得注目的地點。

就是梅斯特利亞最北邊的城鎮，穆斯基爾。**殘留著祈願星傳說的地點**。

因為運河不允許小型船隻航行，我們搭乘早上的船前往穆斯基爾。雖然花了一點時間，但我們在日落前抵達穆斯基爾的港口。

面向北邊大海的海灣城鎮被破壞得慘不忍睹。磚造倉庫跟白牆住宅幾乎都倒塌、燒焦，而且熔化了。是在火災後的廢墟裡尋找老鼠嗎？蒼鷹在我們頭頂上不停地盤旋。

之前暗中活躍的術師為了捕捉逃亡的修拉維斯王子，把這個城鎮化為了火海。修拉維斯是追著潔絲才來到這裡的，所以這起不幸的事故也跟我們有關。看到面目全非的街景，讓人內心非常沉重。

只不過，有幾片白色船帆在港口隨風搖曳著。也有用木材和布料修補後繼續使用的建築物，生活的光芒流瀉在暮色中。這裡曾是吹著北風的平靜港都，偶爾能感覺到人的氣息這點讓我十分高興。

我們隱約已經知道了目的地。因為我們能夠猜想到在穆斯基爾的古老建築物中，跟星星相關，而且感覺是拜提絲會選上的場所是哪裡。

白色街景中的坡道被傍晚的光芒染成了淡紫色，我跟潔絲兩人一起沿著那坡道往上爬。周遭的房屋都消失後，我們來到了白堊質的陡峭懸崖上——是穆斯斷崖。跟這個斷崖有些距離的岩地上孤伶伶地蓋著一間小聖堂，那間小聖堂被塗成跟懸崖一樣令人大吃一驚的純白。

少女聖堂。這是拜提絲為了讚揚民間故事中叫做阿妮菈與瑪爾塔的少女，所建造的聖堂。即使經歷了那場戰火，聖堂也依然用跟我們以前造訪時沒兩樣的模樣佇立在那裡。

進入裡面後，遠方的海浪聲低沉地迴盪在安靜的空間中。色彩鮮明的壁畫圍繞著禮拜用的長椅。壁畫描繪的是阿妮菈與瑪爾塔關於祈願星的悲劇。

「沒有任何人在呢。」

潔絲一邊眺望著壁畫，一邊走向正面的祭壇。那裡擺放著拜提絲像。將左手貼在胸前，筆直地高舉右手的女性雕像。

「這裡的拜提絲像果然沒有拿著鎖鏈啊。」

我們在祭壇前停下腳步。拜提絲像的純白右手彷彿想要碰觸天空似的伸長手指，並沒有像之前那些雕像一樣握著生鏽的鎖鏈。跟記憶中一樣。

「或許是壁畫裡有什麼線索呢。」

「說得也是，可能是墳場或鎖鏈嗎……來尋找看看吧。」

粉彩壁畫將兩名少女的悲劇按照順序排列著。

感情融洽的幼年時期。瑪爾塔得了會綻放鮮血之花的疾病而倒下。阿妮菈向星星祈禱，希望瑪爾塔能康復。

儘管如此，瑪爾塔的病情仍然不斷加重，阿妮菈去探望病危的瑪爾塔。阿妮菈在夜晚中撿到了一顆閃耀的星星──那是一顆魔法之星。但魔法沒能趕上，瑪爾塔病死了。

阿妮菈買了紅色的布將星星隱藏起來。看到阿妮菈帶來的星星，魔法使驚愕不已──因為星星蘊含著能夠獲得永恆生命的魔法。阿妮菈卻把那樣的星星包在紅布裡拋向空中，最後跳崖自殺。

讓人印象特別深刻的，果然還是離祭壇最近的最後一幅壁畫吧。

兩名少女在懸崖上的草地並肩坐著。並非笑臉也非哭臉，而是露出彷彿在觀賞美麗繪畫的表情，眺望著夜空的星星。是在北方天空閃耀著紅色光芒的星星──祈願星。

星星在這裡也是描繪成跟潔絲的耳環相同的形狀。星星是用來許願的，所以這個符號一定也是祈願的象徵吧。從最初與潔絲相遇時起，就一直看著的東西──想不到居然會像這樣現在才總算察覺到它的意義，實在令人感觸良深。

潔絲注意到我的視線，也在那幅壁畫前停下腳步。

「她們兩位最後又能待在一起了呢。」

「既然星星是紅色的，就表示以時間序列來說，這是阿妮菈將星星拋向空中後的場景。兩人應該在死後的世界再次相逢了吧。」

「嗯……」

阿妮菈與瑪爾塔儘管處於彼此都會映入眼簾的距離，卻保持著要互相依偎稍嫌遠的間距並肩坐著。兩人放在草地上支撐著身體的手好像會互相碰觸似的，卻沒有碰觸到。

……嗯？

這時，我發現了讓人懷疑起自己眼睛的東西。

從豬的視角能看見的不是只有飼主的內褲，也能看見倘若是人類，必須匍匐在地才會注意到的位於牆壁低處的東西。

「您發現什麼了嗎？」

潔絲一邊按住裙子防禦，同時在我身旁蹲了下來。

「這裡……兩人的手中間。」

在以綠色描繪的雜草中，含蓄地擺放著鐵鏽色。仔細一看，阿妮菈與瑪爾塔兩人的小指也有同樣的顏色。褪成紅褐色的那顏色具備規律的模式，看起來不像是汙漬。

看來似乎是細長的鎖鏈。生鏽的鎖鏈連接著兩人的小指。

「這是……！」

潔絲將手貼在地板上，調整成跟我一樣的視線高度。褐色眼眸入迷地觀察著兩人的手中間。

「不會錯的，豬先生，這是鎖鏈！」

潔絲興奮得閃耀發亮的臉面向了這邊。重力讓她的胸口產生了縫隙——

「那個，您之後可以盡情地看我的胸部，所以現在請您集中精神在壁畫上面。」

我可以盡情地看嗎……

「抱歉。這究竟是怎麼一回事呢？鎖鏈將兩人連結起來……」

「是表示兩人的關係怎樣都切不斷嗎？」

我曾聽說過日文的「孽緣」一詞原本是「鎖緣」（註：「孽緣（くされえん）」跟「鎖緣（くさりえん）」在日文中發音近似）——意思是宛如鎖鏈般連結在一起，切不斷的緣分。

阿妮菈之所以捨棄奇蹟之星，在瑪爾塔去世後跟著走了，是為了這條鎖鏈嗎？

潔絲試著用手指摸索壁畫的鎖鏈部分，卻沒有什麼事情要發生的跡象。

「感覺好像是什麼線索……您怎麼看呢？」

我看著眼前的壁畫，思考起來。

「假如拜提絲認為阿妮菈與瑪爾塔之間存在著鎖鏈——那麼拜提絲讓人在其他壁畫中也畫出鎖鏈，好像也不奇怪啊。」

我站起身，立刻到處確認圖畫。

但我的推測落空了，其他壁畫上沒看到類似鎖鏈的東西。

「說不定她只有讓人在死後世界的壁畫上畫出鎖鏈呢。」

潔絲一邊這麼推測，一邊沿著小聖堂繞了一圈環顧周圍。

潔絲的視線停留在祭壇那邊。

「怎麼了？」

「不，我只是突然想到一件事。」

潔絲走到祭壇前，用魔法光芒照亮內部。

「雖然因為拜提絲大人的雕像而變得不太引人注目，但裡面也放著阿妮菈小姐與瑪爾塔小姐的雕像。」

在白色光芒照耀之下，蒙上灰塵的木製雕像映入眼簾。左右兩邊各有一座將身體靠在內部牆上的少女雕像——兩人一起抬頭仰望著描繪在天花板附近的星星，是阿妮菈與瑪爾塔，半身與牆壁融為一體。然後兩人中間的牆壁描繪著勾勒出U字形的細長鎖鏈，鎖鏈兩端分別連接在兩名少女的小指上。

「果然這裡也有鎖鏈！」

潔絲輕輕地碰觸壁畫，摸索著將兩人連接起來的鎖鏈。

我一開始搞不清楚發生了什麼事情。牆壁中央出現一條縱向直線，然後直線擴展開來，轉變成黑暗。

裂成兩半的牆壁，朝著內部一聲不響地打開了。

「是隱形門嗎？」

冰冷的空氣吹向我們的臉。看來似乎有條往下的通道。

從黑暗中飄來的風，蘊含著一種比溫度更加不祥的冰冷感。

隧道前方是個宛如洞窟般的地下空間。光源只有飄浮在我們周圍的魔法光芒，但空間寬廣到就憑這樣的光芒無法照亮整體。以地下空間來說，天花板也相當高，被好幾根粗壯的柱子支撐著。牆壁和柱子是將白色圓石整齊地堆積起來建造而成的。儘管是相當原始的建造法，但整體來說是個循規蹈矩的構造，作為建築物給人一種美麗的印象。

從四面八方傳來人在耳語的聲音。無法構成話語的那些聲音，彷彿拍打著懸崖的波浪聲，但那確實像是人類的聲音。

「地下居然有這樣的場所……」

潔絲發出的聲音讓我產生一種安心感，同時我感受到某處飄來的視線，於是轉過頭去。

沒有任何人在。是我的錯覺嗎？不，我總覺得豬的廣闊視野確實捕捉到了某種類似視線的東西。

察覺到那種視線的真面目後，我震驚不已。

「潔絲，妳快看……這些牆壁和柱子的材料。」

我走近一根感覺剛好的柱子。從那裡回望著我們的是人類的頭蓋骨。

不只是頭蓋骨。各種大小的骨頭堆積起來裝飾著柱子。看起來像是白色圓石的東西，其實全都是人骨。我環顧周圍，只見無論哪面牆和哪根柱子，都是同樣的裝飾。將所有骨頭合計起來的話，應該會是好幾千人、好幾萬人份吧。

耳語聲似乎是從那些骨頭的縫隙間傳來的。

潔絲出乎意料地冷靜觀察著人骨堆積起來的柱子。

「是地下墳場呢……我曾在書上看過，暗黑時代以前，在人口還很多的時代，因為重視效率，經常會採用這種埋葬方式。聽說也常會像這樣排列得很美觀。我還是第一次看見實物。」

「離開牢房後，到墳場為止……也就是說，我們終於來到墳場了。」

「如果說描繪在壁畫上的小指鎖鏈，是會出現在死後世界的東西──」

「這裡說不定就等於是那個死後的世界啊。」

倘若我們這次真的沒有弄錯，這裡就是最初的項圈的真正隱藏地點。

在前往內部之際，我們開始明白在這裡的並非單純的人骨。腦袋被完美劈成兩半的頭蓋骨、肥大到嚇人且彎曲的大腿骨、歪曲且插滿刺的脊椎骨，還有彷彿鼠婦般以蜷縮成圓形的姿勢，全身融化後又黏合起來的骨頭。

這些都是被魔法殺害的人們的骨頭。這些骨頭在考慮到統一感後被整齊地堆積起來，作為一項建材，變成美麗裝飾的一部分。

栩栩如生、怪異、合理且美麗。

「很性感啊。」

「很性感……呢。」

我們寡言地前進，來到最裡面的盡頭。

然後我們終於發現那個了。

被擺放在牆邊，用人骨製成的大型椅子。被裝飾得簡直就像寶座一樣的椅背上，正好就在脖子會碰到的地方，固定著一個項圈。是銀製項圈。彷彿張開嘴巴似的朝左右兩邊裂開，看起來也像是在等待脖子的到來。

寶座背後有一塊石板，上面刻著警句。

寄宿著吾的血統之人啊
汝可有獻出生命的覺悟
最初的項圈闔上時
所有項圈將會裂開
闔上的項圈永遠不會開啟
裂開的項圈永遠不會復原
汝身將於此地腐朽被遺忘
吾國將於此刻動盪並滅亡

「這是……所謂的獻出生命是指……」

在潔絲慎選用詞的期間，我說出後續的話語。

「寄宿著拜提絲血統的人戴上這個項圈犧牲的話，就能解放耶穌瑪——看起來像是這個意思呢。」

「怎麼會？不可能，為什麼……」

潔絲似乎仍無法找到要說的話。

「拜提絲應該很不希望有人使用最初的項圈吧。她甚至像是要讓人見識暗黑時代有多麼悽慘，還讓我們參加那種解謎大賽。」

「可是，寄宿著拜提絲大人的血統之人……」

我不忍直視感到動搖的潔絲，面向下方。

身上流著拜提絲血統的人，只有身為國王的修拉維斯，以及旁系的潔絲而已。

換言之，**要解放耶穌瑪，修拉維斯或潔絲非死不可**。

「不不，那樣當然不行。那根本不構成選項。」

我們兩人只能呆站在充斥著人骨的空間裡。

雖然好不容易找到了最初的項圈，但使用那個項圈要付出的犧牲實在太大了。

這過於殘酷的結局，讓我們說不出話。

在一陣沉默之後，先開口的是潔絲。

「已經無計可施了。我們回王都告訴大家這件事吧。」

「不……關於這點，也讓我再考慮一下。」

「咦？」

潔絲以深感意外的視線看向這邊。

我有件感到擔憂的事情一直刻意不提。

「潔絲，我有件事想思考一下……」

「好的，是什麼事呢？」

「就是關於我們一直在追查的十字處刑人的真面目。」

「呃……不是梅密尼斯先生嗎？」

這點就是最大的問題。

「我想稍微整理一下條件。十字處刑人模仿鎖鏈之歌的內容，殺害北部勢力的餘黨，然後在屍體胸口刻下血之十字這種暗黑時代以前使用的魔法對吧。從這件事可以得知，他是個知道鎖鏈之歌與最初的項圈的魔法使，也十分熟悉歷史。」

「梅密尼斯先生知道鎖鏈之歌。他的血環也被卸下，所以理應能自由使用魔法。關於暗黑時代的事情也是，倘若是身為特權階級的王都居民眾，應該能夠調查到吧？」

潔絲說的話是正確的。但那只不過是必要條件。

「是啊。不過，我們兩人一起查明的真相也要加進去。十字處刑人選擇的第三、第四個城市是假的地點。十字處刑人用魔法地錦把正確的線索隱藏起來，利用連續殺人誤導我們前往假的方向。這是為了什麼？」

「為了不讓我們找到最初的項圈。」

「當然了。我想在這邊稍微思考一下。**他為什麼要特地這麼做？**」

潔絲疑惑地歪頭。

「我們發現梅密尼斯的遺體時，這麼心想了——梅密尼斯為了避免修拉維斯使用最初的項圈，把項圈藏在某處，然後藉由自盡把隱藏地點帶進了墳墓。換言之，我們一直認為這一連串的殺人事件，是梅密尼斯給修拉維斯的訊息。」

「是那樣沒錯呢。」

「可是，看到寫在這邊的文章後，那種可能性變得相當可疑。」

我看向高掛在椅子上的警句。

「最初的項圈並非能輕易使用的物品。因為必須犧牲王家的人，就算找到，也不可能直接發展成『那就立刻來解放耶穌瑪吧』的局面。況且解放軍等其他人也無法擅自使用。」

最初的項圈就在我眼前漠然地發亮著。

「他有必要為了向君主隱瞞那種東西的所在處，不惜那樣大量殺人和掩蓋事實，甚至奉上性命嗎？他只要向修拉維斯進言請珍惜生命，修拉維斯應該也會贊同，事情就解決了吧。」

「確實……那麼，殺人和掩蓋事實是為了什麼……」

「沒有必要為了說服只要溝通就能互相理解的對象，擬定這種大計畫。十字處刑人這一連串的計畫，**是為了欺騙即使溝通也無法互相理解的對象**。換言之，那訊息並非是給修拉維斯的。」

「如此一來，對象就是……解放軍的成員嗎？」

「應該是那樣。解放軍他們是把王朝擺其次，一直大聲主張要優先解放耶穌瑪的團體。對方應該想避免被解放軍發現這個最初的項圈在哪裡吧。」

「那麼，梅密尼斯先生是為了欺騙解放軍的成員，才做出這種事……？」

「就是這個部分。感覺有點不對勁對吧。」

我回想起登基典禮時，梅密尼斯的發言。

——最大的敵人已經不在了。以戰力來說，王朝軍就足夠了吧。跟提出不合理要求的庶民團體維持對等同盟的意義……我實在難以理解……

「以梅密尼斯的角度來看，解放軍根本無足輕重。假設他早就知道這個地方，會產生特地動手腳隱藏起來的念頭嗎？應該會認為只要無視解放軍的要求就行了吧？就算殺人案是梅密尼斯給解放軍的訊息，我果然還是無法理解他有什麼動機要那麼做。」

就現階段來說，假設梅密尼斯是十字處刑人，概要應該會是這樣嗎——

①梅密尼斯獨自發現了項圈，然後想要將項圈藏起來。

②他用地錦把真正的線索隱藏起來，進行了比擬殺人，把我們誘導到假的目的地。

③他在河川襲擊前往上游的我們，防止了我們找到真正的線索。

④他自盡免於被追究責任。

……可是，這是正確的嗎？

他為什麼有必要特地這麼做呢？

面對修拉維斯，他只要說服修拉維斯用不著犧牲王族的性命來使用項圈就好了。追根究柢，他本來就不重視解放軍的要求。明明如此，他會搞出這麼大規模的殺人案，甚至不惜自盡嗎？

十字處刑人做的事情，跟梅密尼斯的犯罪側寫並不一致。

潔絲暫時陷入思考，然後謹慎地開口說道：

「那麼……十字處刑人先生並非梅密尼斯先生，而是不會輕視解放軍的人物……」

「只不過，在琉玻利死亡的無疑是梅密尼斯，襲擊我們的人大概也是梅密尼斯吧。既然如此，可以推測**能夠隨心所欲地操控那個梅密尼斯，甚至能夠讓他死亡的人物**，就是真正的十字處刑人。」

儘管可能性已經呼之欲出，但感覺一旦說出口就會變成現實，我的豬舌實在動不起來。

一直立志成為名偵探的潔絲，這次似乎也在猶豫是否要指出可能是嫌犯的人物。

不過，我沒有必要開口了。

從後方傳來某人朝這邊走過來的腳步聲。我跟潔絲同時轉過頭去。

「你們找到真相了嗎？」

一名男人從被人骨覆蓋的黑暗中現身。咦——潔絲發出驚訝的聲音。

「……這個世上也有不要解開比較好的謎題。」

披著伊維斯的長袍、體格結實的人影。

翡翠色眼眸從非常捲曲的金髮底下注視著這邊。

「我找你們好久嘍。因為你們一聲不響地消失，母親大人非常擔心你們。」

修拉維斯來到我們身旁，放鬆表情，露出微笑。

「我們回去吧。這裡不是什麼感覺舒適的地方。」

潔絲似乎說不出話來。她淚眼汪汪地注視著修拉維斯。

「……我同意這裡感覺並不舒適，但能不能等查明所有真相後再回去呢？」

修拉維斯點頭同意我這番話。

「好吧。」

修拉維斯張開雙手，於是在空中出現了幾十顆紅色火球，散落到周圍。火球鑽進頭蓋骨的眼窩和骨頭縫隙間等處，彷彿間接照明般開始照亮空間。

由人骨構築而成的地下墳場的詭異全貌，在火焰照耀下浮現而出。

「來吧。如果有想問的事情，儘管說吧。」

聽到他這麼說，我有種腦袋變成一片空白的感覺。

如果有想問的事情？反倒只有想問的事情吧。

我盡可能保持冷靜地選出第一個問題。

「你怎麼會知道這個地方？」

「諾特有傳話說你們表示『要先回去』，但在王都沒看到你們的人影。雖然覺得不太可能，我依舊去確認了一下，結果發現我掛在普藍斯貝特的石橋上的地錦被燒得一乾二淨。在這個梅斯特利亞，只剩下潔絲的魔力有可能凌駕我的抗性魔法。所以我才會認為你們已經抵達這裡，發現了真相。」

潔絲用手摀住了嘴。創造出那些地錦的人是修拉維斯。

這無庸置疑地是在坦承罪行。

「……是你做的吧。」

我脫口而出的這句話，讓修拉維斯緩緩地眨了眨眼。

「你說那些地錦嗎？沒錯。」

「不光是地錦。連續殺人案、血之十字、捏造假的鎖鏈道路——這些都是你做的嗎？**你就是……十字處刑人**嗎？」

暫時陷入了沉默。我希望他能否定的渺小願望徹底被打碎了。

「我對你為何會做出這個結論的思考過程很感興趣。能說來讓我聽聽嗎？」

潔絲看來已經完全喪失了幹勁。身為助手，我忘了告訴偵探一件很重要的事情。

就是委託人會撒謊。

這裡必須由我來做個了結才行吧。

儘管腦袋仍然一片空白，但我的嘴巴流暢地說了起來。

「首先是動機。十字處刑人的行為帶來了怎樣的結果？只要冷靜地分析這點，就能鎖定出犯人。」

「動機嗎？有意思，告訴我吧。」

「假如十字處刑人的計畫全都順利進行，我們所有人應該會這麼想：因為有真面目不明的魔法使犯下大量殺人案，解放耶穌瑪這件事說不定很危險。而且最初的項圈已經遺失了，還是放棄這件事吧——如上。」

「是啊。」

「變成這樣的話，對誰來說是有利的？不是別人，正是**王朝的人**，而且也是為了讓解放軍信服，即使要花這麼多功夫也不嫌麻煩的人。這個人物不會認為庶民的要求只要無視就好。除了修拉維斯你以外，還有別人嗎？」

「……不過還真奇怪啊。正是我本人命令眾人去尋找最初的項圈。要是我期望那樣的結局，不會很不自然嗎？」

修拉維斯跟平常沒兩樣的態度，反倒十分可怕。

「一**開始**是那樣沒錯吧，一開始。你認為解放軍的要求也有一番道理，可是你從當時起就在擔憂一件事——真的可以解放拜提絲封印起來、置於掌控中的魔法使們嗎？這樣會不會讓梅斯特利亞倒退回暗黑時代？而且目前梅斯特利亞正與深世界不停在融合，魔法變得相當不穩定。」

修拉維斯一邊點頭，一邊聆聽著。我繼續說道：

「不過，你認為能暫且先找出項圈依舊最好不過，所以也找了解放軍來，開始尋找項圈。就在這段過程中，你靠自己的力量找到了這裡。你有一段時間也沒跟我們碰面對吧。你是個一板一眼的傢伙，應該是在梅斯特利亞四處奔波，也靠自己的力量尋找著項圈吧。」

從打倒暗中活躍的術師，到修拉維斯登基為止，有一個月以上的空檔。時間很充分。

一陣子沒見後，修拉維斯的氛圍也改變了。雖然之前他說是因為修行的關係，我便接受了那個說法，但看來似乎不只是那樣而已。

「然後你發現的就是這個。一看之下，上面寫著要解放耶穌瑪就必須犧牲王家的人。於是你的想法改變了，認為當然不能使用這種東西。」

修拉維斯伸手制止我的發言。

「大致上都跟你說的一樣。不過要補充的話，我會改變想法的理由不光是這段警句而已。我在解謎的過程中，察覺到拜提絲大人的心意。」

他的雙眼眺望著滿是骨頭的空間。

「將人活活燙死的布拉亨地牢。進行拷問並處以火刑的哈路比爾古城。監禁魔法使並榨取他們的魔力運用在工業上，甚至還拿來處死魔法使的普藍斯貝特的監獄。然後是這個沉睡著大量犧牲者的穆斯基爾地下墳場。被迫看到這些暗黑時代的負面遺產，讓我切身體會到魔法使這種存在能夠變得多麼殘酷。」

修拉維斯在尋求最初的項圈的過程中，跟我們一樣確實地接收到了拜提絲想傳達的訊息——「絕對不要使用最初的項圈」。

「原來如此啊。你為了以防萬一，才會想要把最初的項圈隱藏起來，以免有人要求你去使用。這個項圈被固定在這個地方，而且受到拜提絲的強力魔法保護，所以**無法移動**。」

被固定在椅子上的項圈。倘若是擁有絕對性魔力的拜提絲創造了這個，照理說無法只把項圈拆下來藏到其他地方。如果是拜提絲，一定會讓人也無法破壞這個地點本身吧。

「你說得沒錯。很遺憾地，這個沒辦法破壞。」

修拉維斯的右手出現了一個彷彿迷你太陽般的耀眼高能量彈。能量彈以猛烈的氣勢被射出，直接命中椅子——即使爆發出轟隆巨響與衝擊波，但在煙霧消散後，能看見的是沒有絲毫變化的人骨椅子。

我沒有畏縮，繼續說出自己的想法。

「不過，**你已經把鎖鏈之歌的事情告訴解放軍了**。尋找項圈的行動早已開始，對方也湊齊了能夠找出最初的項圈的情報，項圈被找到只是時間的問題。那麼，要完全隱藏起來，該怎麼做才好呢？就是偽造線索，誘導其他人到錯誤的地方。然後在那裡讓大家以為項圈早已經遺失就行了。」

「是啊。」

「所以你才會在哈路比爾的石橋那邊，想到了把我們誘導至下游，而非上游的計畫。你在天達爾與琉玻利設置了假的線索，利用那些地點犯下連續殺人，讓我們所有人以為鎖鏈的道路是連接到琉玻利。」

他的手法非常俐落。倘若沒有聽到巴特提起他記憶中布蕾絲曾說過的傳聞，說不定永遠都不會有人察覺到這件事。

「而且那些殺人案也可以成為給解放軍的訊息。神祕魔法使犯下的大量殺人案。薩農也曾指出這點，這些殺人案可以用來說服解放軍，暗示他們解放耶穌瑪是這麼危險的事情。可說是一石二鳥。」

「……可是——」

潔絲總算開口了。

「可是那些大量殺人案……該不會殺人這件事，也是由修拉維斯先生親自動手的……？」

儘管潔絲的話中蘊含著不願相信的語調，然而無情的是，修拉維斯點頭表示肯定。

「沒錯。」

潔絲往後退到我這邊，將手放在我的背上。修拉維斯的視線有一瞬間看向了那隻手。

「不過，這件事需要那麼吃驚嗎？那位洋溢著愛情的叔父大人，也曾在戰爭中殺了數不清的人，不是嗎？」

這個認真的回覆確實沒有說錯。我無法反駁，只能閉上嘴。

「殺掉暗中活躍的術師後，我和王朝軍就與解放軍聯手，致力於殲滅北部勢力的餘黨。那些傢伙是殺害耶穌瑪、一直對北部居民為所欲為的無賴。我刻上血之十字以儆效尤的，幾乎都是理當會在殲滅戰中死亡的人。」

我回想起布拉亨那些水煮屍體。那些人並非被燙死，而是遭到殺害後才被煮熟的。先把殲滅戰中抓到的俘虜監禁在地牢，然後為了不讓他們受太多折磨，用魔法殺掉後再煮熟——假如是這麼回事，很像是修拉維斯的作風，我能夠理解。

「可是……我討厭這樣……」

我盡量用最溫柔的聲音向看來十分害怕的潔絲搭話。

「我也不想相信修拉維斯居然做了這種事情……我很希望這是假的。但是除了動機之外，也有其他線索顯示出修拉維斯就是十字處刑人。」

「哦。這樣啊？請你務必告訴我。」

「就是氣味。」

我指出的關鍵讓修拉維斯有些疑惑地歪頭。

「氣味……真奇怪呢。我想說有你、薩農和兼人在，在這方面應該一直都相當小心啊。」

「就是這點。**完全聞不到照理說應該要有的氣味**。我在所到之處四處聞個不停，卻沒有任何一處沾到氣味。除非是用雙腳不會碰到地面的魔法飄浮在空中移動，或是非常小心謹慎，否則不可能出現這種狀況。這點證明了犯人——也就是十字處刑人這個人物，非常清楚我們這些豬的嗅覺。」

修拉維斯點了點頭後，突然開始走了起來。沒有響起腳步聲。他宛如某個貓型機器人，從地面稍微飄浮起來。

「我一直很小心的事情反倒弄巧成拙了啊。」

「不只是這樣。香水也是。」

「香水……原來如此。這樣啊，那也是一步壞棋嗎？」

我為了潔絲從頭說明。

「修拉維斯登基那天，在晚餐聚會時噴了香水對吧。」

「對，這麼一說……」

我還記得那氣味像是公司幹部一般，我不怎麼喜歡。

「不在現場留下氣味這件事很重要，但不在自己身上留下現場的氣味這件事也很重要。布拉亨飄散著強烈的火山氣體和鐵的氣味。登基典禮之後，你應該以十字處刑人的身分前往布拉亨進行了準備吧，但也因為這樣，在跟我們碰面前，氣味已經沾染到你的身體上。你是為了掩飾那種氣味，才噴香水的吧。」

「既然你都識破到這種地步，我也找不到藉口可以開脫了呢。」

修拉維斯聳了聳肩，似乎始終不願相信的潔絲搖了搖頭。

「可是……有件事很奇怪！」

修拉維斯跟我同時看向潔絲。

「在哈路比爾那場火災時，我們是分成兩頭行動的對吧。修拉維斯先生是在我們離開聖堂，目擊古城的火災，呼叫他之後，才跟奴莉絲小姐他們分開來支援我們的。修拉維斯先生無法看準我們離開聖堂的時間點縱火。」

「的確如此。豬，你要怎麼解釋這點？」

答案早已經在我腦海中了。

「這是很簡單的詭計。修拉維斯透過施加在通話用貝殼上的位置魔法，早就知道我們的所在處，也能預測到我們目睹火災後，會立刻呼叫他這件事。如此一來，像這樣的詭計就可以成立。」

我筆直地注視修拉維斯，進行說明：

「首先，修拉維斯假裝被我們呼叫，丟下奴莉絲他們，前往古城的屋頂。然後在我們離開聖堂時從煙囪縱火。看到火災的我們聯絡**已經在古城**的修拉維斯。他裝作急忙趕來的樣子，出現在我們面前。如此一來，就能輕易地偽造出不在場證明。」

「你什麼事都看透了呢。」

「我並不是什麼都看透了，我只有看透我能看透的事情而已（註：句型出自小說《化物語》中羽川翼的台詞）。」

修拉維斯跟潔絲看來都不明白我這番發言的意思，呆愣在原地。哎，算了。

十字處刑人的真面目就是修拉維斯——此刻確認了這件殘酷的事實。

「只不過，按照到目前為止的理論，只有一點令人費解。」

針對我的這番發言，潔絲戰戰兢兢地開口說道：

「……是關於梅密尼斯先生那件事呢。」

「對，沒錯。如果梅密尼斯先生並非十字處刑人，為何要襲擊我們？為何會在琉玻利的慰靈塔死亡？無法解釋這件事。」

「梅密尼斯是個忠心的部下。為了阻止你們到達普藍斯貝特，我命令他襲擊你們。然後為了讓他背黑鍋，我殺掉他，將屍體放在慰靈塔——不能這麼解釋嗎？」

「不能。要說為什麼不能，是因為不管哪邊都沒必要這麼做。要防止我們到達普藍斯貝特，只要聯絡我們，說在天達爾發現了第三個線索就好。況且要是按照當初的計畫進行，甚至沒有必要讓梅密尼斯背黑鍋。因為只要當作真面目不明的魔法使是犯人就可以解決了。」

反倒因為弄清了王都居民是犯人這件事，讓王朝的立場變弱勢了。

「所以應該認為梅密尼斯那一連串的行為有著其他目的比較妥當。」

潔絲像是注意到什麼似的補充：

「而且從我們在河川遭到襲擊後，直到在慰靈塔發現梅密尼斯先生的遺體為止，修拉維斯先生都跟解放軍成員或是我們待在一起。**修拉維斯先生是不可能動手殺害梅密尼斯先生的。**」

「難道不是我私下命令他在慰靈塔自殺嗎？」

轉移焦點的修拉維斯，讓我感到更加煩躁。

「那個男人聽到這麼不講理的命令，會乖乖地表示他知道了，獻出生命嗎？你是那種輕視部下的生命，甚至會做出這種不講理命令的人嗎？」

修拉維斯沒有回答。他企圖隱瞞什麼。

「這一切都說不通。那個男人之死，並沒有包含在修拉維斯——也就是十字處刑人當初的計畫裡。發生說不通的事情時，其中必定存在著意外。可能是發生了出乎意料的事情，或是除了你之外某人的意圖，又或者兩者皆是。」

「……你怎麼看？」

「應該是兩者皆是吧。」

潔絲放在我背上的手用力起來。

「您的意思是除了修拉維斯先生之外，還有某人讓梅密尼斯先生死亡了嗎……？」

看潔絲的表情，應該大致猜想到了吧。

「沒錯。那個人物在我們追查屍體的途中，察覺到十字處刑人的真面目與其意圖。然後在修拉維斯絕對不可能動手的時機，讓梅密尼斯襲擊我們——如此一來，修拉維斯就不會被懷疑了。有什麼萬一時，也能讓梅密尼斯背黑鍋——或許也有這樣的意圖在吧。這種做法確實有先見之明。」

我歇了一口氣，繼續說道：

「修拉維斯原本打算殺掉北部勢力的餘黨，卻不小心誤殺了正在進行潛入搜查的解放軍成員——這就是意料之外的事情。解放軍幹勁十足地表示要找出十字處刑人並殺掉他，情況變得很不妙。要是被人繼續追究下去，說不定會露出破綻。萬一眾人查出修拉維斯是犯人的話？那簡直糟糕透頂。」

「所以他才逼不得已地讓梅密尼斯先生死亡，把他當成真凶……」

「沒錯。然後能辦到這件事的人是誰？能夠識破修拉維斯擬定的縝密計畫的人是？能夠命令梅密尼斯行動的人是？」

修拉維斯低著頭，悄聲說道：

「……是母親大人。」

他看向這邊。

「都怪我思慮不周，才會逼得母親大人亂來。母親大人雖然身在王都，但似乎在哈路比爾發生火災時就已經察覺到我的計畫了。她果然比任何人都更仔細地看著我。我聽說你們遭到襲擊，聯絡母親大人時，她向我說明了這件事。」

修拉維斯粗壯的眉毛緊蹙起來，應該是感到後悔吧。

不是後悔自己犯罪，而是後悔自己的犯罪不夠周密。

「母親大人說她命令梅密尼斯去消除豬的記憶。即使破壞豬的腦細胞，也會藉由潔絲的治癒能力立刻再生。儘管這項指令毫無意義，但這樣我被懷疑是犯人的可能性就降低了。」

這麼一來，也弄清了我在煙霧中腦袋變得一片空白的理由。

「但我不小心誤殺了一名解放軍。倘若被追究這件事，我的立場會變得岌岌可危。我找母親大人商量了。母親大人表示交給她辦，然後找梅密尼斯出來並殺害他，將遺體放在慰靈塔，且偽造了證據。現場的解析工作也由母親大人接下，向眾人撒了謊，就這樣讓梅密尼斯承擔了所有罪狀……把梅密尼斯逼到死亡的人是我。」

浮現在修拉維斯臉上的是彷彿已經死心的表情。

「我真是沒用，因為失策而讓最忠心的部下死亡。如果我能夠更振作一點，明明就不至於演變成這種局面。」

我懷疑自己聽錯了。我多希望他說這是在開玩笑。

「你……如果計畫順利進行，你覺得那樣就好了嗎？」

修拉維斯毫不猶豫地點了點頭。

「對。我認為計畫本身是完美的。沒有進行無意義的殺戮，訴說魔法使的危險性，將最初的項圈所在處永遠地隱藏起來——解放軍和你們應該也會接受那樣的發展。」

我很想相信眼前這個人並非修拉維斯。

「你認為欺騙朋友和同伴獲得的安寧，之後也能一直持續下去嗎？」

「對，沒錯。多虧了母親大人的臨機應變，事態平息了下來。我交給解放軍一千個立斯塔，讓他們接受了這件事。剩下的只要你們兩人肯跟我套好說詞，事情就能解決了。」

這讓人傻眼的說法，讓我連氣都生不起來了。

「你是要我們當共犯……？」

「我們是朋友吧？是堂兄妹吧？這個項圈的事情一旦公開，會傷腦筋的不只是我，潔絲的體內也流著神之血。儘管諾特他們應該不會叫我或潔絲去死，但只要這個項圈存在，我，或者潔絲，抑或是我們子孫的性命，總有一天會被想解放耶穌瑪的志士盯上。我無論如何都想避免那種狀況。」

如果只聽這段話，確實是番道理沒錯。修拉維斯對目瞪口呆的我們說道：

「假如你們沒有自信能夠保守祕密……也可以只消除你們關於這件事的記憶。母親大人具備消除記憶的技術。」

有水珠滴答一聲地掉落到石灰岩的地板上。是潔絲壓抑著聲音在哭泣。

「潔絲，不要緊的。妳仔細想想，做出正確的判斷吧。」

但這是十分困難的判斷。我怎樣也無法接受修拉維斯至今所做過的事情。另一方面，真相公諸於世的話，潔絲會因此感到困擾這點也是事實。

解放耶穌瑪的關鍵，最初的項圈——我們應該放過這個存在嗎？

「豬先生，我們該怎麼辦……」

對於用哭聲這麼問道的潔絲，我點頭告訴她不要緊。不要緊的，只要好好思考，一定有解決的辦法。

但我最終依舊沒能做出正確的判斷。

「果然沒錯，我就覺得很可疑呢。」

黑豬從黑暗的另一頭突然地現身了。

我們驚訝得僵在原地。解放軍的成員也從黑豬後面陸續現身。

黑豬走到設置著最初的項圈的人骨椅子前，目不轉睛地眺望高掛在上面的警句。

「原來如此，是這麼一回事嗎？如果是王家的人必須成為犧牲品，的確會讓人想隱瞞這件事呢。關於這點，我深表同情。」

照亮地下墳場的只有修拉維斯散播出去的火球。在微暗的空間裡，黑豬的雙眸犀利地發亮。

儘管修拉維斯面無表情，眼睛卻無法掩飾住他的動搖。

「薩農……你怎麼會在這裡？」

「不，那種事不重要吧。我們沒有道理要解釋原因。是你要解釋清楚才對喔，修拉維斯國王。」

諾特氣勢洶洶地走近這邊。

「聽說你欺騙我們，想藏起這個項圈……這是真的嗎？」

修拉維斯沒有回答。

「回答我。殺掉潛入敵營的艾邦，也是你做的嗎？」

修拉維斯仍然一言不發。

伊茲涅從諾特後方大喊：

「喂，到底是不是真的！」

諾特稍微跟修拉維斯拉開間距，將手放到雙劍上。

「假如……假如這是事實……我必須在這邊當場砍了你。」

我連忙吶喊：

「諾特，等等！你稍微冷靜一點！」

「如果明知真相還想包庇他，豬，你也是同罪喔。」

諾特甚至看也不看我一眼。他的雙眼因憤怒炯炯發光，筆直地瞪著修拉維斯。

讓人無法再思考下去的緊張感。

我跟潔絲就這樣依偎著彼此，動彈不得。

是自尊不允許他後退嗎？修拉維斯就那樣站在諾特的攻擊距離中，開口說道：

「跟豬還有潔絲沒關係。我來說明一切。另外，你先把手從劍上移開。你應該知道從正面對戰的話，是打不贏我的吧？」

「閉嘴。不試試看怎麼知道？」

聽到這番話，修拉維斯的視線看向站在裡頭的瑟蕾絲。我察覺到他的意圖，豬腳嚇到腿軟。

瑟蕾絲能夠在瞬間治癒諾特。要打倒諾特，首先必須排除瑟蕾絲才行。不行，必須想個辦法打圓場才行。

「快住手！別用劍也別用魔法。靠溝通來解決吧……薩農先生，請你也說些什麼。」

我像在求助似的這麼訴說，黑豬卻無情地搖了搖頭。

「蘿莉波先生和潔絲小姐，真的辛苦你們一直努力到現在。之後就交給我來處理，能請你們稍微退下嗎？為了解放被不講理的命運折磨的耶穌瑪少女們的最後一步——這就是最後關頭了。」

雖然他的語調可說是前所未有的客氣，其中卻蘊含著不由分說的音色。

薩農是為了目的可以不擇手段的男人。

為了讓瑪莎允許瑟蕾絲踏上旅途，他在巴普薩斯放火燒了瑪莎的旅店。為了殺害因政變而勃然大怒的馬奎斯，他利用瑟蕾絲從我們手上搶走了破滅之矛。

而且他還進行交涉，要到了一千個立斯塔，應該在今天早上成了解放軍的東西。那也是因為他預測到了這種狀況——預料到解放軍與王朝的決裂嗎？

說到底，第二次轉移也是由薩農當中心人物計畫的事情。是薩農當網路跟蹤狂找出了我、兼人和冰毒，拿聖代當誘餌把我們聚集起來，才會有現在的狀況。

薩農十分聰明，是個本性善良的男人。儘管善良，但對於不講理的事情比任何人都嚴格。而且他知道為了排除不講理的事情，有時必須狠下心來。

他比任何人都認真，比我這種人更加認真地一直努力到現在吧。

如果是為了解放耶穌瑪，薩農可能會殺掉修拉維斯。

從他至今的手段來推測，他不可能空手而來，應該有什麼能夠對抗修拉維斯的殺手鐧才對。

的確，修拉維斯的行為或許是錯誤的。但那又是另一回事。我不認為修拉維斯已經走偏到非死不可，必須拯救他才行。

……可是，該怎麼做？

有退路可逃嗎？雖然解放軍站在出口那邊，但如果是修拉維斯，說不定能夠強硬地擺脫他們逃離這裡。然而就這樣逃走的話，問題會解決嗎？

最糟的情況下，也有可能是潔絲變成人質。假如要逃走，潔絲也必須一起逃走才行吧。可是要怎麼逃？

薩農準備了怎樣的殺手鐧？要是出口設有陷阱該怎麼辦？

我不知道，無計可施了。總之只能盡力讓這場糾紛和平落幕。

就在我正準備從旁插嘴之際。

一個腳步聲從地下墳場的黑暗中緩緩地靠近這邊。從薩農一臉意外的反應來看，似乎不是解放軍的同伴。沒多久後，身穿白色禮服的女性現身了。

是維絲。而且她的樣子看來不太對勁。

「這一切都是我做的。修拉維斯，你別再包庇母親了。」

看到走近這邊的維絲的模樣，我懷疑自己看錯了。她沒有右手。裝飾肩膀的禮服袖子筆直地垂落在胸部旁。是難以掌握平衡感嗎？她走路的方式有些僵硬不自然。

薩農轉頭看向維絲。

「是妳做的……是這樣子嗎？也就是說妳承認自己殺人，還有隱藏項圈是吧？」

「對。我就是『十字處刑人』。」

現場變得鴉雀無聲。不，那是不可能的。這個人是在包庇兒子。

修拉維斯本人看到母親的手臂，則是困惑地僵在原地。

我也感到困惑。為何她少了一隻手？

受到眾人注目的維絲，始終以冷靜的聲音開口說道：

「我有個值得一聽的情報要告訴你們，是否能給我說出情報的時間呢？」

薩農像是在挑釁似的說道：

「只用一隻手來賠償，我們是不會接受的喔。」

「不，這隻手不是用來補償你們。我的贖罪是——」

她停頓了一會兒後，接著說道：

「這條命。」

「母親大人……？您在說什麼——」

維絲無視修拉維斯，大聲主張：

「仔細看那段警句。是『寄宿著吾的血統之人啊』——並非流著吾的血統之人。我翻閱了幾本拜提絲大人寫下的文獻，發現那樣的描述方式並非只限定於流著王家血統的人。修拉維斯是我生下來的孩子。寄宿著拜提絲大人的血統之人，**也可以用來指我**。」

我並不曉得這是真有此事，或是她的詭辯。但這番發言確實改變了現場的氣氛。

諾特露出難以理解的表情，詢問維絲：

「意思是……由妳來戴上最初的項圈嗎？」

「正是如此。我會補償自己犯下的罪行，為了解放耶穌瑪獻上這條命。這樣就沒有任何人有怨言了吧。」

「母親大人，萬萬不可！」

修拉維斯用動搖的聲音這麼吶喊，然而維絲根本不聽。她看向兒子。

「你知道產的代價吧，我的來日已經不多了。你也明白這一點吧。就這樣讓一切都劃上句點吧。」

產的代價是指什麼呢？我看向潔絲，只見她咬著嘴唇，低下頭。看來維絲已經來日不多這件事，似乎是潔絲也知道的事實。

諾特看向黑豬。黑豬試探似的看著維絲，然後說道：

「……既然是這麼回事，我們沒有理由拒絕。無論十字處刑人的真面目是誰，倘若能解放被稱為耶穌瑪、遭到歧視、一直被壓榨的少女們，我們樂見其成。」

但那表示維絲會在這裡死亡。

「請先等一下，冷靜下來吧。沒有必要現在就立刻戴上項圈——」

「豬請閉上嘴。」

維絲嚴厲地這麼說道，直接通過我跟潔絲面前，然後進入依然保持著間距的諾特與修拉維斯之間。

那看起來也像是母親在調解小孩子們的兄弟吵架。

維絲瞥了諾特一眼後，直接與修拉維斯面對面。

「這是前天那個戒指的回禮。你就把這個戒指當成母親，好好珍惜吧。」

她這麼說並遞出左手。中指上套著修拉維斯送給她的戒指。然後指尖拿著另一個戒指。簡單大方的銀環上裝飾著閃耀透明光輝的小顆寶石。維絲笨拙地牽起兒子的右手，將戒指套到他的中指上。

修拉維斯似乎仍無法消化事態，他試圖牽起母親的手。

但他的手被甩開了。

維絲迅速地轉過身，筆直地前往設置著項圈的椅子。專注地往前進的國王之母的威嚴震撼了全場。所有人動也不動，就連修拉維斯也只是跟在後面追了幾步，便停下了腳步。他的膝蓋不停顫抖著。

明明知道應該制止維絲比較好，我的嘴巴卻也動不了。

「母親大人！萬萬不可！請停手！」

維絲到了椅子面前，才總算轉頭回應修拉維斯這麼呼喚的聲音。

項圈就在她的背後。已經只剩下坐到椅子上的距離。

大量的人骨伸長白色指頭，看起來也像是準備迎接維絲成為同伴。

「修拉維斯——」

如出一轍的深綠雙眸短暫地互相注視彼此。

「**你要成為出色的國王**。」

維絲毅然決然地只說了這句話後——

便毫不猶豫地坐到了人骨椅子上。

冷酷的金屬聲硬梆梆地響起，項圈毫不迷惘地捕捉住維絲的脖子。

最初的項圈闔上了。

「母親大人！」

回應修拉維斯這聲吶喊的是絕望的無聲。

就連從骨頭縫隙間不斷傳來的耳語聲，現在也戛然而止。

維絲靜靜地閉上了雙眼。她純粹只是閉上眼睛嗎？或者昏過去了？還是說——我並不曉得此刻發生了什麼事。

可以看見項圈忽然隱約地發亮。白色光芒彷彿熱氣般從維絲的身體冒出來，被吸入到項圈

裡。項圈就這樣越發閃耀。

要是再繼續聚集更多的光芒，項圈不會燒斷嗎——變得耀眼到讓人這麼心想後，項圈有一瞬間散發出強烈的閃光。

然後項圈失去了光芒。被拘束的維絲依舊動也不動地閉著雙眼。

這樣就結束了嗎？感覺時間像是停止了似的。

是在一瞬間之後，或是過了幾分鐘呢？

突然響起了金屬聲，**最初的項圈啪一聲地打開了**。

維絲的身體失去了平衡，從椅子上向前傾地倒下。

渺小的希望逐漸膨脹起來。

項圈不是永遠不會開啟嗎——那是騙人的嗎？

既然如此，維絲應該得救了吧？

仔細一想，拜提絲不可能奪走子孫和其家人的生命。所謂的獻上生命只不過是在威脅後代不要隨便使用項圈。一定是這樣。

修拉維斯似乎看不見其他任何事物，飛奔到母親身旁。我和潔絲也跟在他後面。

「母親大人！」

修拉維斯抱起母親的身體，只見母親的頭與手在他手臂中癱軟無力地垂落著。

從後方傳來有什麼東西掉落的銳利聲響，我轉過頭看去。

那是奴莉絲裂開的項圈掉落到地面上的聲響——是解放耶稣瑪的聲響。

純樸的笑容從奴莉絲的臉上消失，她只是一臉悲傷地注視抱著母親的國王身影。

維絲早已在年輕國王的手臂中斷氣了。

——第四個箍裂開，**耶稣瑪**逃走了。

——逃走的**耶稣瑪**就近在身旁，混入人群中生活著。

如果在空白處填上耶稣瑪，就等於是鎖鏈之歌的內容實現了。

我一邊看著潔絲哭著抱住維絲，同時只能思考這樣的事情。

以完全出乎意料的形式，耶稣瑪最終獲得解放了。

總有一天，修拉維斯、潔絲，或是維絲——他們當中的其中一人注定會被迫成為犧牲品。維絲應該是判斷既然如此，就由自己來扛下死亡吧。

思考和感情都無法跟上現實。

所以接著發生的一連串慘劇，早就超出了我大腦的處理能力。

「……動手吧。」

薩農緩慢地發出的聲音帶著悲痛的聲色，但蘊含著更在那悲痛之上的強烈信念。

就在我心想是怎麼回事並轉過頭前，視野被鮮紅的血液染色了。

我一瞬間看到渾身是血的潔絲，呼吸不禁停止了。然而潔絲毫髮無傷。

因為鮮血的主人是修拉維斯。

修拉維斯就在我眼前從頭頂到胸口都變成左右兩半，用大量鮮血淋濕了身穿白色禮服的母親遺體。

潔絲發出不成聲的聲音往後退。以抱著母親的姿勢被劈開頭的修拉維斯——只見有個男人站在他的背後。

是將黑髮整齊地剪短，體格結實的中年男性。他的臉沾滿鮮血。儘管因為他站在陰影處，無法看得很清楚，但確實有些眼熟。是曾出席登基典禮的男人。

是王朝軍的司令官，在當中也居於最高階的五長老席特。

他的右手被黑色鱗片覆蓋，而且被修拉維斯的鮮血弄得濕淋淋，手上握著像是巨大柴刀的刀具。鍍金成金色的刀刃正滴落著紅色的鮮血。

魔法使殺手的種族——龍族。

他以超越修拉維斯的防禦魔法的速度發動奇襲，用金之刀刃奪走了君主的性命。

「老爹！你在做什麼啊？」

我在莫名其妙的狀態下聽著伊茲涅的尖叫。

老爹——他是伊茲涅與約書的父親。

——老爹有一定的地位……只要他有心，應該也有辦法讓莉堤絲可以不用被制裁。明明如此，他卻服從上頭的命令，把莉堤絲交給了他們。他是為了面子。他是個整天只想著要出人頭地、飛黃騰達的蠢蛋。

——老爹他父母都是龍族，能力強大得非常誇張。他同時具備像我這樣的感覺跟像姊姊那樣的膂力，在龍族當中也是很罕見的例子，也因此一路飛黃騰達的樣子。

利用龍族之力爬上高位的父親還留在王朝軍裡。

豈止是還留在那裡。他的飛黃騰達並沒有只停留在王都外面的司令官這個位置，甚至被允許進出王都，而且當了養子之類的嗎？他一步登天變成特權階級，獲得王朝軍最高的地位。

想必是對輕忽女兒和兒子感到內疚的關係吧。雖然不曉得薩農是用什麼方法聯絡上他的，但只要請求他協助解放軍，席特有充分的可能性會站在親生孩子那邊。薩農就是利用這點，把席特當成殺害國王的王牌。

藉由其身體能力發動突襲，連魔法使都能殺害的種族、待在國王身邊也不奇怪的地位，還有與解放軍的強烈關連。

薩農在過於適當的時機打出了這張王牌。

修拉維斯遭到殺害了。

我嚇到腿軟，動彈不得。席特停止了動作，他一邊讓國王的鮮血從金柴刀上滴答滴答地垂落，同時目不轉睛地注視著沾滿鮮血的母子。

寄宿在他眼中的是憐憫？同情？或是背叛君主的罪惡感呢？儘管在黑暗當中無法清楚看見，但他看起來也像是眼中浮現淚水。

黑豬緩緩地走近這邊。

「總算結束了。如此一來，就根絕了萬惡根源的王族……或許修拉維斯是個本性善良的青年，但神之血果然還是一種威脅。他看來也沉溺於力量之中，即將誤入歧途。我們只能這麼做，別無選擇。」

像是在辯解般向我們這麼搭話的黑豬——薩農。

「由少數人握有權力，藉由力量與恐懼來支配民眾的國家，總有一天必定會脫離正軌。即使要狠下心來，也必須葬送掉擔保著絕對王政的絕對力量。」

他打從一開始的目的就是這個嗎？他一直想要殺掉修拉維斯嗎？

明明應該有更和平的解決方式。

正當我想衝動地開口說話時，耳朵捕捉到異常的聲音。

咕啵。咕啵咕啵啵。

從附近傳來像是泥巴沸騰似的奇怪聲響。

在我看見席特突然往後跳到某處的下個瞬間，臉上再次沐浴到溫熱的鮮血，且被奪走了視野。

我睜開眼睛一看——**只見修拉維斯正緩緩地站了起來**。

他的臉慘不忍睹。雖然有著人體的形狀，卻有一道縱向的裂痕，被擊碎的骨頭從中露出，眼球依然有一半掉落在外。在他站起來的期間，能夠以現在進行式清楚地看見他的骨頭連接起來，組織滑溜地逐漸再生的模樣。

濺到我臉上的血液似乎是席特的血，而非修拉維斯的血。

儘管席特本人已經消失到某處，但他有一隻腳在大腿一帶被砍斷，掉落在地面上。

我跟潔絲還有解放軍的成員，都只能默默地看著修拉維斯站起來。

修拉維斯頂著沾滿鮮血的頭，緩緩地轉動脖子。

可以聽見啪嘰、啾嚕的聲響，從人體傳出這種聲響實在讓人感到非常不快。

轉動完脖子後，修拉維斯吐出了一塊血痰。那裡面看起來像是摻雜了一些牙齒和骨頭的碎片。

他露出有些寂寞悲傷的表情，將沾滿鮮血的右手高舉在沾滿鮮血的臉部前方。

維絲送的戒指在他的中指上發光，被血淋濕的左手輕輕地貼到戒指上。

「是母親大人保護了我……戒指是多麼地溫暖啊。」

應該是維絲遺留下來的那個戒指，代替她本人完成治癒修拉維斯的職責吧。畢竟能讓修拉維斯從腦袋被縱向砍成兩半的狀態下完全復活，實在是非常驚人的力量。

失去了所有家人的最後一個國王，因為母愛而獲得了不死的特性。

暴風雨天的毒蛇。

以前曾聽說的這個詞一直在我腦內不停迴盪著。

在眾人注目著修拉維斯之際，突然有個像玩笑般的破裂聲在地下墳場響起。我轉頭看向聲音傳來的方向，發現薩農不見蹤影。直到剛才還有黑豬站著的地方散落著大量鮮血，沒有留下任何比拳頭還大的固體。

「我欠你們一筆很大的債，這次就放過你們吧。」

修拉維斯依舊注視著戒指，以一如往常的語調這麼說了。

「不過，你們下次與我為敵時……無論是誰，我都會跟那隻豬一樣直接殺掉。」

修拉維斯這麼說完後，才總算將臉面向諾特那邊。他一邊讓自己的血從頭髮上滴落，同時走到了諾特的眼前。

「耶穌瑪獲得解放了，你的夙願實現了不是嗎？再擺出更高興一點的表情如何？」

就連諾特也不禁啞口無言，他有幾秒鐘說不出話來。

「……你想說的就只有這些嗎？」

修拉維斯平淡地回答諾特彷彿是從喉嚨擠出來的聲音。

「雖然遺憾，但同盟的事情就當作沒發生過吧。儘管一同奮戰的日子令人難以忘懷，但果然王朝與解放軍是水火不容的存在。我只能懇切地盼望我們互相殘殺的那一天不會到來。」

諾特露出彷彿靈魂被抽走般的表情，沒有做出回應。

然後，修拉維斯將母親的遺體扛在肩上，光明正大地邁出步伐，離開了地下墳場。

一直照亮地下墳場的火球，隨著修拉維斯的退場一起消失了。

被留下來的我們，依靠潔絲變出的亮光來到外面。

王曆一三〇年，二之月一〇日的夜晚。

只見密度異常的星空在穆斯基爾展開，萬里無雲。世界已經完全變了個樣子，現在有一千名以上隱藏著魔力的少女獲得解放了。

曾經是耶穌瑪的少女周圍，此刻正發生著什麼事情呢？

這個世界今後會產生怎樣的變化呢？

修拉維斯會如何處理那些變化？解放軍會做什麼？

我完全不曉得。

眼前只看到絕望般的決裂與破滅性的混沌。

修拉維斯的謀略與薩農的謀略，都朝最糟糕的方向發揮了作用。

「你們接下來打算怎麼辦？」

聽到諾特這麼詢問，我跟潔絲不知該做出怎樣的判斷。

經過一番深思熟慮後，我向諾特說道：

「希望你可以冷靜下來聽我說……」

看到諾特的表情，我察覺到這是相當困難的要求。

「現在對這個國家最不好的，是讓變成那種狀態的修拉維斯落單……也就是對他置之不理一事。」

我看向潔絲。潔絲稍微思考了一下後，抿緊嘴唇點了點頭。

「講清楚一點。換句話說是什麼意思？」

聽到諾特用低沉的聲音這麼問，我開口說道：

「我跟潔絲打算先回王都一趟。」

「妳覺得那樣就好嗎？」

諾特銳利的視線看向潔絲。潔絲慎重地點頭肯定。

「這種現實與深世界互相融合的狀態——好像是叫做超越臨界的現象……該怎麼做才能讓這種狀態復原的情報，都在王都裡面。如果不回王都一趟，實在不知從何下手——」

「這樣啊。」

諾特像是死心似的嘆了口氣。

「哎，雖然我也覺得你們應該會這麼說。無論你們打算往哪條道路前進，我都沒資格阻止……只不過，解放軍應該會跟王朝訣別吧。」

「怎麼會，諾特先生……」

諾特搖了搖頭，打斷語帶遲疑的潔絲。

「那傢伙用最糟糕的方式欺騙了我們，把我們之間的信賴關係歸零了。然後雖說是薩農的獨斷，但我們也對那傢伙和他的母親做出了無法挽回的事情。我們跟要站到王朝方的你們，會變成很複雜的關係吧。」

諾特只說了這些，便背對我們。

「……要是哪一天能再見就好了。」

他在最後這麼低喃，隨即快步離開了。瑟蕾絲一邊轉頭看向這邊，同時一臉擔心似的跟在諾特後面追了上去。其他成員也跟著諾特，消失到港口那邊。

只有山豬兼人留在我們面前。

「……大家只是變得比較情緒化而已吧。蘿莉波先生、潔絲小姐，等過了一段時間後，請你們再過來看看。我來想辦法說服解放軍這邊。」

薩農不在的現在，解放軍裡有兼人這樣的理解者實在讓人安心不少。

「是啊，我們是同伴。要好好地保持聯絡啊。」

山豬點頭同意我這番話，接著快步回到同伴那邊。

從身旁傳來啜泣聲。潔絲失魂落魄似的癱坐在地面上。

實在發生了太多事情。

在北方盡頭的大地上，我們渾身是血，有好一陣子只是一言不發地互相依偎著。

將身上的血沖洗掉後，潔絲跟我進入以前曾落腳的旅館。

被鐵柵欄圍住的巨大豪宅。是我跟潔絲在歲祭那晚打算住宿的高級旅館。是因為位於郊外嗎？旅館免於戰火之災，被磨得發亮的大理石內部裝潢跟記憶中沒兩樣，醞釀出高雅的氛圍。

儘管是深夜造訪，但好像幾乎沒有客人上門，我們付錢之後，旅館便爽快地讓我們到房間。

收入感覺不錯的這間旅館，是否有僱用耶穌瑪呢？就算有僱用，大概也早已經入睡了吧……等明天早上醒來後，知道項圈已經卸下的話，她會想些什麼呢？

隔了兩天才洗澡的我請潔絲好好地幫我刷毛。熱水將修拉維斯深入體毛縫隙間的血徹底沖洗掉。疲憊的我們立刻鑽進了被窩。

那是附帶床幔的特大雙人床。我表示要睡在地板上的主張毫無作用，被邀請到棉被當中。雖然床鋪寬敞到潔絲旁邊有一個大人份的空間，即使豬躺上去也還有剩，但潔絲將身體湊近過來，緊貼著我的側腹。

感覺她用魔法自己製作的睡衣，似乎有點過於單薄。

儘管有股疲勞感猛烈地來襲，卻也不是能立刻睡著的心情。

潔絲毫無來由地揉著我的梅花肉。雖然我也很想揉她，不巧的是，就憑豬腳無法幫人按摩。

「……我察覺到了一件事情。」

潔絲緩慢地這麼向我說了。

「什麼事？」

「豬先生不覺得不可思議嗎？最初的項圈一度闔上後，居然又打開了。」

潔絲使勁地揉了梅花肉好一陣子，然後向我說明：

「是啊。畢竟警句寫著闔上的項圈不會再打開的威脅話語嘛。」

聽她這麼一說，我心想確實如此。

「沒錯。豬先生也曾經這麼想過，果然還是很難想像拜提絲大人會犧牲自己的子孫和其家人的性命。」

「我也這麼覺得。畢竟她並沒有真的要取性命。如果想威脅後代不要使用項圈，照理說只要寫一句『會死喔』就足夠了……可是，維絲的確是死亡了。」

我們確認了維絲的死亡。那也並非修拉維斯的計謀。別說是血液的流動了，甚至連魔法的流動都沒有——潔絲這麼分析了。

「會不會是拜提絲其實也打算至少讓遺體保持完整地歸還呢？」

可以在脖子那邊感覺到潔絲搖了搖頭。

「我感覺到了魔力的流動——最初的項圈吸取維絲小姐的魔力，然後擴散到世界上的流動。」

的確，我的眼睛也看見了像是那麼回事的光芒動作。

「……換言之，這是怎麼回事？」

「換言之……我想那股魔力應該是用來替整個梅斯特利亞的耶穌瑪們卸下項圈的。維絲小姐並非被死亡魔法奪走性命……而是無法承受不斷被吸取魔力才亡故的。」

最初的項圈並沒有殺死人的力量。

那是**用來吸取魔力的裝置**。

「也就是說，拜提絲果然不打算真的奪走性命嗎……？」

「對。就跟項圈會永遠闔上是騙人的一樣，會奪走性命的警句果然也是謊言。」

潔絲的手不斷揉著梅花肉。

「我想維絲小姐的確是抱持一死的覺悟坐上那張椅子的。可是，她死掉的話就再也無法保護修拉維斯先生，所以才會以自己的手臂為材料，創造出那個戒指——那個給予修拉維斯先生近乎不死的治癒能力的戒指。」

「原來如此，她少了右手是因為這樣……」

戒指上附帶類似鑽石的寶石。鑽石是由碳元素組成的。拿手臂當材料也並非不可能吧。

「如果是維絲小姐的魔法，照理說讓自己的手臂再生並不困難，維絲小姐卻沒有那麼做。一定是因為右手那份魔力照理說可以一直寄宿在砍掉的那隻手上，但讓手臂再生的話，就會回到自己身上的緣故吧。」

聽到這番話，我回想起魔力會寄宿在耶穌瑪的遺骸上這件事。魔法使的魔力會寄宿在全身。正因為骨頭是身體的一部分，才會發揮魔力。

「那麼，那個戒指……就類似諾特的雙劍啊。」

「是那樣沒錯呢。跟諾特先生的雙劍一樣，我想那個戒指也隱藏著強大的力量——然後那般強大的力量從維絲小姐本人身上流失了。」

我明白潔絲想說什麼了。

偵探在事件的最後發現的真相。

那對修拉維斯而言，實在是過於殘酷的真實。

「也就是說，維絲之所以會死……是因為她為了保護修拉維斯，過度使用力量……」

是承受不住了嗎？潔絲小聲地吸著鼻涕。

「如果是我或修拉維斯先生坐到那張椅子上……就算不是那樣，倘若維絲小姐是在健康的狀態下坐到那張椅子上……就不用失去任何人的生命了。」

潔絲用哭聲這麼說了。她將額頭壓在我身上磨蹭。

「如果我能更聰明一點……能好好地成為豬先生所說的名偵探……即使不是名偵探，只要我能在更早之前就察覺到修拉維斯先生樣子不對勁……明明事情就不會變成這樣了……！」

我搖了搖頭否定。

「潔絲已經足夠聰明了。拜提絲的警句是否為謊言，結果依舊得坐上椅子才會知道，那是結果論。再說，就連親生母親都沒有察覺到修拉維斯的不對勁，怎麼能要求潔絲注意到呢？假如能夠察覺到，身為朋友的我也有責任。」

我該對哭哭啼啼的潔絲說些什麼才好呢？

「錯不在妳。堅持要追究出真相的是我，我太操之過急了。應該先跟修拉維斯好好談過，再來尋找解決方法的。」

倘若我們沒有找到最初的項圈，就不會發生今晚這種最糟糕的事態。破滅之矛那時也是一樣。要是我們沒有把矛拿出來，荷堤斯就不會死了。即使是結果論，依舊會忍不住這麼想。我們每次都會找到真相，但關於面對真相的方式……實在差勁到糟糕透頂。

潔絲發出嗚咽聲，同時用力搖了搖頭。

「豬先生沒有做錯什麼……唯一的真相並非屬於任何人的東西……無論何時，追求真相理應都是正確的行為。」

我心想好像在哪裡聽過這句話，結果是自己以前說過的台詞。

舉例來說，如果這件事——假設維絲可以不用死這件事是真相——修拉維斯是否應該要知道這件事呢？

說到真相，馬奎斯的死法也是一樣。修拉維斯本人還不知道他的父親懇求敵人放過家人的性命，以及為了兒子哭著求別人殺死自己，就那樣死去了。儘管馬奎斯要我們保密，我卻也覺得好像應該把這個真相告訴現在的修拉維斯。

這時，我察覺到一件事。

結果我也是獨占了照理說不屬於任何人的真相，想為了自己方便而利用真相不是嗎？

然後我又回想起一個沒有告訴修拉維斯的真相。

就是登基典禮那天晚上，從晚餐聚會退席的維絲對著潔絲邊哭邊吐露出來的洩氣話。

——我希望修拉維斯……可以獲得幸福。這些話對他本人絕對說不出口。我身為王太后不能這麼說。但從母親的身分來看……成為出色的國王這種事，我打從心底——打從心底覺得怎樣都無所謂。

維絲在最後一刻留下的遺言卻是——

——你要成為出色的國王。

成為出色的國王——因為讓修拉維斯背負了這樣的重責大任，即使到了最後一刻，維絲依舊無法說出真心話吧。「你要獲得幸福」這種話，就算撕破了嘴，她或許也說不出口。

她能表達愛情的方式，就只有砍掉右手，作為守護戒指交給修拉維斯吧。

父母親的愛情實在是非常笨拙，而且難以傳達給孩子。

「……重要的或許不是追求真相呢。」

我這麼低喃，於是潔絲發出「咦」的一聲。

我將這個教訓牢牢地烙印在內心裡，同時開口說道：

「在真相被隱藏起來，必須去追求才行之際，早就為時已晚了。所以重要的應該是**不要獨占真相，與大家共有吧**？」

潔絲沒有回應。她似乎在腦內咀嚼我說的話。

「這次修拉維斯犯下的致命性錯誤，並非謀略穿幫這點。而是他獨占真相，欺騙解放軍和我們，想要獨自一人解決所有事情的想法。薩農的計畫也一樣，那個人的失敗並非沒能成功毀滅王家，說到底，他是錯在不該獨自一人打算靠蠻力終結王朝。」

「……的確是那樣也說不定。」

潔絲用手帕擤了擤鼻涕。

名偵探的任務是看透真相。

然而追根究柢，只要真相並未被隱藏起來就好了。

至少在互相信賴的同伴之間，應該坦誠相對。

倘若把一切——把父親與母親的真相告訴修拉維斯的話，他是否也會稍微重新考慮呢？

「事情……會好轉嗎？」

是看了我的內心獨白嗎？潔絲像在耳語似的這麼詢問。

「我們能夠讓這個國家變得幸福嗎？」

在連自己的幸福都不確定的狀況中，擔心國家的幸福。我心想這很像潔絲的作風。

「一定可以的。」

儘管現在的狀況很艱難，但並非沒有道路可行。

「耶穌瑪的項圈被卸下了。目前大致剩下兩個課題。」

我感覺到潔絲點了點頭。

「一個是讓修拉維斯先生與解放軍成員們和解。」

我接著說道：

「然後另一個是消除這個世界的扭曲——也就是超越臨界。」

沒有人知道消除超越臨界後會變成怎麼樣，搞不好會倒退回暗黑時代也說不定。但那是現在的我們根本無能為力的事情。

我們只能在無能為力的狀況中，盡力摸索出最理想的道路。

也必須在這當中找到自己的幸福才行。

「……事情會好轉嗎？」

我堅決地點頭，肯定潔絲的疑問。

「事情會好轉的。回到王都之後，首先跟修拉維斯——」

「那個……我不是那個意思。」

「不是那個意思嗎？」

「不是那個意思。我想說的是……關於我們的幸福。」

這時我才總算想起自己被潔絲逼婚的事情。

實在難以置信那居然只是兩天前的事——真的發生太多事情了。

「哎……我們的未來也一定會好轉吧。」

「您真的這麼認為嗎？」

潔絲在我耳邊發出這樣的聲音，那聲音比擔憂國家前途時更加認真。

「我們真的沒問題嗎？豬先生應該沒有瞞著我什麼事情吧。我們應該有好好地共有真相吧。」

被她這麼一問，我思考起來。

「……哎，或許我曾經撒了點小謊。」

潔絲的手用力地抓住我的背部脂肪。儘管她沒有追問下去，但既然我說了共有真相很重要，應該在這邊跟她坦白吧。

「我之前說我不是很懂結婚這回事，那是騙人的。其實我超級想要結婚。可能的話，希望妳一輩子都跟我在一起。可是身為邊緣人的壞習慣，讓我覺得只是一隻豬的自己，好像不該對流著王家血統的潔絲說這種話，臨陣退縮。準備什麼的都是詭辯。即使沒有成為名偵探，也是可以結婚的。希望妳可以放心。」

我看向潔絲。只見她淚眼汪汪，驚訝地張大了嘴。

「還有一件事，要潔絲當修拉維斯的妹妹這種事根本不值一提。我絕對不允許妳有除了我以外的哥哥。只准妳叫我哥哥。」

潔絲張大的嘴張得更大了。

然後她像是再也忍耐不住似的笑了出來。

「我無法同時擔任妻子與妹妹喔。」

「那就麻煩妳每天輪流好了。偶數日當妻子，奇數日當妹妹。」

「我明白了。因為已經換日了，我現在是妹妹呢。哥哥。」

我們還沒有結婚耶……哎，但這邊應該老實地嚄嚄叫吧。

我們一定沒問題的。未來還沒有到來，所以才是未來。

事情會好轉的。我會想辦法讓事情好轉，無論世界是多麼悽慘的狀態。

「差不多該睡了。只要睡上一覺，早晨就會到來。從明天開始，我們又是無所不能了。」

潔絲露出微笑，用力地緊抱住我。

「無所不能……說得也是呢。」

「難得有這個機會，先吃一頓好吃的早餐再出發吧？」

「就這麼辦吧！我會給豬先生美味的水果的。」

「太感謝了。」

我們一邊聊著這些話題，同時一起進入夢鄉。

在梅斯特利亞北邊的盡頭，穆斯基爾的夜晚仍然相當平靜。

（西曆二〇一九年 八月十四日 凌晨）

機械聲響徹周圍，護理師忙碌地來來往往。病房完全陷入了混亂。

一般認為沒有希望康復的三個人當中，有一個人突然醒來了。

一個月前才在同一間醫院發生過類似的罕見狀況。

原本待在別間病房的少女，聽到消息後立刻趕了過來。

醒過來的鬍子臉男人在哭泣。他看到少女後似乎想說些什麼，但因為插管，他無法立刻與少女對話。

少女急忙回到她原本待的病房。那是單人房。少女的妹妹將床頭調高，坐在病床上等待著。

正確來說，那是借用了少女之妹身體的另一個少女。

「噯，布蕾絲，聽我說！」

少女用異國語言說明情況。被稱為布蕾絲的少女微微點頭聆聽著。

說不定是祈禱傳遞給上天了。兩人找到了希望，開心地互相抱緊對方。布蕾絲決定再次獻上新的祈禱。

只是希望他們活著回來——僅僅蘊含著這樣的思念。

——拜託了。

——請快點回來這邊。

——各位的身體似乎已經面臨極限。

——動作不快點的話，或許會來不及。

——剛才有一位已經回來了。

——是名叫薩農先生的人物。

——儘管原本處於危險狀態，但他平安無事。

——我也在這邊等候著。

——在世界的連結被切斷之前。

——請兩位也盡快回到這邊來。

西曆二〇一九年　八月十四日　凌晨

後記（第6次）

好久不見，我是逆井卓馬。

自第五集發售後過了七個月。都大步跨越青森漫長又嚴峻的冬天了。讓各位讀者等候了這麼久，實在非常抱歉。還有真的十分感謝一直耐心等候的各位讀者！

那麼，首先有個開心的消息要告訴大家。實在是太驚喜了——

託各位讀者的福，《豬肝記得煮熟再吃》決定推出ＴＶ動畫了！

豬肝這個故事將承蒙許多人士的大力協助變成動畫，而且還能讓許多觀眾欣賞——一想到這些，身為作者真的十分幸福。

倘若不是承蒙各位相關人士與各位讀者的支持，這樣的幸福是不可能實現的。請容我再次向各位道謝。真的非常感謝大家。

我衷心期盼能與各位一起欣賞動畫的那天到來。

那麼，接下來是題外話。

自從當上作家之後，其實我有一件一直非常期待的事情。

就是接受採訪。

像是為什麼會想要寫這樣的小說呢？或是為什麼會想成為作家呢？雖然有點不好意思，但果然還是會嚮往被人這麼詢問不是嗎？

不過，我並沒有接到任何關於採訪的委託。

前陣子的三月是逆井卓馬出道二週年。

明明如此，我卻連一次採訪也沒有接受過。

就在我思考著這些事情時，正好從責任編輯那裡收到一封郵件。

「這次的版面配置還有很多頁可以自由發揮，所以你後記想寫兩頁、四頁或是六頁都沒問題。交給你決定！」

我想對書籍很熟悉的讀者應該知道，因為書本是將紙張折起來製作的關係，聽說頁數通常是某個數字的倍數。只要是在那個數字的範圍內，就算後記變長，書本整體的頁數也不會改變（卷末廣告的數量會減少）。

啊，天助我也——我如此心想。

只要把後記稍微拉長，把採訪放進裡面不就好了嗎？

腦海中浮現這樣的靈感。這是個大好機會。

但要是用上六頁，也讓我感覺有些內疚。在第五集後記用掉四頁的時候，我同樣感到非常痛心。這樣難道不會讓各位讀者感到厭煩嗎？長篇大論的豬先生會惹人討厭吧？我的內心糾結了許久。

說到底，我寫小說的動機或是想成為作家的理由，早就在之前的後記裡寫過了。雖說要採訪，但該講些什麼才好呢？

仔細一想，根本也沒有採訪者。與其說是採訪，不如說是自問自答。果然還是簡潔地結束比較好吧？這麼心想的同時，我想差不多該開始採訪逆井卓馬了。採訪者就由我逆井卓馬來擔任。

Q　那麼，還請多多指教。

A　請多多指教。我們以前曾在哪裡聊過嗎？總覺得有種親近感呢。

Q　請容我立刻提出問題。請問您喜歡的食物是？

A　豬肝。我特別喜歡煮得夠熟的豬肝。

Q　要是生吃豬肝，就能在異世界變成豬受到美少女照顧嗎？

A　請見書衣封底。這已經是我第六次提出這樣的忠告了。

Q　時勢所趨，由於是線上採訪，無法看見您的尊容……

我曾聽說「逆井卓馬是豬先生」這樣的傳聞。但您是人類對吧？

A　不，我就是豬先生沒錯。第一集當中的作者近照，以及Twitter的個人頭像，正是我的自畫像。

Q　請告訴我您在作品中喜歡的角色。

A　當然是潔絲妹咩──儘管很想這麼說，但我也很喜歡瑟蕾絲妹咩呢。

這不是花心喔。所有角色我都很喜歡。例如我也挺喜歡荷堤斯的。

Q　您是一隻見異思遷的豬先生呢？

A　是啊。

Q　請告訴我潔絲妹咩的三圍。咕嘿嘿。

A　這是禁止事項。或許還會再長高，不過身高目前是一百五十六公分。

體重是──哎呀，好像有人來了。

Q　通話中斷了一陣子，您沒事吧？

A　我沒事。生命沒有危險。請繼續採訪。

Q　寫小說的過程中有什麼比較辛苦的地方嗎？

A　偶爾……行程會……很緊湊…………沒有喘息空檔。

Q　您剛才的回答，將每個斷句的頭一個字連接起來的話，就會變成「誰、來、救、我」（註：每個斷句的頭一個字在原文中分別為「た、す、け、て」，連起來就是「救命、幫幫我」的意思），您沒事吧？

A　…………那……那是巧合啦。話說回來，今晚的菜單決定是炸豬排了。

Q　感覺很好吃呢。您會做料理嗎？

A　偶爾會。有時會做料理的過程中浮現小說的點子。另外像是在散步時或泡溫泉時，也常會靈光一閃。

Q　到這邊為止，有意義的情報只有潔絲妹咩的身高呢……馬上要填滿六頁了，請您說些更有營養的事情。

A　我認為這部分應該是採訪者要更加努力才行。

Q　那我就直截了當地問嘍。請告訴我瑟蕾絲妹咩的三圍。咕嘿嘿。

A　不行。她的身高目前是一百五十一公分。

Q　啊真是的，頁數快用完了。採訪差不多要結束了，但還有一點想請教您。您在第四集後記說過「會再持續一下子」，請問預計在第幾集完結呢？

A　那個說法是借用龜仙人的台詞……因為還沒有確定何時會結束，無法明確地回答您。不過，我預定在剛好可以告一段落的地方完結。

Q　會是圓滿結局嗎？

A　一定會。無論是怎樣的形式……

Q　謝謝您接受採訪。那麼最後請您向各位讀者說句話。

A　給閱讀到最後的讀者，抱歉讓各位陪我演這齣鬧劇。第七集我也會努力寫的。希望各位能再稍候一陣子。

還請多多關照……！

二〇二二年四月　逆井卓馬

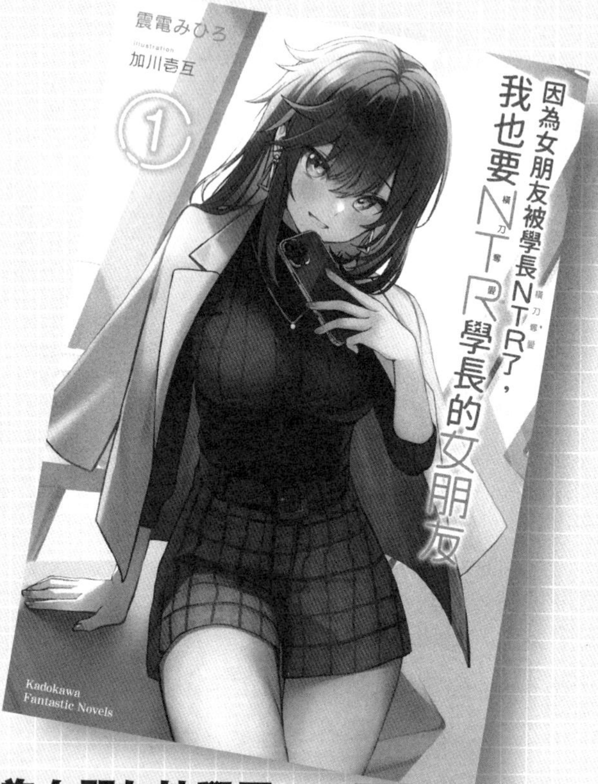

因為女朋友被學長NTR了，我也要NTR學長的女朋友 1 待續

作者：震電みひろ　插畫：加川壱互

「燈子學姊！跟我劈腿吧！」
「冷靜點一色……要讓劈腿的人悽慘得像下地獄！」

發現女友劈腿的一色優，對NTR男的女友——過往思慕的燈子學姊提議劈腿。燈子計畫縝密地提出了更強烈的「報復」手段，卻開始把優打理成好男人？周遭女生對優的評價大幅提高，優對燈子的心意卻也日益高漲。計畫進展的途中，彼此的關係迅速拉近——

NT$250/HK$83

身為VTuber的我因為忘記關台而成了傳說 1~3 待續

作者：七斗七　插畫：塩かずのこ

衝擊性十足的VTuber喜劇，一如既往的第三集！

心音淡雪終於收到一期生朝霧晴的合作通知：「在單人演唱會的最後一段以驚喜嘉賓身分合唱！」為此，淡雪（小咻瓦）勤奮地練習，卻在首次工商直播裡說出禁忌的話語——盡被極具Live-ON特色的事件糾纏的她，究竟能不能維持住理智呢？

各 **NT$200/HK$67**

國家圖書館出版品預行編目資料

豬肝記得煮熟再吃/逆井卓馬作；一杞譯. -- 初版. --
臺北市：臺灣角川股份有限公司, 2023.01-
冊；　公分
譯自：豚のレバーは加熱しろ
ISBN 978-626-352-168-1(第6冊：平裝)

861.57　　111018413

Kadokawa
Fantastic
Novels

豬肝記得煮熟再吃 第6次

（原著名：豚のレバーは加熱しろ（6回目））

2023年1月4日 初版第1刷發行

作　　者：逆井卓馬
插　　畫：遠坂あさぎ
譯　　者：一杞

發 行 人：岩崎剛人
總 編 輯：蔡佩芬
編　　輯：邱瓈萱
美術設計：莊捷寧
印　　務：李明修（主任）、張加恩（主任）、張凱棋

發 行 所：台灣角川股份有限公司
地　　址：104台北市中山區松江路223號3樓
電　　話：（02）2515-3000
傳　　真：（02）2515-0033
網　　址：www.kadokawa.com.tw
劃撥帳戶：台灣角川股份有限公司
劃撥帳號：19487412
法律顧問：有澤法律事務所
製　　版：尚騰印刷事業有限公司
ＩＳＢＮ：978-626-352-168-1